AF235331

Countdown in Westerland

Von

Ulrike Busch

Das Buch

Noch zwei Tage bis zu den ›Sylter Sommernachtsträumen‹.
Johnny Quadt und seine Lebensgefährtin Eta, Veranstalter
der gigantischen Strandparty, stecken mitten in den Vorbereitungen für die Eröffnungsfeier. Plötzlich gerät Johnnys Leben
in Gefahr. Nur knapp entgeht der technikverliebte Event-Manager einem Mordanschlag.
Will sein Konkurrent Alf Leefmann ihn für immer vernichten? Oder hat Johnnys Noch-Ehefrau ein mörderisches Problem mit ihrem Mann? Oder …
Kuno Knudsen und Arne Zander von der Kripo Wattenmeer
suchen nach einer heißen Spur, bis die Situation eskaliert und
der Täter sie eiskalt erwischt.

Die Autorin

Drei Herzenswünsche hat die gute Fee der gebürtigen Ruhr-
pottpflanze Ulrike Busch erfüllt: Erstens, in Norddeutschland
zu leben, und zweitens, als Autorin von Büchern tätig zu sein,
die drittens an Nord- oder Ostsee spielen.
Seit 1986 wohnt die ehemalige selbstständige Texterin in
Hamburg. „Dreimal hinfallen, und ich bin an meinen Sehn-
suchtsorten: Amrum, Sylt, St. Peter-Ording, Travemünde,
Niendorf, Timmendorfer Strand. Überall da, wo es viel Meer,
Wind und Wetter und eine salzige Brise gibt."
Bereits ihr erster Krimi, der 2015 erschienene Bestseller „Der
Pfauenfedernmord", etablierte sich als Longseller. Seitdem
arbeitet die hauptberufliche Autorin ständig an neuen Bänden
ihrer erfolgreichen Cosy-Krimi-Reihen „Ein Fall für die Kripo Wattenmeer", „Anders und Stern ermitteln" und „Ein Fall
für Molly Bleck".

Countdown in Westerland

Von

Ulrike Busch

© 2018 Ulrike Busch
Georg-Clasen-Weg 56
D-22415 Hamburg

https://ulrike-busch.de

Alle Rechte vorbehalten.

Umschlaggestaltung:
Jan Klaas Mahler
Mahler Kommunikationsdesign
www.mahler-design.de

Umschlagmotiv:
Depositphotos #73694021
© Sandralise

Herstellung und Verlag:
BoD – Books on Demand, Norderstedt

ISBN: 978-3-75-264429-6

MIX
Papier aus verantwortungsvollen Quellen
Paper from responsible sources
FSC® C105338

1

Du mieses Schwein, dachte Johnny Quadt. Bei jeder Silbe drückte er einmal kräftig auf den Sprühkopf seines Eau de Toilette. Er knallte die Flasche auf das Badezimmerregal und warf einen letzten Blick in den Spiegel.

Die Person, die ihn daraus anstierte, war nicht er. Vor seinem geistigen Auge stand Alf Leefmann. Aufrecht, furchtlos und mit diesem Siegerlächeln.

Von einer markanten Duftwolke umhüllt, schritt Johnny ins Schlafzimmer seines Hauses, das an der Seeseite von Westerland lag. Er blieb vor einem Möbelstück stehen, das einem Bistrotisch ähnlich sah und das er eigens als Sitz für seine persönliche elektronische Assistentin hatte anfertigen lassen.

»Amanda, öffne den Kleiderschrank, Tür drei«, sprach er deutlich in die silberne Box.

Amanda gehorchte.

Wie von Geisterhand gesteuert, begann die mittlere der fünf breiten Türen, sich zu öffnen. Einige Augenblicke später wurde das leise Surren durch ein wehleidiges Quietschen unterbrochen. Die Rollen hatten sich in der Schiene verkantet.

Amanda resignierte. Automatisch beorderte sie die Tür in die Ausgangsposition zurück.

Johnny hatte bereits eine Hand durch den Spalt zwischen Schrankwand und Tür geschoben, um nach der Unterwäsche zu greifen. »Amanda«, brüllte er in Panik und zog hastig seinen Arm heraus.

Einen Atemzug später knallte im Erdgeschoss die Terrassentür zu, ebenso ein Fenster in der Küche und der weit geöffnete Flügel des Schlafzimmerfensters.

In der Angst um seine Hand hatte Johnny vergessen: Amanda war darauf programmiert, alle Außentüren und die Fenster sofort zu schließen, wenn ihr Name in einer bestimmten Lautstärke fiel. Es war der Rettungsruf zum Schutz vor streunenden Katzen, plötzlichen Wolkenbrüchen und herannahenden Einbrechern.

Und vor fliegenden Untertassen, wie Eta so manches Mal spöttisch bemerkte.

»Hey, lass mich rein!«, rief eine Frauenstimme von unten herauf.

Eta stand auf der Terrasse. Die Zeit, bis Johnny am Frühstückstisch erschien, nutzte sie wie so oft dazu, durch den Garten zu schlendern. Sie hielt es für die beste Einstimmung auf den Tag, den Blick von der Düne aus, die den Garten begrenzte, übers Meer schweifen zu lassen, den Wind auf der Haut zu spüren und die würzige Brise tief einzuatmen.

Jetzt guckte sie zum Schlafzimmerfenster hinauf.

Sanft redete Johnny auf seine Assistentin ein: »Amanda, öffne die Terrassentür.« Er beobachtete Eta.

Noch immer sah sie zu ihm hoch. Ihre Miene ließ keinen Zweifel darüber, was sie von Amanda hielt. Nun senkte sie den Blick und verschwand im Wohnraum.

Erneut wandte Johnny sich seiner Assistentin zu. »Amanda, öffne den Kleiderschrank, Tür drei.«

Wieder bewegte sich die Schiebetür. Diesmal half Johnny nach, damit das Malheur sich nicht wiederholte.

Er wählte Unterwäsche, Socken und Jeans aus und schlüpfte hinein. Unentschlossen schoben seine Hände einen Kleiderbügel nach dem anderen zur Seite. Am Ende zog er eins der grellbunten Sommerhemden hervor, auch wenn es farblich nicht zu seiner Stimmung passte.

»Cappuccino oder Latte?«, tönte es vom Erdgeschoss herauf wie aus einer italienischen Kaffeebar.

Eta rumorte in der Küche herum. Der Eierkocher schaltete sich aus, und der Kleinbackofen, auf dessen Anschaffung sie vor zwei Jahren bei ihrem Einzug in sein Haus bestanden hatte, signalisierte mit diesem lächerlich engelhaften Klingeln, dass die tiefgefrorenen Brötchen aufgebacken waren.

Johnny stellte sich in den Türrahmen und zwängte das Hemd in die Jeans. »Kaffee bitte, einfach nur Kaffee. Schwarz.«

Er postierte sich vor dem mannshohen Spiegel neben dem Kleiderschrank und zurrte den Gürtel fest.

Das kantige, sonnengebräunte Gesicht, das gewellte schwarze, von silbernen Fäden durchzogene Haar und der hochgewachsene, muskulöse Körper – sie existierten lediglich in seiner Wunschvorstellung.

Johnny Quadt war untersetzt, hatte hängende Schultern und wenn er sich selbst gegenüber ehrlich war: Er sah einfach mopsig aus. Daran konnte auch der Kristallspiegel mit dem geschliffenen Rand nichts ändern, den der Innenarchitekt ihm aufgeschwatzt hatte.

Wenn man so aussah wie er, machte man nicht Karriere. Nicht auf Sylt.

Er hatte es dennoch geschafft.

Trotzig löste er sich von seinem Spiegelbild.

Mit einer unwilligen Handbewegung strich er eine Strähne seines dunkelblonden, immer etwas fettig wirkenden Haars aus der Stirn. Dank eines winzigen Wirbels an der rechten Seite fiel sie gewohnheitsmäßig aus der Rolle. Wenigstens verlieh sie seiner Durchschnittsmiene eine gewisse Extravaganz.

Er stieg die Treppe hinab, schloss lautstark die Tür des Gästeklos, die Eta wieder einmal offen stehen gelassen hatte, und stapfte ins Wohnzimmer.

Eta saß am Esstisch und schlürfte den Schaum von ihrem Latte-Macchiato ab, den sie verträumt in den Händen hielt. Als er an den Tisch trat, leckte sie sich versonnen die Lippen.

Sie hatte ihm bereits ein Brötchen aufgeschnitten und auf den Teller gelegt.

Er setzte sich hin.

Sie reichte ihm die Butter.

Er griff zur Margarine.

Aus dem Augenwinkel bemerkte er, wie sie ihn taxierte, während er eine Brötchenhälfte mit zwei Scheiben Schinken belegte.

Sie stellte ihr Latte-Macchiato-Glas ab. »Du wirkst so hektisch heute, so angespannt.«

»Wundert dich das?«, fragte er mit vollem Mund. Er kaute, würgte den Bissen hinunter und spülte mit einem Schluck Kaffee nach. »Hast du nicht die Ausschreibung der Gemeinde für die ›Sylter Sommernachtsträume‹ im nächsten Jahr gesehen?«

»Natürlich habe ich die gesehen.«

»Hast du sie dir auch durchgelesen?« Er verlieh seiner Frage Nachdruck, indem er sich zu Eta vorbeugte.

Eta schlürfte ihren Latte und begnügte sich damit, die Antwort mithilfe eines Lidschlags zu geben.

»Dann ist dir wohl klar, dass wir keine Chance haben, die Ausschreibung noch einmal zu gewinnen.«

Eta stellte das Glas ab. »Am Ende wird uns nichts anderes übrig bleiben, als mit Alf zusammenzuarbeiten.« Sie sagte das, als wäre es das Natürlichste von der Welt.

Johnny klatschte mit der flachen Hand auf den Tisch, als wollte er eine Fliege erschlagen, die ihn schon die ganze Zeit über geärgert und sich nun, des Lebens müde, neben seinem Teller niedergelassen hatte. »Was für ein Hirngespinst!«

Wieder wollte Eta etwas sagen, doch sie unterdrückte ihre Worte.

Sollte sie schweigen. Er kannte ihre Argumente zur Genüge und sein Blutdruck war bereits hoch genug. Er ballte seine fleischige Hand zur Faust. »So kann das nicht weitergehen.«

»Wie dann?«

Johnny sprang auf, stellte sich ans Fenster und spähte in den Garten, der friedlich und einladend dalag. Sein kleines, privates Paradies. »Du weißt, was Sache ist.« Seine Kehle war trocken. Er räusperte sich. »Alf hat private Kontakte zur Gemeinde. Die Ausschreibung hat seine Handschrift. Er will, dass wir ohne ihn nicht mehr können. Er will uns schlucken, er will uns vernichten.«

Eta gab sich gelassen. »Vergiss nicht, die Ausschreibungen der Veranstaltung für die letzten drei Jahre hast du selbst nur durch einen Trick gewonnen. Das war Alf gegenüber auch nicht fair. Mal ist der eine obenauf, mal der andere. Das ist nun mal der Gang der Dinge.«

»Was du nicht sagst!« Johnny, der noch immer mit dem Rücken zu ihr stand, bog die Schultern zurück.

Mit leisem Klirren legte Eta ihr Messer auf dem Teller ab. »Die Zeiten haben sich geändert. Ich denke, es wäre gar nicht so verkehrt, mit Alf zu reden. Er war schließlich mal dein bester Freund, und eine Zusammenarbeit mit ihm könnte unser aller Zukunft sichern.«

Ihre Stimme klang ruhig und überzeugt.

Johnny warf sich auf der Stelle herum. »Der Mann kommt mir nicht ins Haus. Nie mehr!«

Eta senkte die Lider und schwieg.

Verärgert kehrte Johnny an den Tisch zurück, nahm den Rest der mit Schinken belegten Brötchenhälfte in die Hand und wies mit dem Kinn auf die andere Hälfte. »Für dich, wenn du magst. Ich geh ins Büro.«

»Bis nachher!«, rief Eta ihm hinterher.

Johnny ließ die Haustür laut ins Schloss fallen. Er rannte mehr zur Kurpromenade hinab, als dass er ging, und marschierte in Richtung Süden.

Eilig passierte er die einsam daliegende Musikmuschel und die leeren Zuschauertribünen. In Höhe des Strandzugangs Friedrichstraße gestand er sich zu, einige Augenblicke an der Brüstung zu verharren.

Das Niedrigwasser war seit gut einer Stunde überwunden, die See stieg wieder an. Unermüdlich brachen die Wellen sich am Flutsaum und leckten von Mal zu Mal ein paar Zentimeter weiter über den Sand.

Johnny konzentrierte sich auf seinen Herzschlag und darauf, seine Beklemmungen wegzuatmen.

Was hatte sein Heilpraktiker ihm empfohlen? Bis tief in den Bauch hinein atmen, die Luft einen Moment anhalten, die schlechten Gefühle darin aufgehen lassen. Dann kräftig ausstoßen und alles, was belastete, von Wind und Wellen wegtragen lassen. So oft wiederholen, bis die Seele sich leichter fühlte. – Es wirkte, es half.

Johnny dachte an den Traum, den er sich erfüllt hatte: Selbstständigkeit, Familie, Ansehen, Wohlstand.

Die Familie war zerbrochen. Seinem Lebenswerk, der Firma Johnny Quadt Events, durfte das nicht passieren.

Wie weit würde Alf Leefmann gehen?

Plötzlich schlug ihm jemand auf die Schulter.

Johnny schrak zusammen.

»Hey, Johnny«, hauchte eine Stimme mit ironischer Zärtlichkeit in sein Ohr.

Johnny wusste, wem sie gehörte. Er verkrampfte sich, trat einen Schritt zur Seite und wandte sich um.

Alf sah ausgeschlafen aus. Sein Haar war vom Wind zerzaust, Bartstoppeln schimmerten durch die lederne Haut. Der durchtrainierte Körper steckte in einem Jogginganzug und strotzte vor Vitalität.

»Hi, Alf. Vertrödelst du mal wieder deine Zeit mit dem Vorführen der neuesten Sportklamotten?«

Alfs Zähne blitzen Johnny an wie das Gebiss eines Hais. »Und du?«

»Ich hab zu tun. Du weißt ja, die ›Sylter Sommernachtsträume‹ stehen bevor.«

Der Mann mit den Raubfischzähnen grinste. »Bist du sicher, dass du die Sache noch über die Bühne bringst?«

Johnnys Schultern versteiften sich. »Wer könnte mich daran hindern?«

»Zum Beispiel deine Lebensuhr?« Alfs Augen blinzelten angriffslustig in die Morgensonne. Er trat dicht an Johnny heran. »Was ist, wenn sie schneller abläuft, als du glaubst?« Scheinbar kameradschaftlich gab er Johnny einen Klaps auf den Arm. Dann lief er weiter.

»Hey«, rief Johnny. »Was weißt du über meine Lebensuhr?«

Er sah Alf eine Weile hinterher. Dann setzte er den Weg zu seinem Bürohaus südlich des Zentrums von Westerland fort. Er schloss die Haustür des dreistöckigen Neubaus an der Dünenstraße auf, stieg die Stufen zum Hochparterre empor und öffnete die Eingangstür zu seinen Räumen.

Aus dem verschlossenen, klimatisierten Serverraum drang das leise Surren der Rechner zu ihm vor. Das gleichmäßige, sonore Geräusch beruhigte ihn. Es raunte ihm zu: Alles im Lot.

Mit geübtem Griff füllte er den Behälter der Kaffeemaschine mit Wasser, gab einige Löffel Kaffee in den Filter und drückte auf den Schalter. Wenige Augenblicke später begann das Gerät, zu gurgeln.

Das Geräusch im Rücken, das einen funktionierenden Alltag signalisierte, bog Johnny um die Ecke und ging den Flur entlang, an dessen Ende sein Büro lag.

Die Luft war stickig. Er öffnete das mittlere der drei Fenster sperrangelweit und atmete tief durch. Einige Sekunden lang blieb er stehen. Weder Radfahrer noch Spaziergänger befanden sich auf dem schmalen Weg, der parallel zur Kurpromenade zwischen der Dünenkette und den Häusern entlangführte. Später, wenn die Urlauber sich auf ihre Ausflüge über die Insel begaben, würden sie sich hier tummeln.

Er wandte sich ab, schritt zu seinem Schreibtisch und schaltete den Computer ein, der auf dem Boden unter der Tischplatte stand. Er richtete sich wieder auf.

Sein Blick fiel auf die digitale Uhr, die an der Wand gegenüber dem Schreibtisch hing. Gesteuert wurde sie von einem Programm, das auf einem seiner Server installiert war. Sekunde für Sekunde zählte die Software seine voraussichtliche Lebenszeit herunter, die er sich vor Jahren hatte ausrechnen lassen. Die Lebensuhr ermahnte Johnny, seine Zeit nur mit sinnvollen Dingen zu verbringen.

Gestern Abend beim Verlassen des Büros waren ihm statistisch betrachtet noch rund eine Milliarde zweiundsiebzig Millionen und neunhundertfünfzehntausend Sekunden geblieben. Dreiunddreißig Jahre und knapp zweihundertvierzehn Tage.

Jetzt stand die Uhr auf null.

Johnny trat hinter dem Schreibtisch hervor. Mitten im Raum blieb er stehen. Seine Blicke klebten an dieser einen Ziffer. Sie erinnerte ihn an einen Mund, der zu einem erstaunt ausgerufenen ›Oh‹ geformt war.

Sie schrie ihm entgegen, dass sein Leben beendet war.

Plötzlich pfiff etwas in Augenhöhe an ihm vorbei. Kurz darauf ein polterndes Geräusch.

Eine seiner Golf-Trophäen stürzte von dem Regal, das an der Wand gegenüber den Fenstern stand. Zwei weitere Pokale schepperten aufs Parkett.

Johnny sprang zurück. Er suchte Deckung unter seinem Schreibtisch. Zusammengekrümmt kauerte er dort und wartete. – Kein weiterer Schuss fiel.

Er atmete durch, zückte sein Handy und rief Eta an.

»Ich bin auf dem Weg«, sagte sie mürrisch, ohne auch nur einmal zu fragen, was er ihr hatte mitteilen wollen.

»Jemand schießt auf mich.« Noch immer unter dem Schreibtisch verharrend, presste er flüsternd die Worte in das Gerät. »Ruf die Polizei und bleib, wo du bist.«

»Sag das noch mal.«

»Jemand schießt auf mich. Ruf die Polizei. Und dann ruf die Mitarbeiter an. Bleibt bloß alle weg vom Büro!«

Eta verschlug es die Sprache. Endlich raunte sie zurück: »Verstanden. Brauchst du einen Arzt?«

»Polizei, sag ich. Po-li-zei.«

Abrupt beendete er das Gespräch.

2

Die Sirenen von Polizeiwagen hallten über die Insel. Das markdurchdringende Geheul wurde immer lauter und verstummte mit einem Mal. Den Geräuschen nach hatten die Wagen in der Käpt'n-Christiansen-Straße, Ecke Dünenstraße gehalten. Autotüren wurden zugeschlagen. Getrampel näherte sich. Einige Männer riefen sich etwas zu. Was sie sagten, war nicht zu verstehen. Sie schienen sich über das Gelände zu verteilen.

Scharrende Schritte näherten sich dem geöffneten Fenster. Gleichzeitig klingelte es an der Tür.

»Herr Quadt?«, rief jemand. »Hier ist die Polizei. Können Sie uns hören?«

Immer noch unter dem Schreibtisch verborgen, spähte Johny durch den Spalt zwischen der Tischplatte und der oberen Kante der Rückwand. Der Mann, der ihn rief, war nicht zu sehen. »Ja«, antwortete er. Seine Stimmbänder hatten sich unter der Anspannung derart verkrampft, dass er nur ein Krächzen hervorbrachte. Er räusperte sich. »Ich bin hier drin, im Büro.«

Vor dem Fenstersims tauchten der Kopf und die Schultern eines Mannes in Uniform auf. Zwei Hände hielten sich am unteren Fensterrahmen fest. Der Mann zog sich auf die Zehenspitzen hoch wie ein Kleinkind im Laufstall und lugte in den Raum hinein.

Johnny wagte sich aus der Deckung. Auf allen Vieren kroch er unter dem Schreibtisch hervor. Mit einer Hand winkte er dem Polizisten zu.

Was für ein kümmerliches Bild musste er abgeben! In den Minuten, die er regungslos in der Hocke verbracht hatte, hatten seine Muskeln sich verhärtet. Um sich vom

Boden zu erheben, musste er sich am Tisch abstützen. Er kam sich vor wie ein gebrechlicher alter Mann.

Nun stand er da. Mit beiden Händen strich er sich über die Stirn. Die eine widerspenstige Strähne klebte auf der Haut.

»Alles soweit okay mit Ihnen?«, fragte der Polizist. Er musterte ihn von oben bis unten. »Sie sind unverletzt?«

Johnny nickte. »Das Projektil ist ganz dicht an mir vorbeigeflogen. Hätte nicht viel gefehlt, und ...« Er atmete schwer. »Haben Sie den Täter draußen gesehen?«

Ein zweiter Mann, wohl ein Beamter in Zivil, tauchte plötzlich neben dem Uniformierten auf. »Wer auf Sie geschossen hat, wird kaum an der Düne auf uns gewartet haben.« Er zückte einen Ausweis und hielt ihn in die Höhe. »Arne Zander, mein Name. Kripo Wattenmeer. Können Sie uns die Tür öffnen, ohne die Salatschüsseln wegzukicken?« Er deutete mit einer Hand auf die Cups, die durch den Treffer zu Boden gefallen waren. »Für die Spurensicherung wäre es wichtig, dass alles so liegenbleibt.«

Johnny machte einen Bogen um die Trophäen und verließ den Raum, ohne den jungen Kripomann vorm Fenster noch eines Blickes zu würdigen.

Die Kaffeemaschine hatte längst aufgehört, zu gurgeln. Johnny hatte nicht vor, dem Beamten, der sich wohl für geistreich hielt, einen Kaffee anzubieten. Doch er würde nicht darum herumkommen. Er selbst hatte eine Stärkung jetzt bitter nötig.

Im Serverraum rumorten die Rechner, als wäre nichts geschehen.

Johnny betätigte den Türdrücker für die Haustür. Gleich darauf öffnete er die Eingangstür zu seinen Büroräumen einen Spalt breit und vergewisserte sich, dass es ausnahmslos Polizisten waren, die den Flur betraten.

Der Beamte, der sich als Arne Zander vorgestellt hatte, hüpfte lässig die Stufen zum Hochparterre hinauf. Er reichte ihm die Hand und drückte sie länger als nötig, als wollte er ihm sein Mitgefühl für den Schrecken an diesem frühen Morgen aussprechen.

Ganz so unsympathisch, wie Johnny zuerst gemeint hatte, wirkte der Typ nun doch nicht.

»Kommen Sie rein.« Er hielt Kommissar Zander und den zwei Männern, die zu ihm gehörten, die Tür weit auf. »Kaffee? Gerade frisch aufgesetzt.«

»Da sagen wir nicht nein«, sagte Zander. »Ich helfe Ihnen.« Er deutete auf seine Kollegen. »Die Herren sind von der Spurensicherung, wie Sie bestimmt schon erraten haben. Sie wollen sich in Ihrem Büro umsehen.«

Einer der Männer lächelte ihn verstohlen an. »Wir haben ja schon mal Bekanntschaft miteinander gemacht.«

»Stimmt«, sagte Johnny. »Jetzt erkenne ich Sie wieder.«

Zander blickte fragend vom einen zum anderen.

»Einbruchsdelikt«, erklärte der Kollege ihm. »Herrn Quadt ist eine Waffe aus dem Tresor seines Wohnhauses gestohlen worden.«

»Eine Smith & Wesson«, sagte Johnny.

Der Kommissar sah ihn erstaunt an. »Wann war das?«

»Vor fünf Wochen.«

»Ah, deshalb weiß ich nichts davon. Da war ich im Urlaub. Außer der Waffe ist nichts geklaut worden?«

»Ein paar Geldscheine noch und etwas Schmuck. Aber gehen Sie doch durch in mein Büro. Hier herum, die letzte Tür.« Er wandte sich zur Teeküche um.

Arne Zander blieb ihm auf den Fersen.

Johnny drückte dem Kripomann die Kaffeekanne in die Hand. »Wenn Sie die nehmen würden.« Er selbst umfasste mit Daumen und Fingern die Henkel einiger Becher, die das Logo seiner Firma zierte, und ging voran in den Besprechungsraum. »Sie leiten die Ermittlungen?«, fragte er den jungen Beamten mit Blick über die Schulter.

»Nein. Unser Chefermittler ist Hauptkommissar Kuno Knudsen. Er dürfte jeden Moment hier eintreffen. Er bringt Ihre Frau mit.«

»Eta? Wozu? Ich habe ihr doch gesagt, sie soll zu Hause bleiben.«

Zander benahm sich, als gehörte er in diese Räume. Er schenkte ihnen beiden Kaffee ein, setzte sich unaufgefordert hin und bot Johnny ebenfalls einen Platz an. »Ihre Frau hat darauf bestanden, in dieser Situation an Ihrer Seite zu sein. Und da wir davon ausgehen konnten, dass der Schütze längst über alle Dünen ist ...« Er schlurfte einen Schluck von seinem Kaffee. »Sie haben übrigens Glück: Kriminalhauptkommissar Knudsen ist auf Amrum stationiert. Gestern Abend ist er aber turnusgemäß für ein paar Tage auf Sylt eingetroffen.«

»Aha, und worin besteht da mein Glück?«

Zander streckte die Beine von sich. »Wenn er nicht schon auf der Insel wäre, könnte er nicht vor heute Nachmittag bei Ihnen sein. Dann müssten Sie vermutlich die gleichen Fragen zweimal beantworten.«

»Reden Sie beide nicht miteinander?«

»Doch.« Zander grinste. »Aber Kuno Knudsen hört die Antworten immer am liebsten vom Original. Wie dem auch sei, wenn er auf Sylt ist, wohnt er in Kampen.

Auf dem Weg in Ihr Büro holt er Ihre Frau ab.« Er reckte den Hals. »Ich glaube, da ist er schon. Ich höre seine Stimme.« Er stand auf und ging in den Flur. »Kuno?«

»Johnny?« Es war unverkennbar Eta, die da rief.

Johnny ging ihr entgegen.

Mit dramatischer Miene eilte sie auf ihn zu, blieb zwei Schritte vor ihm stehen und musterte ihn von oben bis unten. »Mein Gott, was ist denn bloß geschehen?«

In diskretem Abstand hinter ihr verharrte ein hochgewachsener, kräftiger Mann mit eisgrauem Vollbart und verhalten angedeutetem Lächeln. Das musste der Kriminalhauptkommissar sein. Er wartete geduldig, bis Eta sich von Johnnys Anblick löste und zur Seite trat.

Mit einer Hand deutete sie auf den Beamten.

»Kriminalhauptkommissar Kuno Knudsen«, sagte der Mann, bevor Eta die Worte fand. »Tut mir leid, dass der Tag für Sie so schlimm begonnen hat. Ich guck mir mal eben den Tatort an, dann bin ich ganz für Sie da. Wo können wir uns in Ruhe unterhalten?«

Kommissar Zander kam Johnny mit der Antwort zuvor. »Da vorne.« Er zeigte auf den Besprechungsraum. Dann führte er Kuno Knudsen in Johnnys Büro.

Johnny trat einen halben Schritt näher an Eta heran. Zu seinem Verdruss trug sie heute keine Ballerinas. Sie hatte die Schuhe mit den höchsten Absätzen gewählt, die sie in ihrem nicht gerade bescheiden bestückten Schuhschrank hatte finden können. Um satte fünf Zentimeter überragte sie ihn.

Verwirrt blickte sie ihn von oben herab an. Das Gespräch von heute Morgen konnte sie nicht vergessen haben. »Das war nicht Alf«, sagte sie leise.

»Wer sonst?«, erwiderte er tonlos.

»Du glaubst nicht wirklich, dass er dazu fähig ist.«

»Wer sonst?«, wiederholte Johnny. Er drehte sich von ihr ab und kehrte in den Besprechungsraum zurück.

Sie folgte ihm. »Aber er hat doch gar keine Waffe, oder? Kann er überhaupt schießen?«

Johnny zuckte mit den Schultern. »Wenn nicht, kennt er sicher jemanden, der ihm geholfen hat.«

»Und wenn der Schuss ein Versehen war?«

Etas Naivität kannte keine Grenzen. »Ich bitte dich! Wer ballert aus Versehen vom Dünenrand aus mitten in mein Büro, nachdem ich es gerade betreten habe?«

»Schon gut«, sagte Eta leise. »Ich bin sicher, die Angelegenheit klärt sich auf.«

Die Kommissare folgten ihnen in den Besprechungsraum.

Kuno Knudsen machte ein nachdenkliches Gesicht. »Wir würden Sie gerne erst einmal alleine sprechen, Herr Quadt. Dürfen wir Ihnen zumuten, sich trotz des Schreckens, den Sie erlitten haben, für eine Weile von Ihrer Frau zu trennen?«

»Ich verziehe mich in mein Büro«, sagte Eta bereitwilliger als nötig. »Dann haben Sie den Konferenzraum für sich.« Sie ließ die Männer alleine.

Johnny spürte einen Kloß im Magen. Was würden die Polizisten von ihm wissen wollen, und wie viel sollte er ihnen erzählen? Wie tief sollte er sie in sein Leben blicken lassen, und wie offen durfte er seinen Verdacht äußern? Unsicher knetete er die Hände.

Das unaufgeregte Verhalten der Ermittler, als sie um den großen ovalen Tisch herum Platz nahmen, gab ihm ein Gefühl der Sicherheit zurück.

Hauptkommissar Knudsen suchte seinen Blick. »Sie wirken relativ gefasst, wenn man bedenkt, dass vorhin auf Sie geschossen wurde. Fühlen Sie sich in der Lage, uns eine Reihe von Fragen zu beantworten?«

»Ich denke schon.«

»Dann falle ich gleich mit der Tür ins Haus: Haben Sie den Schützen gesehen, als er da draußen stand oder als er nach dem Schuss flüchtete?«

Was für eine Frage! Johnnys Gesicht versteinerte unwillkürlich. »Ich habe niemanden gesehen. Als ich hier ankam, war in der Dünenstraße noch keine Menschenseele unterwegs. Und ich war wie üblich auch der Erste, der dieses Haus am Morgen betreten hat.«

»Es könnte sein«, sagte Kommissar Zander, »dass der Täter sich hinter dem Kiosk am Strandübergang versteckt gehalten und von dort aus beobachtet hat, wie Sie das Bürogebäude betreten haben.«

Kuno Knudsen wandte sich an seinen Kollegen. »Um wie viel Uhr öffnet der Kiosk? Ist da morgens noch nichts los?«

»Die machen erst um elf Uhr dreißig auf«, sagte Zander. »Das ist so eine Art Schnellimbiss.«

Johnny lachte höhnisch. »Wobei ›schnell‹ immer relativ ist. Wenn da richtig Betrieb ist, warten Sie auch mal eine Stunde auf Ihren Burger, auch wenn Ihr Magen noch so laut knurrt.«

Hauptkommissar Knudsen ließ sich nicht von seiner Linie abbringen. »Jedenfalls ist morgens noch niemand da, wie ich den Worten meines Kollegen entnehme. Und wenn vorhin jemand ein Versteck gesucht hat, war er bei dem Kiosk gut aufgehoben. Auf welchem Weg sind Sie denn heute ins Büro gekommen?«

»Wie immer. Von zu Hause aus die Kurpromenade runter. Das sind nur ein paar Minuten Fußweg und die frische Luft am Morgen tut gut. Sie versorgt das Hirn mit Sauerstoff und erhöht die Leistungsfähigkeit.«

»War an diesem Morgen etwas anders als üblich?«

»Ja«, sagte Johnny geradeheraus. »Ich hatte eine Begegnung, die mir zum Glück an den meisten Tagen des Jahres erspart bleibt.« Er warf sich auf seinem Stuhl zurück und wippte mit der Rückenlehne.

»Wer war der Unhold?« Knudsen lächelte ihn väterlich an.

»Mein Erzkonkurrent, Alf Leefmann. Er tut gerne so, als würde er den Tag mit Joggen beginnen. Bei manchen Leuten macht es Eindruck, wenn man frühmorgens in Sportklamotten am Strand oder auf der Promenade herumspaziert.«

»Wie kommt es«, fragte Arne Zander mit ironischem Unterton, »dass Sie sich nicht jeden Morgen begegnen? Hält einer von Ihnen beiden die Zeiten nicht ein?«

»Ich bin meist etwas später dran als Alf. Die Uhrzeit, zu der er für gewöhnlich seine Jogginghosen vorführt, ist mir bekannt.« Er schmunzelte höhnisch. »Ich gehöre nicht zu denen, die sich bemüßigt fühlen, sich dann am Strand aufzustellen und ihm zu applaudieren.«

Knudsen nahm die Bemerkung mit einem angedeuteten Nicken zur Kenntnis. »Was hat Sie heute dazu getrieben, früher ins Büro zu gehen als üblich?«

»Alf Leefmann.«

Die Ermittler stutzten.

»Wie dürfen wir das verstehen?«, fragte Zander.

»Ich habe den begründeten Verdacht, dass Alf mir geschäftlich gehörig in die Suppe spucken will.«

Knudsen stützte das Kinn in die Hand. »Ist das eine ganz frische Erkenntnis?«

»Je nachdem, was Sie als frisch bezeichnen. Es kocht schon eine ganze Weile etwas zwischen uns hoch.« Johnny stützte sich mit einem Arm auf dem Tisch und mit der Hand des anderen auf der Stuhllehne ab und schob seinen Oberkörper zu den Kripobeamten hinüber. Er senkte die Stimme. »Ich habe allen Grund zu der Annahme, dass Alf Leefmann mir eins auswischen will.« Er ließ sich wieder auf den Sitz fallen. »Eta und ich haben uns vorhin beim Frühstück darüber unterhalten. Mich bringen solche Gespräche in Rage. Deshalb bin ich heute früher aus dem Haus als üblich.«

»Was ist geschehen, als Sie und Herr Leefmann sich begegnet sind?«, fragte Kuno Knudsen. »Haben Sie miteinander gesprochen?«

»Leider ja, wenn auch nur kurz.«

»Worüber?«

Johnny holte tief Atem. »Es waren die üblichen dummen Sticheleien zwischen zwei Männern, die sich nicht grün sind. Aus irgendeinem Grund kam Alf dabei urplötzlich auf meine Lebensuhr zu sprechen. In dem Moment hab ich mir aber noch nichts dabei gedacht.«

»Ihre Lebensuhr?«, fragten beide Kommissare gleichzeitig.

»Eine digitale Uhr, die mir anzeigt, wie viel Zeit ich noch zu leben habe, rein statistisch betrachtet. Sie müssen sie doch gesehen haben, als Sie gerade in meinem Büro waren.«

»Ah«, sagte Knudsen. »Die digitale Anzeige an der Wand gegenüber Ihrem Schreibtisch. Die stand aber auf null, wenn ich das richtig erkannt habe.«

Johnny spürte das Blut in seine Wangen steigen. »Das ist es ja. Sie hätte noch ...« Vor lauter Aufregung erinnerte er sich jetzt nicht mehr an die ungefähre Anzahl von Sekunden, die ihm statistisch betrachtet blieb. »Sie hätte noch eine Ewigkeit weiterlaufen müssen. Aber als ich heute Morgen ins Büro kam, stand sie auf null. Das Programm für die Uhr liegt im Rechnerraum auf einem Server. Jemand muss es über Nacht manipuliert haben.«

Arne Zander ruckelte mit seinem Stuhl näher an den Tisch heran. »Muss man so ein Teil haben, so eine *Lebensuhr*?« Er sprach das Wort aus, als handelte es sich um eine mysteriöse Krankheit.

»Sie vielleicht nicht. Mir hilft sie, meine Zeit nur mit sinnvollen Dingen zu verbringen. Ich will keine Sekunde meines Lebens verplempern, verstehen Sie?«

»Nicht so ganz«, erwiderte Zander. »Ist es nicht deprimierend und blockiert es einen nicht eher, wenn man seine eigene Endlichkeit dauernd vor Augen hat?«

Johnny lächelte sarkastisch. »Ich finde, es gehören Mut, Entschlossenheit und Ausdauer dazu, ständig gegen dieses Wissen anzugehen, dass alles ein absehbares Ende hat. Mich spornt das dazu an, im Leben zu jedem Zeitpunkt alles zu geben. Immer das Beste.«

»Hmm, aha.« Der junge Kommissar guckte irritiert, um nicht zu sagen: verständnislos.

»Also, ich kenne das nur in umgekehrter Form«, sagte Kuno Knudsen. »Der HSV hat doch so was in seinem Fußballstadion hängen. Da wird hochgezählt, seit wann er in der Bundesliga ist.«

»Jetzt nicht mehr«, erwiderte Johnny trocken. »Egal, wie herum Sie zählen, Herr Kommissar: Alles hat ein Ende.«

Arne Zander hob drohend den Zeigefinger. »Reden Sie uns den Verein nicht tot. Der kommt wieder!«

Der Hauptkommissar klopfte mit dem Kaffeelöffel gegen seinen Becher. »Meine Herren, kommen wir zur Sache zurück. Alf Leefmann hat Sie also auf der Kurpromenade auf Ihre Lebensuhr angesprochen.«

»Hat er. Und als ich ins Büro kam, stand alles auf null, die Uhr im Büro und darüber hinaus auch die Handy-App.« Zum Beweis zeigte er sein Smartphone vor.

»Ich vermute«, sagte Zander nachdenklich, »das entsprach nicht dem, was man Ihnen geweissagt hat. Denn wenn der heutige Tag Ihr errechneter Todestag gewesen wäre, wären Sie höchstwahrscheinlich gar nicht erst ins Büro gegangen.« Er rieb sich das Kinn.

»Arne!«, raunte der Hauptkommissar und legte kopfschüttelnd die Stirn in Falten.

»Ich frag ja nur«, sagte der junge Kripomann zu seinem Vorgesetzten. »Ich finde diese Einstellung äußerst interessant und überlege gerade, wie man damit umgeht, ständig die ablaufende Uhr vor Augen zu haben.«

»Die Uhr stand jedenfalls auf null«, fuhr Johnny ungehalten fort, »und das war, wie Sie ganz richtig erkannt haben, Herr Zander, so nicht geplant. Nicht für den heutigen Tag. Diese Unregelmäßigkeit habe ich entdeckt, als ich am Schreibtisch stand und meinen Computer hochfuhr. Ich bin auf die Wand zugegangen und in Höhe des Fensters, das ich kurz zuvor geöffnet hatte, stehengeblieben. Auf einmal pfiff ein Projektil an mir vorbei in das Regal mit meinen Golf-Trophäen.«

»Bitte verstehen Sie meine Bemerkung nicht falsch«, sagte Hauptkommissar Knudsen. »Aber es ist merkwürdig, dass der Schütze an Ihnen vorbeigeschossen hat. Sie standen doch als mannsgroße Zielscheibe mitten im Raum. Kann es sein, dass er Sie gar nicht wirklich treffen wollte?«

Johnny zuckte mit den Schultern. »Kann sein. Oder er konnte nicht richtig zielen.«

Arne Zander schien an Johnnys Schilderungen etwas nicht zu passen. Unwillig zog er die Augenbrauen zusammen und schüttelte den Kopf. »Sie haben wirklich niemanden vor dem Fenster stehen sehen?«

»Nein, ich sagte doch: Ich habe auf die Uhr geguckt. Und nach dem Schuss bin ich natürlich in Deckung gegangen.« Es bereitete Johnny Mühe, seine Emotionen zu zügeln, was seiner Stimme anzuhören war.

Kuno Knudsen machte mit beiden Händen eine Geste, die nach Beschwichtigungsversuch aussah. »War Ihnen sofort klar, dass ein Schuss abgegeben worden war?«

»Natürlich.«

»So natürlich finde ich das nicht«, sagte Knudsen. »Wenn man im Büro einen Knall hört, denkt man nicht zwangsläufig daran, dass scharf geschossen wurde.«

»Das sehe ich anders. Ich bin Sportschütze. Ich weiß, wie ein Schuss sich anhört. Und was sonst hätte meine Golf-Trophäen durchlöchern und vom Regal werfen können? Ein Stein war das nicht, was an mir vorbeigepfiffen ist. Den hätte ich gesehen.«

»Wenn Sie Sportschütze sind«, sagte Kuno Knudsen nachdenklich, »dann kommt mir die Frage: Gibt es im Kreis Ihrer Vereinskameraden jemanden, der es auf Sie abgesehen haben könnte?«

Langsam schüttelte Johnny den Kopf. Alles in ihm zog sich zusammen. »Ich kenne nur eine einzige Person, die es auf mich abgesehen haben kann. Aber die ist nicht in dem Verein.«

Der Hauptkommissar wurde unruhig. »Wer ist das?«

Johnny kräuselte die Lippen.

Knudsen fragte nochmals nach dem Namen.

»Sie müssten ihn fast erraten können.«

Arne Zander kniff die Augen zusammen. »Wollen Sie damit andeuten, dass Alf Leefmann der Schütze sein könnte?«

Johnny ließ sich mit der Antwort Zeit. »Konkret möchte ich mich dazu jetzt nicht äußern«, sagte er schließlich. »Es ist nur so ein Bauchgefühl.«

»Könnte Leefmann die Lebensuhr verstellt haben?«

Johnny zuckte mit den Achseln. »Nicht direkt.«

»Haben Sie jemanden, der prüfen kann, ob die Uhr verstellt wurde oder ob es sich bloß um einen technischen Defekt handelt, der zufällig heute aufgetreten ist?«

»Ja. Einer meiner Mitarbeiter kann danach sehen.«

Kommissar Zander stützte die Hände auf den Tisch und massierte sich die Schläfen. Dann hob er den Kopf wieder. »Ich möchte die Zeit jetzt mal ein Stück zurückdrehen. Wie war das mit dem Einbruch?« Er wandte sich an den Hauptkommissar und erklärte ihm: »Vor fünf Wochen ist Herrn Quadt bei einem Einbruch in sein Privathaus eine Schusswaffe aus dem Tresor gestohlen worden.«

Knudsens verwunderte Blicke forderten Johnny dazu auf, mehr darüber zu berichten.

Johnny spürte, wie sein Herz schneller schlug. Es widerstrebte ihm, über diesen rätselhaften Vorfall zu sprechen. »Eta und ich hatten an dem Abend einen Event in List. Auf dem Platz vor der alten Tonnenhalle haben wir eine riesige Schau für eine Modefirma organisiert, eine ganz große Nummer mit Musik und Lichteffekten. Es war weit nach Mitternacht, als wir nach Hause zurückgekehrt sind. Vor dem Schlafengehen wollten wir noch einen Drink im Wohnzimmer nehmen. Als wir den Raum betraten, stellten wir voller Schrecken fest, dass jemand die Terrassentür aufgebrochen hatte.«

»Haben Sie keine Alarmanlage?«, fragte Knudsen.

»Damals nicht. Heute wohl. Als wir sahen, was geschehen war, sind wir aus dem Haus gelaufen, haben uns auf dem Nachbargrundstück versteckt und die Polizei gerufen. Wir wussten ja nicht, ob der Einbrecher noch drinnen war. War er zum Glück nicht, und er hat auch nicht viel mitgenommen. Aber den Tresor hat er geknackt. Zerstörungsfrei, wie es so schön heißt.«

»Hatte der Panzerschrank ein mechanisches Schloss oder ein elektronisches?«

»Elektronisch.«

Knudsen guckte skeptisch. »Der Einbrecher kannte die Ziffernfolge?«

Johnny nickte betreten. »Er muss sie irgendwie herausgefunden haben. Ich selbst habe sie niemandem verraten, nicht einmal Eta kannte sie. Und ich wechsle den Code häufiger als die Unterwäsche.«

»Wer kann ihn dann erraten haben?«, fragte Arne Zander. »Haben Sie die Daten der Geburtstage von Familienmitgliedern verwendet?«

»Für wie blöd halten Sie mich?« Johnny kippte einen Schluck Kaffee hinunter und setzte den Becher lautstark ab. »Unter uns: Ich habe abwechselnd die Telefonnummern meiner besten Kunden verwendet. Aber wer hätte darauf kommen können?«

»Sind Sie absolut sicher, dass niemals durchgesickert ist, worauf Ihre Tresorcodes basierten?«, fragte Zander. »Ich meine, wenn man mit Freunden bei einem Gläschen Wein zusammensitzt, kann einem das schon mal ganz im Vertrauen über die Lippen rutschen. Und wenn am Nebentisch jemand die Ohren gespitzt hat ...«

»*Einem* kann das vielleicht passieren«, konterte Johnny. »*Mir* nicht. Vielleicht ist der Einbrecher auf irgendeinem Weg an den Mastercode gelangt.«

»Wir werden das Rätsel heute nicht lösen«, sagte Knudsen mit strenger Miene. »Aber wir werden das bei unseren Ermittlungen im Hinterstübchen behalten. Sagen Sie, lag Munition bei der Waffe?«

»Wo denken Sie hin! Die Packung mit den Projektilen ist in einem Banksafe untergebracht.«

»Was hat der Einbrecher sonst noch mitgenommen?«, fragte Knudsen.

»Nicht viel. Ein bisschen Bargeld, etwas Schmuck.«

»Notebooks oder andere elektronische Geräte?«

»Nichts weiter.«

Knudsen wiegte den Kopf hin und her. »Klingt für mich so, als wäre der Einbrecher gut informiert gewesen und ganz gezielt vorgegangen. Haben unsere Kollegen etwas über den Verbleib der Waffe herausgefunden?«

Johnny schüttelte den Kopf. »Leider nein.«

»Haben Sie sich eine neue zugelegt?«

»Auch nicht. Im Grunde genommen brauche ich die Waffe nicht. Es war eine Spielerei. Vor Jahren bin ich in einen Sportschützenverein eingetreten, weil ich dachte, das ist gut fürs Image und förderlich fürs Geschäft. Sie wissen ja, in Vereinen knüpft man Kontakte, man wird herumgereicht und weiterempfohlen. Heute bin ich zwar noch Mitglied in dem Verein, aber nicht mehr aktiv. Ich ziehe das Golfspiel vor.«

»Verstehe.« Der Hauptkommissar nickte und rang die Hände. »Der Mann Ihrer Albträume ist Alf Leefmann, wie wir deutlich aus Ihren Worten herausgehört haben. Ob er als Schütze infrage kommt, dazu möchten Sie sich nicht äußern. Trotzdem meine Frage: Denken Sie, dass er mit dem Einbruch in Ihr Haus zu tun haben könnte?«

Johnny zuckte mit den Achseln. »Ich weiß es nicht. Wirklich nicht. Aber fragen Sie ihn doch mal, was er am einundzwanzigsten Juli abends gemacht hat. Soviel verrate ich Ihnen: Während ganz Sylt sich auf unserem Event getummelt hat, glänzte Alf durch Abwesenheit.«

»Sein Fehlen ist Ihnen aufgefallen, obwohl so viele Menschen auf der Veranstaltung waren?« Knudsen zog erstaunt die Augenbrauen hoch.

Johnny bleckte die Zähne. »Alfs Abwesenheit fällt immer auf, genauso wie seine Anwesenheit. Das eine angenehm, das andere unangenehm.«

Der Hauptkommissar sah ihn mit ausdruckslosem Gesicht an. Unmöglich, zu erahnen, was gerade in seinem Kopf vorging. »Hat Leefmann gelernt, mit Schusswaffen umzugehen?«

»Nicht in dem Verein, in dem ich Mitglied bin. Ob woanders, das entzieht sich meiner Kenntnis.«

»Wenn Sie beide so verfeindet sind«, sagte Arne Zander, »woher soll er gewusst haben, wo Sie die Waffe aufbewahrt haben? Von Ihnen wird er es nicht erfahren haben. Und wie soll er den Code erraten haben?«

Johnny fühlte sich in die Enge getrieben. Er hob hilflos die Hände. »Ich weiß es nicht. Vielleicht hätte ich

mir die Andeutungen auf Alf Leefmann im Zusammenhang mit dem Waffendiebstahl besser verkneifen sollen.
Jetzt sieht es so aus, als hätte ich Sie absichtlich auf ihn
angesetzt, nur weil ich persönlich nicht mit ihm kann.«

Knudsen winkte ab. »Da machen Sie sich mal keine
Sorgen. Wir wissen Ihre Aussagen schon richtig einzu-
ordnen. In einer Situation wie der, in der Sie sich zurzeit
befinden, rauschen die Gedanken und Gefühle ohnehin
die Achterbahn rauf und runter.«

Johnny war erleichtert. »Danke für Ihr Verständnis.
Es ist im Moment wirklich ein bisschen viel für mich.«

»Das ist doch klar. Wir können auch nachvollziehen,
dass Sie sich auf Herrn Leefmann fokussiert haben.
Wenn man einmal ein Feindbild hat, projiziert man jedes Unglück darauf. Aber gibt es denn außer ihm niemanden auf der Insel, der Ihnen so feindlich gesinnt ist,
dass Sie ihm zutrauen würden, auf sie zu schießen?«

Johnny schüttelte den Kopf.

Knudsen ließ nicht locker. »Und außerhalb von Sylt?
Auf einer Nachbarinsel oder auf dem Festland?«

»Wer sollte das sein?«

Knudsen hob fragend die Achseln. »Ein Kunde vielleicht, der sich im Nachhinein darüber ärgert, viel Geld
für einen Event ausgegeben zu haben, den er sich im
Grunde genommen gar nicht hätte leisten dürfen? Jemand, der Sie für seine eigene Fehlentscheidung verantwortlich macht und der Ihnen mit dem Schuss nur einen
Schrecken einjagen wollte, um seine Wut auf diese Weise abzureagieren?«

Johnny sah ihn verwundert an. »Würden Sie den
Frust eines Kunden über seine eigene Entscheidung als
Motiv für einen Mordanschlag in Betracht ziehen?«

Arne Zander lachte laut auf. »Wenn Sie wüssten, aus welchen Gründen Menschen morden.«

»Wie war denn das eigentlich direkt nach dem Einbruch?«, fragte Knudsen. »Hatten Sie Alf Leefmann zu dem Zeitpunkt schon im Verdacht, damit zu tun zu haben?«

»Nein«, sagte Johnny. »Ich habe mich natürlich gefragt, wer das gewesen sein könnte. Alf ist mir dabei nicht eingefallen. Genauer gesagt: Mir ist niemand eingefallen. Aber einer muss es ja gewesen sein, und jetzt, wo wir hier zusammensitzen und uns unterhalten, kommen diese Gedanken automatisch hoch. Die andauernden Spannungen zwischen ihm und mir, die zu eskalieren drohten. Die bevorstehenden ›Sylter Sommernachtsträume‹, für die ich den Zuschlag bekommen habe und die er am liebsten selber durchgeführt hätte. Der Einbruch. Der Schuss. Da sehe ich eine logische Verbindung. Zumindest drängt sich mir dieser Gedanke auf. Aber ich mag mich täuschen.«

Einen Moment herrschte ratlose Stille. Dann ergriff Kuno Knudsen wieder das Wort. »Kommen wir noch einmal auf heute Morgen zurück. Um wie viel Uhr sind Sie Alf Leefmann auf der Kurpromenade begegnet?«

Johnny rechnete nach. »Das muss kurz nach sieben gewesen sein.«

»Wie lange ist er unterwegs, wenn er joggt?«

»Das weiß ich wirklich nicht. Manchmal, wenn ich ins Büro gehe, sehe ich ihn auf seinem Rückweg. Aber wie lange er genau läuft, kann ich nicht sagen.«

Es klopfte an der Tür. Einer der Männer von der Spurensicherung steckte den Kopf in den Raum und sah die Ermittler wortlos an.

Arne Zander stand auf. »Ich geh mal eben rüber zu den Kollegen. Bin gleich wieder da.«

Hauptkommissar Knudsen spürte wohl den Herdentrieb. »Ich komme mit«, sagte er. »Sie warten bitte hier auf uns, Herr Quadt. Dauert nicht lange.«

Johnny hörte sonore Stimmen auf dem Flur. Eine Tür wurde verschlossen. Es musste die zu seinem Büro sein. Die Stimmen erstarben.

Angespannt blickte er aus dem Fenster in den Hof. Eine Katze streunte über den gegenüberliegenden Parkplatz. Sie ließ sich vor den abgestellten Autos auf dem Pflaster nieder, auf das die Morgensonne ihre Strahlen warf, und schloss genüsslich die Augen.

Johnny fragte sich, wann er wohl seine Lebensuhr wieder in den Zustand versetzen durfte, seine verbleibende Lebensdauer anzuzeigen. Franco, sein Systemadministrator, könnte das Programm korrigieren. Er würde ihn nachher darum bitten.

Plötzlich klopfte es hart an der Tür. Johnny schrak zusammen.

Der Hauptkommissar trat wieder ein. »So, Entschuldigung«, sagte er und setzte sich hin, ohne zu erläutern, welche Erkenntnisse ihm seine Kollegen drüben offenbart hatten. »Wir sind in unserem Gespräch mit Ihnen ein bisschen abgeschweift. Fürs Protokoll müsste ich noch wissen: Was ist nach dem Schuss passiert? Sie sind in Deckung gegangen, sagten Sie vorhin?«

Johnny nickte. »Ich habe mich unterm Schreibtisch versteckt, habe meine Partnerin angerufen. Die hat die Polizei informiert. Den Rest kennen Sie.«

»Warum haben Sie nicht selbst sofort die Eins-Eins-Null gewählt? Wäre doch das Logischste gewesen.«

Knudsens Blick wirkte provokant. Fühlte er sich in seiner Ehre gekränkt, weil Johnnys erster Gedanke nicht der Polizei gegolten hatte?

Johnny senkte die Lider. »In der Situation habe ich zuerst an Eta gedacht. Sie steht mir am nächsten.«

»Aber sie konnte doch nichts tun.«

Johnny lehnte sich zurück. »Ich habe Verantwortung für meine Mitarbeiter«, erklärte er in ruhigem Ton. »Ich wollte verhindern, dass auch nur einer von ihnen dem Schützen vor die Flinte läuft. Daher habe ich Eta gebeten, sie alle sofort über die Ereignisse zu informieren und ihnen zu sagen, dass sie heute zu Hause bleiben sollen.«

Um Knudsens Mund zuckte es kaum merklich. »Bewundernswert, dass Sie in so einer lebensbedrohlichen Situation zuerst an Ihre Leute denken.«

Schwang eine Spur Ironie in der Stimme des Kommissars mit?

Bevor Johnny die Frage für sich beantworten konnte, stürzte Arne Zander wieder in den Raum. Anzuklopfen hatte er nicht für nötig gehalten.

»Alf Leefmann ist zurzeit nicht auffindbar«, rief er seinem Chef zu. »Zu Hause nimmt er das Telefon nicht ab, ans Handy geht er nicht, und in der Firma ist er auch nicht.«

»Na, sehen Sie«, sagte Johnny.

3

Okko Knudsen hätte gewettet, dass dieser Tag so beginnen würde wie jeder andere, seit er sich von seiner Freundin in Süderbrarup getrennt hatte, nach Amrum zurückgekehrt und unter das Dach seines großen Bruders geschlüpft war. Die Wette hätte er verloren.

Okko träumte nicht. Das Mobilteil des Festnetztelefons, das neben seinem Bett auf dem Boden lag, dudelte unaufhörlich vor sich hin.

Benommen vom alkoholisierten Schlaf drehte er sich auf die Seite und tastete nach dem Gerät. Er räusperte sich, um die morgendliche Heiserkeit aus seiner Stimme zu vertreiben. »Knudsen. Okko Knudsen.«

Da er das Telefon seines Bruders nutzte, war es ratsam, sich auch mit dem Vornamen zu melden. Nicht selten trafen hier Anrufe von Amrumern ein, die Kuno in seiner Eigenschaft als Kriminalkommissar kontaktierten. Besser war es, von vornherein jeden Zweifel darüber auszuschließen, welchen der zwei Knudsen-Brüder man erwischt hatte. Sonst müsste er sich womöglich gleich eine Geschichte anhören, die er gar nicht hören wollte. Eine Story über eine gefundene Leiche mit aufgeschlitztem Bauch oder eingeschlagenem Schädel.

»Hi, Okko«, dröhnte es frohgelaunt vom anderen Ende der Leitung in sein Ohr. »EffEff hier. Beim dritten Versuch nimmst du endlich ab. Wo warst du denn die ganze Zeit? Doch nicht etwa unter der Dusche?«

Den Hörer ans Ohr gepresst, rollte Okko sich wieder auf den Rücken. Er schloss die Augen und fasste sich an die Stirn. Er brauchte seine Zeit, um sich auf Plaudertasche Friedrich Fliegenfischer einzustellen.

»Okko?« Friedrich pochte mit einem Stift oder mit dem Fingernagel gegen das Telefon.

»Kuno ist nicht da. Er ist auf Sylt. Versuch es übers Handy.«

»Ich weiß, wo Kuno steckt. Ich wollte nicht ihn, ich wollte dich.«

Erstaunt riss Okko die Augen auf. »Mich? Warum das?« Er kam mit dem Oberkörper hoch und stützte sich mit einem Ellenbogen auf der Matratze auf. Jetzt wurde es interessant. Was konnte Inselreporter Friedrich Fliegenfischer von Okko Knudsen wollen?

»Hast du für die nächsten Tage schon einen Job?«, fragte Friedrich.

»Soll das ein Witz sein?« Wer Okko kannte, wusste, dass er Gelegenheitsjobs annahm, sofern sich welche anboten. Was selten der Fall war. Sie beschränkten sich auf Tätigkeiten wie das Rasenmähen, Fensterputzen und Einkaufen für den großen Bruder. Letzteres unter der Bedingung, dass Kuno ihm die Einkaufsliste schrieb.

»Ich wüsste einen interessanten Aushilfsjob für dich.« Friedrichs Stimme klang verheißungsvoll.

»So?« Skepsis stieg in Okko auf. »Was soll das denn sein?«

»Kennst du die größte Strandparty von Sylt?«

Okkos Miene hellte sich auf. »Und ob ich die kenne. Wenn die einen Biertester suchen ...«

»Das eher nicht«, sagte Friedrich. »Ich dachte an eine noch verantwortungsvollere Tätigkeit.«

»Noch verantwortungsvoller?« Okko schlenkerte die Beine aus der Horizontalen. Auf der Bettkante sitzend, balancierte er seinen Oberkörper aus. Dabei überschlug er die Anzahl der leeren Bierflaschen, die auf der Kommode neben dem Bett standen. Wenn er die genaue Zahl ermittelt hatte, konnte er abschätzen, wie lange es dauern würde, bis die Kopfschmerzen und dieses dumme pelzige Gefühl im Mund verschwunden waren.

»Also, genauer gesagt: Was mir für dich vorschwebt, wäre eine Kombination aus verantwortungsvollem Ordnungsmanagement und intelligenter Gesprächsführung.«

Okko fühlte sich geschmeichelt, auch wenn er nicht verstand, worum es gehen sollte. »Wie darf ich mir das vorstellen? Hast du mal ein praktisches Beispiel?«

Friedrich zeigte sich geheimnisvoll und geduldig wie immer, wenn er eins seiner halb offiziellen, halb illegalen Projekte plante. »Wie lange brauchst du, bis du dich heute aus dem Haus wagen kannst?«

Okko suchte vergeblich nach seiner Armbanduhr. Er musste sie gestern Abend beim Zähneputzen im Badezimmer liegen gelassen haben. »Wie spät ist es jetzt?«

Einen Zug an einer Zigarette lang blieb es still in der Leitung. Hatte Friedrich die Uhrzeit selbst nicht parat?

»Es ist ziemlich genau ...«, der Inselreporter pausierte und stieß den Rauch aus, »... zwei Stunden, nachdem ein Schuss auf den Veranstalter der diesjährigen ›Sylter Sommernachtsträume‹ abgegeben wurde.«

Es dauerte, bis Okko Friedrichs Worte verarbeitet hatte. Die Zeitungsberichte über die Strandpartys las er jedes Jahr. Wer der Veranstalter war, hatte ihn jedoch nie interessiert. Weder ein Name noch ein Gesicht kam ihm dazu in den Sinn. »Der Mann ist tot?« Anstandshalber legte er Bedauern in seine Stimme.

»Nicht ganz. Der Schuss ging an Johnny Quadt vorbei. Aber wenn du mich fragst: Das war nicht der letzte Versuch, ihn aus der Welt zu schaffen.«

In Okkos Schädel rauschte es. Er nahm das Mobilteil vom Ohr, hielt es von sich weg und beobachtete, wie die Anzeige der Gesprächsdauer weiterlief. Friedrich rief seinen Namen so laut, dass er ihn auch auf die Entfernung hörte. Er drückte das Gerät wieder ans Ohr. »Das ist aber doch eine Sache für die Kriminalpolizei. Und wenn Kuno sowieso gerade bei Arne auf Sylt ist, sollten wir diesen Job den beiden überlassen.«

Der Reporter mit den verrückten Ideen, der Kuno schon oft genug zur Verzweiflung gebracht hatte, ließ sich nicht abschütteln. »Die zwei sind an der Sache dran, wie ich aus sicherer Quelle weiß. Aber das kann dich und mich doch nicht davon abhalten, uns in der Szene mal umzusehen.« Er senkte die Stimme. »Ich habe eine heiße Spur. Mit meinen Informationen könnten wir den Täter schneller ausfindig machen als die Kripo.«

»Eine heiße Spur?« Okkos Gedanken galoppierten davon. »Meinst du, wir beide zusammen könnten den Täter fassen, bevor es ein weiteres Attentat gibt?«

»Zum Beispiel. Also, was ist? Treffen wir uns gleich an der Aussichtsplattform?«

Jetzt war Okko hellwach. »Um wie viel Uhr?«, fragte er zurück.

»In einer Stunde«, erwiderte Friedrich spontan. »Beweis mir, dass du pünktlich sein kannst.«

»Abgemacht.« Okko beendete das Gespräch grußlos. Er sprang schneller aus dem Bett als je zuvor in den letzten vierzig Jahren. Friedrichs Angebot hatte ihn verwirrt und gleichzeitig neugierig gemacht.

Er stopfte so viele leere Bierflaschen in den blauen Beutel, den er immer mit zum Einkaufen nahm, wie gerade noch hineinpassten. Vorsichtig kletterte er die

Holzstiege von der Dachkammer hinab in den ersten Stock. Er huschte ins Bad, beeilte sich mit der Morgenwäsche und stolperte die Wendeltreppe ins Erdgeschoss hinunter. Den Beutel stellte er neben der Eingangstür ab. Die Flaschen würde er nach dem Gespräch mit Friedrich umtauschen. Vorausgesetzt, ihm bliebe dann noch Zeit dafür. Im Moment konnte er nicht absehen, wie bald sie nach Sylt würden aufbrechen müssen.

Die Idee, gemeinsam mit Friedrich den Attentäter zu schnappen, faszinierte ihn. Den Gedanken, dass er Kuno dabei in die Quere kommen könnte, blendete er aus. Vorerst spielte das keine Rolle.

Er eilte in die kleine Küche. Das benutzte Geschirr von gestern hatte er auf dem Tisch stehen gelassen. Wozu wegräumen, wenn es am nächsten Tag erneut gebraucht wurde?

Er bereitete sich ein Toastbrot zu und trank einen extra starken Kaffee, ungesüßt und ohne Milch. Hellwach und konzentriert wollte er sein, wenn er nachher mit Friedrich sprach.

Andächtig lauschte er der Popmusik, die aus dem Transistorradio dudelte. Er erinnerte sich wehmütig an das Lebensgefühl von vor zwanzig Jahren, als er noch regelmäßig tanzen ging. Die Partys, die er und seine Freunde an den Samstagabenden in der Strandhalle von Nebel oder Norddorf gefeiert hatten, waren legendär. Noch heute schwärmten die Amrumer davon.

Verträumt blickte Okko zur Fensterbank, auf der das Radio stand. Jetzt wurde ein nostalgischer Titel gespielt, ganz wie in alten Zeiten. Er hob die Arme und wiegte sich im Takt oder in dem, was er dafür hielt. Wie ging noch der Text? »Lalala, lalala, lala lidi lidi la.«

Er schob sich den letzten Bissen des Toastbrots in den Mund. Heute schmeckte es aufregender als sonst, und es rutschte schneller die Kehle hinab. Üblicherweise hatte er nach dem Frühstück den Rest des Tages frei. Dann hatte er nur eine einzige schwierige Aufgabe zu bewältigen: die Stunden bis zum Abend zu verbringen, ohne vor Langeweile einzugehen.

Heute hatte er nach dem Frühstück einen Termin, und er beschloss, auf keinen Fall zu spät zu kommen.

Die Musik wurde jäh unterbrochen. Auf der A 7 zwischen Harrislee und Flensburg war ein Geisterfahrer unterwegs, wie der Radiomoderator meldete.

Okko lachte durch die Nase. Wohl wieder einer dieser schnellbesohlten Festländer, die mit der Fähre von Amrum nach Dagebüll gefahren waren und flotter nach Hause düsen wollten, als ihre Augen die richtige Auffahrt auf die Autobahn fanden.

Mit einem Mal wurde er melancholisch.

All diese Leute, die zum Urlaubmachen nach Amrum kamen, hatten etwas, was ihm fehlte: dieses verdammt gute Gefühl, sich den Aufenthalt auf der Insel verdient zu haben. Das ganze Jahr über hatten sie geschuftet, ihre Aufgaben erledigt und Druck und Stress ausgehalten. Dann kamen sie hierhin, und sie wussten: Sie hatten es sich erarbeitet. Und er, Okko Knudsen?

Unwillkürlich verzog sein Mund sich zu einem Lächeln. Er hatte einen Termin mit Friedrich Fliegenfischer, und vielleicht hatte er bald einen Job auf Sylt.

Er zog sich die Laufschuhe an. Er würde früher an der Aussichtsplattform ankommen, als verabredet. Bis Friedrich eintraf, würde er an diesem idyllischen Platz, an dem man die Welt vergessen konnte, dabei zusehen, wie das Wasser Millimeter für Millimeter anstieg. Das Beobachten der Gezeiten flößte ihm immer wieder Respekt vor der Natur ein, weil sie Ebbe und Flut so verlässlich regelte. Und wenn ihn bei dieser Beschäftigung nichts ablenkte, würde er über sein Leben nachdenken. Über das, was da wohl noch kommen würde.

Er schloss die Haustür hinter sich und schlenderte durch den Vorgarten auf die Straße zu. Das Gartentor quietschte. Er würde es ölen müssen. Er oder Kuno.

Die Sonne brannte auf den Asphalt, eine Familie mit Kindern radelte an ihm vorbei, und ein Nachbar grüßte ihn freundlich. Er hob die Hand und grüßte zurück, ging aber weiter. Der Nachbar war Rentner. Wenn sie ins Gespräch kämen, würde er Okko bloß erzählen, wie viel er jetzt, wo er im Ruhestand war, um die Ohren hatte und dass er gar nicht mehr wusste, wie er während all seiner Berufsjahre als Tischler überhaupt die Zeit gefunden hatte, Tag für Tag in die Werkstatt zu radeln.

Okko bog in den Meeskwai ein und spazierte auf den Wattwanderweg zu, von dem aus ein Steg über die Salzwiesen zur Plattform führte.

Eine Gruppe von Urlaubern hatte den beliebten Aussichtspunkt bereits erobert. Eine Frau, die auf dem Steg stehengeblieben war und etwas Abstand zu den anderen hielt, erzählte den Leuten etwas. Sie deutete auf den Graben, der die Wiese durchzog, und auf die Tafeln mit Erklärungen zu den heimischen Pflanzen.

Unschlüssig näherte Okko sich seinem Lieblingsplatz. Zum Glück kam bald Bewegung in die Gruppe. Die Leute kehrten zum Wanderweg zurück. Sie hatten ihre Fahrräder an dem Zaun vor einer Wiese abgestellt, auf der Schafe weideten – weiße und schwarze.

Okko blieb stehen und beobachtete, wie sie der Reihe nach den Steg verließen, um ihr Fahrrad zu suchen, sich in den Sattel zu schwingen und weiterzufahren.

Am Ende blieb nur eine Person zurück. Sie saß auf einer der verwitterten Holzbänke, die rund um die Brüstung angebracht waren, und stierte verträumt aufs Wattenmeer. Die Person kam Okko seltsam bekannt vor.

Friedrich Fliegenfischer war vor ihm eingetroffen.

Betont gelassen stiefelte Okko über den Steg.

Der Inselreporter sah ihm entgegen und klopfte mit der flachen Hand auf die Holzbank.

Okko folgte der Einladung und setzte sich neben ihn.

»Na, neugierig?«, fragte Friedrich.

Okko zuckte die Schultern. »Och, mal sehen. Erzähl doch mal. Was weißt du denn mehr als mein Bruder?«

Friedrich blickte sich um. Er hatte wohl Angst, dass weitere Urlauber kommen und ihn und Okko beim vertraulichen Gespräch belauschen könnten.

»Sollen wir lieber woanders reden?«, fragte Okko.

Der Inselreporter schüttelte den Kopf. »Hab nicht viel Zeit. Ich bin auf dem Weg nach Wittdün.« Er rutschte ein Stückchen näher an Okko heran und lehnte sich gegen dessen Schulter.

Diesmal wich Okko nicht zurück wie sonst, wenn der Reporter ihm so dicht auf die Pelle rückte. Dabei war in ganz Nordfriesland bekannt: Wer in Fliegenfischers unmittelbarer Nähe mehr als drei Atemzüge tat, musste befürchten, einer Nikotinvergiftung zu erliegen.

»Den ersten Gerüchten nach, die auf Sylt kursieren, ist Johnny Quadt in den Fokus seines schärfsten Konkurrenten Alf Leefmann geraten«, sagte Friedrich.

»Alf Leefmann? Nie gehört.«

»Früher der beste Freund von Quadt, heute sein liebster Feind.«

Okko nickte. »Verstehe. Ein Krieg der Giganten.«

Friedrich wedelte mit dem Finger hin und her. »Der Leefmann war es nicht selbst, der auf Quadt geschossen hat. Der macht sich doch die Hände nicht schmutzig.«

»Wer war es dann?«

Fliegenfischer streckte die Beine von sich und lächelte stolz. »Vor Jahren hab ich mal eine Story geschrieben über Ex-Knackis, die als Jugendliche das halbe nordfriesische Festland terrorisiert haben. Einbrüche, Beschaffungskriminalität, Drogenhandel. Das Übliche halt.«

Nun wich Okko doch ein Stück von ihm ab. »Solche Leute kennst du?«

»Warum nicht?«, fragte der Reporter. »Auf Einladung der Sozialarbeiterin, die für die Clique zuständig war, habe ich über die Jungs berichtet. Aus was für einem Elternhaus sie kamen, wie sie kriminell wurden, welche Erfahrungen sie im Knast gemacht haben, wie sie sich ihre Zukunft vorstellten und so weiter.«

»Du hast die Jungs im Knast besucht? Echt jetzt?«

Friedrich hob die Hände. »Nu' lass man gut sein. Die Story kann ich dir mal geben, wenn du sie lesen willst. Ich hab sie irgendwo abgeheftet. Inzwischen sind die Jungs alle aus dem Gefängnis entlassen.«

»Ja und? Was hat das mit dem Attentat auf diesen – wie heißt er noch? – zu tun?«

»Einer der Kerle ist bei dem Quadt gelandet, und es sollte mit dem Teufel zugehen, wenn der bei dem Anschlag heute Morgen nicht die Finger im Spiel hatte.«

»Wie kommst du denn darauf? Warum sollte er seinen Arbeitgeber umbringen wollen?«

Friedrich hob die Augenbrauen. »Der Typ ist cool wie ein Eisberg und leicht zu kaufen. Womöglich macht er mit dem Leefmann gemeinsame Sache.«

»Du meinst, er hat sich als Killer anheuern lassen?«

»Würde mich nicht wundern. Die andere Variante wäre: Er arbeitet auf eigene Faust, bastelt sich seine Zukunft, und der Quadt als Etablierter ist ihm im Weg.«

Okko grübelte. Was erwartete EffEff nun von ihm? »Du hast vorhin was von Ordnungsmanagement und Gesprächsführung gesagt. Das bringe ich jetzt nicht mit dem Knacki zusammen. Was hast du damit gemeint? Was soll ich tun?«

»Ganz einfach.« Friedrich kramte ein Feuerzeug und eine seiner selbstgedrehten Zigaretten aus dem Rucksack, den er zu seinen Füßen abgestellt hatte. Er zündete die Zigarette an und bemühte sich, den Qualm so auszustoßen, dass er Okko nicht traf. Doch der Wind kam von der falschen Seite.

Okko kniff die Augen zusammen, hielt den Atem an und wandte den Kopf ab.

»So empfindlich darfst du aber auf der Strandparty nicht sein«, sagte Friedrich. Er zog noch einmal an der Zigarette. »Für die Vorbereitung der ›Sylter Sommernachtsträume‹ und für die Veranstaltung selbst sucht der Quadt noch Hilfskräfte, die kurzfristig einspringen können. Ich dachte mir, du könntest so einen Job übernehmen. Kisten und Kabel hin und her räumen, bei der Installation der Lichtanlagen helfen, Tische und Stühle hinstellen, Zelte aufbauen. Zu tun gibt's da genug.«

Okko schluckte bei dem Gedanken daran, dass er körperliche Arbeit nicht mehr gewohnt war. »Das wäre das Ordnungsmanagement?«, fragte er unsicher.

Friedrich nickte.

»Und die Gesprächsführung? Soll ich auf die Bühne springen und den Unterhalter spielen?«

»Quatsch.« Friedrich ließ den Zigarettenstummel fallen und trat ihn mit der Fußspitze aus.

Okko zeigte darauf. »Den lässt du aber nicht hier liegen. Und ins Watt wirfst du ihn auch nicht. Die Fische mögen so was nicht.«

Der Reporter pflückte seufzend den Stummel vom Boden und warf ihn in einen Abfalleimer, der an der Brüstung der Plattform befestigt war. »Du machst dich an den Knacki ran.«

»Ich?« Okko zeigte erschrocken mit dem Finger auf seine Brust. Ihm wurde mulmig zumute. »Wie gefährlich kann das für mich werden?«

»Gefährlich?« Friedrich schüttelte den Gedanken mit einer Geste von sich ab. »Du benimmst dich wie jemand, der einen Aushilfsjob hat und eine Festanstellung sucht. Als netter schüchterner, ortsfremder Kollege erschleichst du dir das Vertrauen des Jungen. Und dann horchst du ihn unauffällig aus. Fragst ihn, wie der Quadt so ist und was er von ihm als Arbeitgeber hält. Ob Leefmann womöglich der bessere Veranstalter ist und du dich lieber um einen Job in dessen Firma bemühen solltest. Oder ob er selbst vielleicht sogar eine eigene Firma plant und jemanden wie dich dafür brauchen kann.«

Okko schwankte innerlich. »Das traust du mir zu?«

»Dir wird schon was einfallen. Lass dich einfach vom Augenblick inspirieren. Ich sag doch: Für den Job ist intelligente Gesprächsführung gefragt.«

Okko zögerte noch immer. »Warum redest du nicht mit Kuno? Der kann den Typ doch befragen.«

»Ja-ha.« Friedrich wippte mit dem Fuß auf und ab. »Der Kuno geht zu dem Jungen hin und sagt: ›Sie sind doch der, der schon mal im Knast gesessen hat. Sind Sie zufällig am Attentat auf Johnny Quadt beteiligt und wenn ja, hat Alf Leefmann Sie engagiert, oder handeln Sie auf eigene Faust?‹ Darauf nickt der Junge und sagt: ›Ja, ich war's. Bitte nehmen Sie mich fest, dann erzähle ich Ihnen die Hintergründe der Aktion.‹ So ungefähr?«

Okko sank in sich zusammen.

Friedrich redete weiter auf ihn ein. »Kuno und Arne können dem Typ nichts nachweisen. Sie können ihn befragen, aber sie machen das offiziell, als Kripobeamte. In der Funktion kriegen sie nichts aus ihm raus. Du redest auf einer ganz anderen Ebene mit ihm.«

Friedrichs Argumente brauchten ihre Zeit, um auf Okko zu wirken.

Sein Zögern machte den Reporter ungeduldig. Friedrich schlug ihm mit einer Hand aufs Knie. »Mensch, stell dir doch mal die Schlagzeile vor: ›Inselreporter schnappt Attentäter.‹ Das liest sich doch tausendmal besser als das abgegriffene ›Attentäter geht der Kripo ins Netz‹, oder? Sag selbst!«

Das klang überzeugend. Bis auf einen Punkt. Okko runzelte die Stirn. »Und wo bleib ich in dem Artikel?«

»Du wirst natürlich auch erwähnt. Ganz oben im Text, gleich unter der Schlagzeile. Komm, zier dich nicht. Denk an das Geld, das du da verdienst. Und daran, dass du deinem Bruder mal zeigen kannst, was du draufhast.«

Okko, dem Zauderer, fiel noch ein entscheidendes Hindernis ein. »Ich weiß aber doch gar nicht, ob ich den Job überhaupt kriege.«

Friedrich grinste. »Ich hab deine Kurzbewerbung vorsichtshalber schon mal per Mail an die Firma geschickt. Die Antwort kam prompt. Du hast eine Einladung zu einem Gespräch.«

»Ernsthaft?«

Friedrich strahlte.

Versonnen guckte Okko übers Wattenmeer. Er beobachtete eine Schar Austernfischer, die im Watt nach Beute suchten, und stellte sich vor, wie es wäre, Geld zu verdienen. Richtiges, eigenes Geld. Was könnte er damit nicht alles anstellen? Sein Bruder würde Augen machen!

»Und Kuno?«, fragte er. »Was wird der sagen, wenn ich auf einmal in dem Dunstkreis auftauche, in dem er nach einem Mörder fahndet?«

»Ich werde uns telefonisch ankündigen. Dann kippt er nicht gleich vor Schreck aus den Latschen, wenn er uns sieht.« Der Inselreporter knuffte Okko in die Seite. »Was könnte er dagegen haben, dass sein Bruder sich nützlich macht?«

4

Kuno beschloss, das Gespräch mit Johnny Quadt später fortzusetzen. »Unsere Kollegen von der Schutzpolizei«, sagte er zu Quadt, »bringen Sie und Ihre Frau jetzt nach Hause. Sie selbst sollten sich bis auf weiteres nicht außerhalb der eigenen vier Wände blicken lassen.«

»›Bis auf Weiteres‹ bedeutet in Zahlen ausgedrückt was?«, fragte Johnny.

Kuno schmunzelte nachsichtig. »Darüber lassen Sie uns bitte noch ein Weilchen nachdenken. Das können wir nicht aus dem Bauch heraus auswürfeln. Sie sind Unternehmer, ich kann Ihre Ungeduld nachvollziehen. Aber Sie werden verstehen, dass wir eine gewisse Zeit brauchen, um die Situation einschätzen zu können.«

Quadt kämpfte mit einer Haarsträhne, die an seiner Stirn klebte, wo sie offenbar gegen seinen Willen ihren Stammplatz gefunden hatte. Er guckte, wie man es tut, wenn man mit einer Antwort unzufrieden ist, einem aber nichts anderes übrig bleibt, als sie hinzunehmen.

»Würden Sie uns bitte eine Liste mit den Namen, Adressen und Telefonnummern Ihrer Mitarbeiter und mit der jeweiligen Funktion herbeizaubern?«, sagte Kuno.

»Jetzt?«, fragte Johnny.

Kuno nickte. »Je eher, desto besser.«

»Wozu das?« Seinem Gesichtsausdruck nach befürchtete Quadt, dass sie vorhatten, die Liste mit den wertvollen Daten einem Headhunter weiterzureichen.

Arne schlug schwungvoll die Beine übereinander. »Wir wollen den finden, der auf Sie geschossen hat.«

»Aber doch nicht unter meinen Mitarbeitern!« Quadt tippte sich entrüstet an die Stirn.

Kuno riss der Geduldsfaden. Sein Gegenüber bereitete ihm Mühe, freundlich zu bleiben.

»Herr Quadt, wenn der Schuss heute Morgen kein Versehen war, haben Sie einen Feind. Wir müssen uns ein Bild nicht nur von Alf Leefmann machen, sondern von den Menschen in Ihrer Umgebung, privat wie beruflich. Die Aussagen Ihrer Leute können uns maßgeblich weiterhelfen. Oft sind es Dinge, die auf den ersten, zweiten und meinetwegen auch auf den dritten Blick völlig unwichtig erscheinen, die uns aber am Ende den Hinweis auf den Täter liefern. Also bitte ...«

Er machte eine Geste, die Quadt unmissverständlich dazu aufforderte, den Raum zu verlassen und die erbetenen Daten zu beschaffen. »Wir warten hier, bis Sie die Liste ausgedruckt haben.«

»Okay. Eta wird Ihnen die Daten zusammenstellen.« Johnny Quadt erhob sich widerwillig von seinem Stuhl und verließ den Konferenzraum.

Es dauerte nur wenige Minuten, bis der Firmenchef mit einem Papier in der Hand zurückkehrte. Seine Eta konnte offensichtlich auf eine gut sortierte Datenbank zugreifen, die nach wenigen Klicks die gewünschten Informationen ausgab.

Kuno warf einen kurzen Blick auf das Blatt, faltete es zusammen und schob es in seine Aktenmappe.

»Was mache ich jetzt mit meinen Mitarbeitern?«, fragte Quadt. »Was soll ich denen sagen? Können die ins Büro kommen? Nicht jeder von ihnen hat ein Homeoffice, in dem er die nötige Konzentration für die Arbeit findet. Ich sagte Ihnen ja, wir organisieren die ›Sylter Sommernachtsträume‹. Es gibt noch vieles zu besprechen, und wir stehen unter Zeitdruck.«

Kuno drehte die Daumen umeinander, guckte zur Decke und zählte bis drei. Hatte der Firmenchef nicht vorhin erst betont, wie großen Wert er darauf legte, dass seine Leute schnell vor dem Schützen gewarnt und vom Weg zum Bürogebäude abgehalten wurden?

Seine Blicke kehrten zu Quadt zurück. »Im Moment denke ich, entweder hat der Schuss wirklich Ihnen persönlich gegolten oder aber niemandem. Sprich: Ich kann nicht ausschließen, dass irgendein Idiot einfach nur herumgeballert hat in dem Glauben, so früh am Morgen würde er niemanden treffen. Ihre Leute sehe ich persönlich zurzeit nicht in Gefahr. Ich würde es aber jedem einzelnen von ihnen überlassen, selbst zu beurteilen, ob er sich gefährdet fühlt oder nicht.«

Quadt presste die Lippen zusammen und dachte nach. »Hm, Eta und ich werden alle anrufen und ihnen erklären, dass das Erscheinen absolut freiwillig ist.«

Kuno trank den letzten Schluck Kaffee aus seinem Becher und verzog das Gesicht. Er unterdrückte ein Schütteln, das ihn als leidenschaftlichen Teetrinker bei dem herben Nachgeschmack des inzwischen kalt gewordenen Getränks unwillkürlich überkam. »Ich hoffe, wir gewinnen bald Klarheit darüber, wie ernst wir die Sache nehmen müssen.«

Quadt beäugte ihn intensiv. »Sie halten den Schuss für einen Scherz?«

»Nein, Herr Quadt. Ein Schuss ist nie ein Spaß, und Ihre Auseinandersetzungen mit Herrn Leefmann in Ehren. Aber solange wir keinen konkreten Anhaltspunkt dafür haben, dass der Schuss wirklich Ihnen gegolten hat, müssen wir mit allem rechnen. Von A wie Attentat über L wie Leichtsinn bis Z wie Zufall.« Er verabredete mit Johnny, ihn und Eta am frühen Nachmittag zu einem Gespräch in seinem Privathaus aufzusuchen.

Arne rief zwei uniformierte Beamte herbei, die das Paar nach Hause bringen sollten. Dann warfen Kuno und er noch einen Blick in Johnnys Büro.

Die Kollegen von der Kriminaltechnik waren gerade dabei, die Arbeiten in dem Raum zu beenden.

»Der Schütze hat ein Projektil mit Stahlmantel verwendet«, erklärte einer der beiden Männer den Ermittlern. »Das Geschoss hat eine seiner tollen Sporttrophäen am Rand durchschlagen.« Er bückte sich und nahm einen Teller aus Metall mit Gravur und Verzierungen aus einer größeren Asservatentüte. »Dieses Prachtstück«, er betonte das Wort so, dass seine Meinung über den vermeintlichen Wert des Pokals deutlich zum Ausdruck kam, »ist durch die Wucht ins Wanken geraten, hat die benachbarten Pokale touchiert und aus dem Gleichgewicht gebracht, sodass auch sie vom Regal geschleudert wurden.« Er legte die Tüte wieder ab.

Sein Kollege ging zu der Einschlagstelle des Projektils an der Wand. »Das Geschoss ist in der Wand steckengeblieben.« Er klopfte mit den Knöcheln gegen das Gemäuer. »Echte deutsche Wertarbeit, Stein auf Stein.«

»Habt ihr das Geschoss schon herausoperiert?«, fragte Kuno.

»Haben wir«, erwiderte der Kriminaltechniker. »Operation gelungen.« Er bückte sich und nahm ein Asservatentütchen aus dem silbernen Koffer, der auf dem Boden stand. »Das geben wir gleich in die ballistische Untersuchung.«

Kuno stellte sich an das Fenster, das noch immer geöffnet war. Der Bereich vor dem Haus war weiträumig abgesperrt, die Dünenstraße für Urlauber wie Einheimische nicht passierbar. Auf diesem Weg, der mit Ausnahme des Kiosks nur auf einer Straßenseite mit einigen wenigen Häusern bebaut war, sowie in der schmalen Dünenkette und auf dem dahinterliegenden Strandabschnitt suchten einige Mitarbeiter der Kriminaltechnik noch immer nach Spuren.

Neugierige versuchten, sich dem Haus zu nähern. Zu beiden Ausgängen der Straße achteten Schutzpolizisten darauf, dass sie hinter dem Absperrband blieben.

Dem Hauptkommissar fehlte das Verständnis für das Verhalten dieser Menschen. Statt bei dem strahlenden Sonnenschein an den Strand zu gehen und die See zu genießen, vertrödelten die Leute ihre Zeit lieber damit, in einiger Entfernung von einem Haus zu verharren, ohne überhaupt zu wissen, worauf sie warteten. Die Sensationsgier kannte keine Grenzen.

Kuno drehte sich wieder zu den beiden Kriminaltechnikern im Raum um. »Gibt es schon Erkenntnisse darüber, von wo der Schuss abgegeben wurde?«

»Gibt es.« Der eine Kollege trat ans Fenster und stellte sich neben ihn. »Der Schütze war ziemlich mutig, um nicht zu sagen: leichtsinnig. Der Schuss ist durch das geöffnete Fenster geradewegs in die Wand gegangen. Der Täter muss genau in Höhe dieses Fensters gestanden haben.«

»Wir wissen allerdings noch nicht, aus welcher Entfernung zum Gebäude er geschossen hat«, sagte der andere Kriminaltechniker. »Er könnte dicht vor der Hecke am Zaun des Vorgartens gestanden haben. Vom Haus aus betrachtet wäre er dann weitgehend verdeckt gewesen. Wenn er trotzdem jemandem aufgefallen wäre, dann wären wohl nur der Kopf und die Schultern zu sehen gewesen. Den Arm kann er so dicht über die Hecke gehalten haben, dass die Waffe nur schwer oder gar nicht sichtbar war.«

»Da hätte man sich bloß gefragt, was der Mensch da macht«, sagte Kuno. »Ob er vielleicht ein Gärtner ist, der eine Heckenschere in der Hand hält.«

Der Beamte wiegte den Kopf hin und her. »Ich denke, seine Anwesenheit hätte zumindest bei dem, der ihn entdeckt hätte, ein großes Fragezeichen erzeugt und entsprechende Aufmerksamkeit erregt.«

»Es kann aber auch sein«, meinte der Kriminaltechniker, mit dem Kuno zuerst gesprochen hatte, »dass der Schütze mit dem Fahrrad gekommen ist. Ich kann mir das so vorstellen.« Der Beamte imitierte einen Radler, der mit beiden Händen den Lenker eines Fahrrads hielt, und simulierte die Tat. »Er hat in Höhe des Hauses halb von der Hecke verdeckt angehalten, hat blitzschnell die Waffe gezogen, bevor das Opfer ihn bemerkt hat. Dann ist er geflohen. Wenn er aus nördlicher Richtung kommend in die Dünenstraße hineingefahren ist, wäre er von hier aus innerhalb einer Sekunde um die Ecke gebogen, in die Käpt'n-Christiansen-Straße. Von da aus kann er unbehelligt in jede Richtung weitergefahren sein. Niemand hätte sich hier über einen Radfahrer gewundert.«

»Nur zum Strand kann er nicht gefahren sein«, sagte Arne.

»Für die Richtung wäre lediglich die Flucht zu Fuß infrage gekommen. Dafür, dass er dahin gelaufen ist, haben wir allerdings keine Belege. Die Jungs da draußen haben bisher nichts gefunden, was man einem Verdächtigen zuordnen könnte. Nur die üblichen Schuh- oder

Fußabdrücke, die man an jedem Sandstrand findet. Ihr wisst ja, wie erfolgversprechend die Suche nach den Spuren eines Täters auf solch einem Untergrund ist.« Seine Miene drückte Aussichtslosigkeit aus.

Kuno zeigte auf den Kiosk, der erst am Mittag öffnete. »Habt ihr um die Bude herum gesucht?«

»Jeden Quadratzentimeter haben unsere Kollegen abgescannt. Außer einem halb vertrockneten Hundehaufen an der hinteren rechten Ecke des Gebäudes haben sie nichts Auffälliges gefunden.« Er lächelte bedauernd.

»Na, denn guten Appetit.« Kuno wandte sich Arne zu. »Wir beide suchen uns für heute Mittag ein anderes Lokal.«

»Darauf kannst du wetten.«

Kuno bat die Kriminaltechniker, den Schlüssel zum Bürohaus nach getaner Arbeit und mit telefonischer Ankündigung bei Johnny Quadt abzuliefern. Quadt und seine Eta hatten das Gebäude mittlerweile verlassen.

Arne chauffierte Kuno, der mit dem Straßennetz von Westerland nicht so vertraut war wie er selbst als ortsansässiger Kommissar, zu Alf Leefmanns Haus. Die Adresse hatte er sich von Kollegen auf der Wache nennen lassen.

Kuno musste ihn zügeln, damit er die erlaubte Höchstgeschwindigkeit nicht zu weit überschritt. »Auch in eiligen Fällen solltest du Vorbild sein.«

»In erster Linie bin ich im Moment nicht Vorbild, sondern Jäger eines Verdächtigen.«

»Nun mal nicht so vorschnell. Alf Leefmann ist für uns zurzeit lediglich ein Mann, der nicht zu den dicksten Freunden von Johnny Quadt gehört. Im Übrigen finde ich den Quadt etwas merkwürdig.«

»Geht mir genauso«, sagte Arne. »Wenn man fest davon überzeugt ist, dass man gerade nur knapp einem Mordanschlag entgangen ist, hat man ziemlich weiche Knie, selbst dann, wenn der Freund und Helfer des Bürgers gleich hordenweise in Uniform und in Zivil eintrifft. Die weichen Knie hab ich beim Quadt weitgehend vermisst.«

Kuno nickte dazu. »Nur am Anfang, als wir da waren, wirkte er etwas von der Rolle. Dann hat er sich schnell gefasst. Vorsicht!« Mit beiden Händen stemmte Kuno sich gegen das Armaturenbrett, als Arne auf einen großen orangegrün gestreiften Ball zufuhr, der einem Kind aus den Händen gefallen und auf die Straße gerollt war.

Arne bremste scharf. Die Mutter rettete den Ball und gab ihn ihrem vor Schreck weinenden Sohn zurück. Der junge Kommissar setzte die Fahrt fort.

Kuno atmete auf und redete weiter, als hätte er nicht gerade erst ein Stoßgebet zum Himmel gesandt. »Unabhängig davon, ob das Projektil Quadt gegolten hat oder ein Irrläufer war, wem ein Schuss um die Ohren geflogen ist, der reagiert normalerweise nicht so sortiert wie dieser Mann. So organisiert. Der vergisst dann gerne mal seine Verantwortung für die werten Mitarbeiter und denkt auch nicht unbedingt an das liebende Weib daheim. Der alarmiert die Polizei direkt und nicht um drei Ecken herum. Ich verstehe den Mann nicht.«

Arne setzte den Blinker, verlangsamte das Tempo und bog in die Friesische Straße ein. »Andererseits glaube ich, der Quadt ist von Natur aus anders gestrickt als der Normalbürger. Denk nur an diese Lebensuhr.« Er machte eine heftige Scheibenwischerbewegung. »Jemand, der sich sein Todesdatum an die Wand hängt und zuguckt, wie es Sekunde für Sekunde näher rückt, der tickt nicht so wie du und ich und der Rest der Welt.«

»Da magst du auch wieder recht haben.« Kuno hielt kurz die Luft an, als Arne einen Radfahrer rasant überholte. »Egal, was für eine Psyche dieser Quadt hat, wüsste ich zu gerne, was es mit dem Schuss auf sich hatte. Was meinst du: Absicht oder Zufall?«

»Hören wir uns erst mal an, was sein Kontrahent dazu sagt.«

»Vorausgesetzt, wir treffen ihn an.« Kuno befiel eine böse Vorahnung. »Nicht, dass er tatsächlich der Täter war und längst über alle Berge ist.«

Arne bog in die Straße ein, in der Alf Leefmanns Haus stand. »Dafür, dass Quadt und Leefmann Erzfeinde sind, wohnen sie ganz schön dicht beieinander.« Er suchte nach einem freien Parkplatz, was in der Hochsaison in Westerland ein aussichtsloses Unterfangen war. Er fackelte nicht lange herum und entschied sich dafür, auf die Einfahrt des Grundstücks von Alf Leefmann zu fahren und vor dessen Garage zu parken.

Zum Erstaunen der beiden Kommissare öffnete ein Mann mit nacktem Oberkörper und nassem Haar ein Fenster. »Das ist ein Privatgrundstück«, rief er ihnen zu. »Sie können hier nicht einfach Ihren Wagen abstellen. Es sei denn, Sie wollen abgeschleppt werden.«

Kuno ging auf den Bewohner zu. Um die Lenden hatte der Mann ein dunkelblaues Badetuch gewickelt, wie aus der kurzen Distanz heraus zu erkennen war.

»Sind Sie Alf Leefmann?«

Der Mann erwiderte nichts auf die Frage.

Doch Kuno erkannte an seinem Gesichtsausdruck, dass sie es mit dem Gesuchten zu tun hatten. Er zeigte ihm seinen Dienstausweis. »Kuno Knudsen, Kripo Wattenmeer«, sagte er und deutete auf Arne. »Mein Kollege Arne Zander. Haben Sie einen Augenblick Zeit für uns, Herr Leefmann?«

Der Hausherr guckte verwundert und rieb sich verlegen mit einem Frotteetuch, das er in der Hand gehalten hatte, über die Haare. »Worum geht es?«

»Das würden wir Ihnen gerne erzählen, ohne Ihre Nachbarn gleich mit zu informieren«, antwortete der Hauptkommissar.

Leefmann zuckte unschlüssig mit den Schultern. »Einen Moment, ich zieh mir eben meinen Bademantel an.« Er schloss das Fenster. Kurz darauf öffnete er die Tür. Nun stand er in einem leuchtend gelben Bademantel vor ihnen, der ihm bis zur halben Wade reichte und seine Haut noch sonnengebräunter erscheinen ließ, als das blaue Badetuch es vermocht hatte. Mit einer Geste bat er die Ermittler herein und deutete auf die Küchentür.

Kuno und Arne ließen sich auf Stühlen an einem kleinen Tisch nieder. Leefmann zog einen Hocker heran, auf den er sich setzte. »Was kann ich für Sie tun?«

»Auf Johnny Quadt wurde heute Morgen geschossen«, erklärte Kuno ohne Umschweife.

Leefmann schluckte unwillkürlich und seine Mundwinkel bewegten sich minimal. Er bemühte sich sichtlich darum, keine weiteren Emotionen zu zeigen.

Die Kommissare beobachteten ihn einige Augenblicke lang stumm.

»Wie kann ich Ihnen weiterhelfen?«, fragte Leefmann.

»Sie sind Herrn Quadt heute Morgen auf der Kurpromenade begegnet.«

Leefmann stutzte. Dann lächelte er unverbindlich. »Ja, das bin ich. Wir hatten einen unserer weniger schönen Dialoge. Das Verhältnis zwischen uns hat bessere Zeiten gesehen, aber heute ist es so, wie es ist. Da kann man nichts machen. Menschen ändern sich, und auf einmal passt man nicht mehr zusammen.«

»Sie haben häufiger unangenehme Begegnungen?«, fragte Arne.

Alf Leefmann kräuselte die Lippen. »Zum Glück nicht oft. Wir waren mal Freunde. Jeder kennt die Gewohnheiten des anderen. Wir gehen uns aus dem Weg, soweit sich das auf einer Insel bewerkstelligen lässt.«

»Was haben Sie nach Ihrem Zusammentreffen heute Morgen getan?«

»Ich habe meine Joggingrunde fortgesetzt.«

Arne guckte auf seine Armbanduhr. »Die muss relativ lange gedauert haben. Laut Herrn Quadt sind Sie sich um kurz nach sieben begegnet. Als wir um neun versucht haben, Sie anzurufen, waren Sie weder zu Hause noch im Büro erreichbar.«

Leefmann blickte den Ermittlern offen in die Augen und erklärte in ruhigem Ton, wie der Morgen aus seiner Sicht verlaufen war. »Ich habe um viertel nach sieben das Haus verlassen. Das ist meine übliche Zeit. Begegnet sind Johnny und ich uns um kurz vor halb acht. Ich habe ihn angesprochen, es gab den üblichen Schlagabtausch.« Er unterbrach sich, stand auf und stellte eine Flasche Wasser und drei Gläser auf den Tisch. Wortlos, mit einer Geste, fragte er die Ermittler, ob sie einen Schluck trinken wollten. Sie lehnten dankend ab.

»Geht es bei ihren wenig freundlichen Unterhaltungen immer um dieselbe Sache?«, fragte Kuno.

Leefmann nickte. Er schenkte sich ein Glas ein und trank genüsslich, als handelte es sich um einen guten Wein. »Mein alter Freund Johnny fordert einen doch regelrecht zu dummen Sprüchen heraus mit dieser dämlichen Lebensuhr, die er sich vor ein paar Jahren hat basteln lassen. Blöder Spleen! Ich bin nach unserer kurzen Unterredung weitergelaufen in Richtung Rantum. Auf dem Rückweg habe ich mir an einer einsamen Stelle ein Bad im Meer gegönnt und mich anschließend noch ein bisschen auf dem T-Shirt in die Sonne gesetzt, zum Trocknen. Ich hatte wie immer kein Handtuch dabei.«

»Ist das Laufen und Schwimmen Ihr übliches Morgenprogramm, wenn Wetter und Gezeiten es zulassen?«, fragte Kuno.

Alf nickte. »Im Sommer und bei passendem Tidestand bade ich nach dem Joggen gerne. Zu Hause spüle ich anschließend noch das Salzwasser ab.« Er sah an sich hinab und grinste. »Da ich mein eigener Herr bin, brauche ich nicht zu einer bestimmten Zeit im Büro zu erscheinen. Vor zehn Uhr fangen wir in meiner Firma sowieso nicht an. Aber wenn ich erst einmal da bin, komme ich so schnell nicht wieder raus. Von wegen: ein romantisches Bad im Meer bei Sonnenuntergang ...«

Seine Worte klangen plausibel. In Kuno kamen keine Zweifel daran auf, dass der Mann glaubwürdig war. Er tauschte einen Blick mit Arne aus, der seinen Eindruck mit einem Lidschlag bestätigte. »Perfekt wäre es«, sagte er dennoch routinehalber, »wenn Sie einen Zeugen für Ihr heutiges Bad hätten.«

»Den kann ich nachreichen«, sagte Leefmann. »Fast jeden Morgen begegnet mir ein Hundebesitzer. Er grüßt mich immer nett, und ab und zu klönen wir ein bisschen. Ich weiß nicht, wie er heißt und wo er wohnt, aber ich werde ihn bei der nächsten Begegnung fragen.« Plötzlich lachte er laut, verstummte aber bald darauf wieder. »Entschuldigung«, sagte er immer noch schmunzelnd. »Mir ist klar, dass die Situation nicht komisch ist. Aber Sie sind hoffentlich nicht davon ausgegangen, dass ich ein Gewehr in die Jogginghose schiebe, bevor ich loslaufe, und Tag für Tag darauf lauere, den Johnny endlich mal ganz früh morgens abzupassen, um auf ihn zu schießen?« Plötzlich wurde er ernst. »Den Umgang mit einer Schusswaffe habe ich übrigens nie gelernt.«

Kuno ließ sich Leefmanns Schilderung seines bisherigen Tagesablaufs durch den Kopf gehen. »Wenn ich Sie gerade richtig verstanden habe, können Sie Herrn Quadts Aussage bestätigen, dass er eher selten so früh am Morgen im Büro anzutreffen ist wie heute?«

Leefmann nickte. »Johnny gehört traditionell nicht zu den frühen Vögeln. In unserer Branche fängt man aber sowieso erst am späteren Morgen an. Dafür sitzen wir abends lange da, und wenn wir eine Veranstaltung haben, kommen wir oft erst mitten in der Nacht oder am frühen Morgen nach Hause.«

»Hat Herr Quadt denn sonst noch Feinde auf der Insel? Ich meine, außer Ihnen?« Kuno zwinkerte Alf Leefmann freundschaftlich zu.

»Was soll ich dazu sagen?« Leefmann umklammerte mit beiden Händen den Kragen seines Bademantels, schlug ihn fester übereinander und zog die Schultern zusammen. Er senkte die Stimme. »Manchmal züchtet man sich den Feind im eigenen Haus heran.«

Die Worte weckten Arnes Neugier. »Können Sie konkreter werden?«

Leefmann zögerte. »Lieber nicht. Das wären nur Mutmaßungen, mit denen ich total danebenliegen kann. Am besten machen Sie sich selbst ein Bild.«

»Das werden wir tun«, sagte Kuno. »Wenn Sie uns jetzt noch sagen könnten, wo Sie am einundzwanzigsten Juli abends gewesen sind?«

Leefmann stand auf, holte sein Smartphone und sah nach. Er grinste verlegen. »Ich hatte ein Date mit einer Dame.« Er zeigte Kuno den Eintrag in seinem Planer.

20.00 Evelyn, Gosch am Kliff / Wenningstedt war unter dem Datum vermerkt.

»Wollen Sie Evelyns Telefonnummer haben?«

Kuno schüttelte den Kopf. »Im Moment nicht, danke. Vielleicht kommen wir später darauf zurück.«

Leefmann verabschiedete die Ermittler wie alte Bekannte. »Falls Sie mal wieder in Parkplatznöte geraten sollten ...« Er deutete auf die Einfahrt seines Grundstücks. »Ich weiß jetzt, dass es sinnlos wäre, die Polizei zu rufen, wenn ich Ihren Wagen hier sehen würde.« Er winkte Kuno und Arne hinterher und wartete, bis sie im Auto saßen. Dann schloss er die Tür.

»Weißt du was?«, sagte Kuno. »Wir fahren jetzt zur Wache, stellen den Wagen ab und gehen in ein schickes Café auf der Friedrichstraße. Ich lade dich zur Dienstbesprechung bei einem zweiten Frühstück ein.«

»Das Angebot kann ich nicht ausschlagen.« Arne navigierte den Wagen vorsichtig rückwärts aus der Einfahrt und schlug den Weg zur Wache ein.

Unterwegs rief einer der uniformierten Beamten auf Arnes Handy an, das mit der Freisprechanlage verbunden war. »Wir haben mit allen Nachbarn gesprochen, die in der Umgebung des Tatorts wohnen«, sagte er.

»Viele sind's ja nicht, das ging schnell. Keiner von ihnen hat einen Verdächtigen mit einer Waffe in der Hand gesehen, was mich angesichts der Tatzeit nicht verwundert. Was aber merkwürdig ist: Es hat auch niemand einen Schuss gehört.«

»Das ist in der Tat eigenartig«, erwiderte Kuno. »Der Schütze kann natürlich einen Schalldämpfer verwendet haben. Aber warum hat der Quadt den Knall gehört?«

»Vielleicht war der Schalldämpfer nicht so stark und er hat ein ›Plopp‹ durchs offene Fenster vernommen.«

Kuno zuckte mit den Schultern. »Möglich. Nur warum hat er uns gegenüber nichts davon erwähnt?«

»Das muss er uns nachher erklären«, sagte Arne und verabschiedete den Kollegen aus der Leitung.

Sie stellten den Wagen vor dem Haus ab. Während sie in Richtung Friedrichstraße schlenderten, riefen sie sich noch einmal die wichtigsten Aussagen aus den Gesprächen mit Quadt und Leefmann ins Gedächtnis.

»Lass uns bis zur Kurpromenade gehen«, schlug Kuno vor, als sie das westliche Ende der Friedrichstraße erreichten. »Wir genehmigen uns eine Pause mit Seeblick.«

Die Dame in dem Häuschen, an dem die Urlaubsgäste die Kurkarten vorzeigen mussten, erkannte Kommissar Zander. »Ihr seid beide dienstlich hier?«, fragte sie.

Arne nickte, und sie winkte die beiden durch.

Die Ermittler stiegen die Treppe hinab. Kuno blieb stehen. Er liebte diesen Blick von oben aufs weite Meer.

Westerland war inzwischen zum Leben erwacht. Touristen in Shorts, mit Sonnenbrillen und bunten Strohhüten hatten von der Kurpromenade Besitz ergriffen.

Kuno deutete auf den einzigen noch freien Tisch im Außenbereich eines der Cafés. Sie setzten sich, und Arne begann sofort, mit zwei jungen Frauen am Nachbartisch zu flirten.

»Du bist im Dienst«, rief Kuno ihm mit gespielt strenger Miene in Erinnerung.

»Und wie läuft das jetzt so mit deiner Nachbarin in Kampen?«, fragte Arne. »Wie heißt sie noch – Bente?«

Arnes Frage traf Kuno völlig unvorbereitet. Er tat, als suchte er angestrengt nach einer Serviererin. In sein Privatleben ließ er niemanden freiwillig hineinblicken, nicht einmal seinen geschätzten jungen Kollegen, mit dem ihn deutlich mehr als nur die gemeinsame Arbeit verband.

Eine Kellnerin trat ins Freie.

Kuno hob die Hand, um auf sich aufmerksam zu machen. Er orderte zwei Glas Eiskaffee mit Sahne und für jeden von ihnen ein Stück Erdbeertorte.

Arne beugte sich zu ihm vor. »Nun sag schon, was ist mit Bente? Ist sie immer noch nur die liebe Nachbarin, die sich um die Blumen in deiner Sylter Wohnung kümmert, wenn du auf Amrum bist? Oder hast du den Auftrag um das Tätscheln des Mieters erweitert?«

Kuno verschränkte die Arme. »Das geht mir jetzt zu sehr ins Private. Auch wenn wir in der Sonne sitzen: Wir sind im Dienst.« Er dachte kurz nach. Dann holte er die Liste der Mitarbeiter der Firma Johnny Quadt Events hervor. »Wir wollten uns doch die Namen ansehen.«

Arne streckte die Hand nach dem Blatt aus. »Zeig mal her.«

Kuno rückte mit seinem Stuhl ein Stück näher an Arne heran und faltete das Papier auseinander. Neben den Namen des Inhabers und seiner Partnerin waren neun weitere aufgeführt. »Mit den Adressen kennst du dich besser aus als ich.«

Arne überflog die Anschriften. »Die meisten leben in Westerland, und zwar in fußläufiger Reichweite zum Bürohaus, soweit ich sehe.«

Kuno fuhr mit dem Finger an der Spalte mit den Funktionsbezeichnungen entlang. »Drei Projektkoordinatoren hat der Quadt, außerdem einen Projektleiter, einen Lichttechniker, einen Tontechniker, einen Systemadministrator, eine Putzfrau und einen Praktikanten.« Er sah auf. »Systemadministrator. Kommt dir bei der Bezeichnung der gleiche Gedanke wie mir?«

»Du meinst das Programm für die Lebensuhr?«

Kuno nickte. »Wenn man die Uhr verstellen will, muss man an die Software ran. Man ändert das errechnete Todesdatum, zum Beispiel auf das aktuelle Tagesdatum. So läuft das doch, oder?«

Arne zog anerkennend die Augenbrauen in die Höhe. »Donnerwetter! Du hast dich ja zu einem echten Computerfachmann gemausert.«

Kuno fühlte sich geschmeichelt. Tatsächlich hatte er sich in letzter Zeit intensiv mit Informationstechnologie befasst, um mehr Verständnis für kriminelles Vorgehen unter Einsatz digitaler Mittel zu entwickeln.

Erneut steckten die Ermittler die Köpfe zusammen und betrachteten die Namen.

»Guck dir das hier an«, sagte Arne. Er war mit dem Lesen schneller als Kuno, der seine Lesebrille nicht eingesteckt hatte. »Die Putzfrau heißt Milena Sturlese, und der Name des Systemadministrators ist Franco Sturlese.« Er blickte auf und hob den Finger. »Ein Ehepaar. Die Putzfrau hat mit Sicherheit die Schlüssel für sämtliche Räume des Unternehmens. Und ihr Männe hat den Schlüssel zum System.«

Kuno stimmte ihm zu. »Aber welches Motiv sollten sie haben?«

Arne konnte nicht verhehlen, dass er seinen Eiskaffee am liebsten sofort stehengelassen hätte, um das Ehepaar aufzusuchen. Seine Augen leuchteten auf. »Das werden wir herausfinden!«

Sein Eifer wurde durch das Klingeln von Kunos Smartphone gebremst. Es lag neben dem Kuchenteller des Hauptkommissars und begann in dem Moment zu trillern, in dem Kuno sein Glas Eiskaffee in der Hand hielt und am Strohhalm sog.

Neugierig beugte Arne sich über das Display. »Ich glaub es nicht. Friedrich Fliegenfischer.«

Kuno verschluckte sich. Seine Lippen ließen den Trinkhalm los, er hielt sich die Hand vor den Mund und hustete.

Arne klopfte ihm auf den Rücken. »Soll ich drangehen?«, fragte er und zeigte mit der anderen Hand auf das Telefon.

»Jo, mach«, brachte Kuno japsend hervor. Er rang nach Atem, ihm standen Tränen in den Augen, und er fragte sich, ob ihm die nicht auch ohne den Hustenanfall gekommen wären, wenn er den Namen des Anrufers auf dem Display erblickt hätte.

»Hi, Friedrich. Arne Zander hier. Was treibt dich dazu, Hauptkommissar Knudsen bei einer Dienstbesprechung zu stören?«

Friedrich erwiderte etwas. Arne lauschte aufmerksam.

Kuno streckte die Hand nach dem Gerät aus. »Geht schon wieder. Gib mal her.«

»Mein Chef verlangt nach dir. Ich reich dich mal weiter.« Arne übergab das Gerät.

»Moin, Friedrich. Was gibt es so Eiliges, dass du mich bis nach Sylt verfolgst?«

»Moin, Kuno. Danke für die nette Begrüßung. Immer wieder schön, deine Stimme zu hören. Ich will dich nicht lange stören, ich hab nur eine Neuigkeit. Ich leg auch gleich wieder auf.«

»Mach's kurz«, sagte Kuno. »Arne und ich bereiten gerade einen Besuch bei einem Anschlagsopfer vor.«

»Also gut«, sagte der wohl umtriebigste aller Inselreporter Nordfrieslands. »Ich bin an einer Sache dran, die sich mit euren aktuellen Ermittlungen kreuzen könnte.«

»Was für eine Sache?« Kunos Herz schlug schneller. Wie er aus Arnes Augenbrauen schloss, die erschrocken in die Höhe zuckten, fehlte seiner Stimme gerade jegliche Spur von Freundlichkeit.

»Ihr habt diesen Event-Manager an der Angel, Alf Leefmann.«

»Wir sind nicht zum Fischen hier, Friedrich.«

»Erschrick bitte nicht, wenn ich in dem Umfeld auftauche. Ich bin dabei, eine Reportage zu schreiben.«

Kuno guckte Arne skeptisch an. Da sein Kollege das Gespräch jedoch nicht mithören konnte, zuckte er nur fragend mit den Schultern.

»Was hast du vor?«, wollte Kuno wissen.

»Mehr kann ich nicht sagen. Pressegeheimnis. Ich wollte dich nur informieren: Ich komme morgen nach Sylt. Wir werden uns bestimmt über den Weg laufen. Ich bringe übrigens deinen Bruder mit.«

Kuno rutschte auf die Stuhlkante vor. »Okko? Was soll der denn hier?«

»Du willst doch immer, dass er sich einen Job sucht. Ich werde ihn einschmuggeln. Für die ›Sylter Sommernachtsträume‹ werden noch Hilfskräfte gesucht, wie ich aus sicherer Quelle weiß.«

»Was soll Okko denn da machen? Bierfässer anstechen?«

»Glaube mir, dein Bruder ist ein Allround-Genie. Du musst ihm nur mal was zutrauen.«

Ehe Kuno etwas erwidern konnte, hatte Friedrich Fliegenfischer das Gespräch beendet.

»Was ist denn los?«, fragte Arne.

Kuno legte sein Handy weg. »Friedrich und Okko kommen morgen.«

Arne stöhnte. »Das bedeutet, die Kripo Wattenmeer wird um zwei selbsternannte Hilfssheriffs erweitert.«

5

Die kesse Kellnerin kam, um das Geld für Eiskaffee und Kuchen zu kassieren. Schweren Herzens löste Kuno den Blick von der imposanten Kulisse, die sich ihm von der Kurpromenade aus bot. Die wogende Nordsee, die von dieser Stelle aus unendlich mächtig erschien, lag unter einem stahlblauen Postkartenhimmel. Möwen glitten mit weit ausgebreiteten Flügeln über Wellen und Strand dahin. Die kleinen Kinder, die im Sand spielten, wussten nicht, was sie mehr bestaunen sollten: die elegant im Wind segelnden Vögel oder die wild schäumende Brandung, die ihnen die Gischt ins Gesicht spritzte.

Kuno blinzelte in die Sonne und verstaute sein Portemonnaie in der Hosentasche. »Eigentlich ist der Tag viel zu schade zum Arbeiten.«

»Aber fürs Aufs-Meer-Gucken werden wir nicht bezahlt«, sagte Arne. »Wenn du das wolltest, hättest du dir besser einen Job bei der DLRG besorgen sollen.«

Kuno schüttelte sich. »Nee, ich möchte nicht bei Wind und Wetter durch die See pflügen müssen, um Ertrinkende zu retten. Dann bleibe ich doch lieber bei der Kripo.«

»Um Ermordete zu rächen. Das nenne ich Konsequenz.« Arne schlug ihm auf die Schulter. »Meldest du uns beim Quadt an?«

Kuno tat sich schwer damit. Selten hatte er einen so schlechten Draht zum Opfer einer Straftat gefunden wie zu Johnny Quadt. Der Mann war äußerlich ein Mensch, aber innen drin stand er einem Roboter näher als selbst einem Kaltwasserfisch. Was gäbe er darum, wenn er den Gesprächstermin mit ihm hinauszögern könnte!

»Dein Handy«, sagte Arne und zeigte auf Kunos Ledermappe, in der das Smartphone steckte. »Das wird er sein. Er wartet sicher schon ungeduldig darauf, dass wir uns bei ihm melden.«

»Glaub ich nicht. Der ist er viel zu intensiv damit beschäftigt, die Sekunden seines Lebens runterzuzählen.«

Während er sich um angeleinte Hunde und abgestellte Strandtaschen schlängelte, öffnete Kuno die Mappe und nahm das Mobilgerät heraus. Die Nummer war ihm unbekannt. Er reihte sich mit Arne in den Strom der umherschlendernden Urlauber auf der Kurpromenade ein. Dann nahm er das Gespräch an und meldete sich mit Dienstgrad und Namen.

»Isa Quadt hier. Guten Tag, Herr Knudsen.«

»Guten Tag, Frau Quadt.« Kuno blieb stehen.

Auch Arne stoppte. Er formte den Namen der Anruferin stumm mit den Lippen und sah Kuno mit fragendem Gesicht an.

Kuno nickte ihm zu und legte einen Finger an den Mund, um ihm zu bedeuten, dass er still sein solle. »Was gibt mir die Ehre Ihres Anrufs, Frau Quadt?« Er legte einen betont jovialen Tonfall in seine Stimme. Die Anruferin hörte sich jung an und suchte anscheinend nach dem passenden Einstieg in das Telefonat mit ihm. Er vermutete, dass es sich um die Tochter von Johnny Quadt handelte und dass sie zwar einen besonderen Grund für ihre Kontaktaufnahme hatte, aber nicht die rechte Traute aufbrachte, sich ihm zu offenbaren. »Wie kann ich Ihnen helfen?«

Die junge Frau holte tief Atem. »Ich bin die Tochter von Johnny Quadt. Ihre Kollegen auf der Wache haben mir Ihre Nummer gegeben. Ich habe gedacht, ich rufe

Sie jetzt einfach an. Wir haben natürlich gehört, was mit meinem Vater passiert ist, und mein Freund hat mir vorhin was erzählt.« Sie verstummte, obwohl sie den Satz der Melodie ihrer Stimme nach wohl hätte fortsetzen wollen.

»Sie möchten eine Aussage zu dem Anschlag machen?«

»Ja. Das heißt, ich selbst nicht, aber mein Freund.«

»Wie heißt denn Ihr Freund, und wo wohnt er?«

»Alex. Alex Brinkmann. Er wohnt in Rantum.« Sie nannte ihm die Straße und die Hausnummer.

Kuno spürte die Unsicherheit von Isa Quadt. Er beschloss, der jungen Frau Zeit zu lassen, sich auf die Begegnung mit ihm und Arne einzustellen. »Ist Ihr Freund darüber informiert, dass Sie uns angerufen haben?«

»Ja, klar. Ich rufe mit seinem Einverständnis an.«

»Wann können wir denn mit ihm sprechen?«

»Also, er ist zu Hause, ich bin bei ihm. Wenn Sie gerade Zeit hätten ...«

Kuno sah auf die Uhr. Bei Johnny Quadt hatten Arne und er sich für den Nachmittag angekündigt, ohne eine feste Zeit zu nennen. Der Nachmittag war lang und es war erst Mittag. Zudem erschien ihm ein Treffen mit der Tochter von Johnny Quadt spannender als das mit dem Vater. »Ich mache mich in einer Viertelstunde auf den Weg an die genannte Adresse. Erschrecken Sie bitte nicht«, fügte er hinzu, »wir kommen zu zweit. Ich bringe Kommissar Zander mit. Er ist aber ganz harmlos.«

»Okay, wir sind ja auch zu zweit.« Isa Quadt kicherte.

Er hatte wohl den richtigen Ton getroffen.

Arne war sichtlich erleichtert, als Kuno ihm die Adresse nannte, zu der sie nun fahren würden. »Also noch nicht zu dem Mann, der sich lieber sein voraussichtliches Lebensende an die Wand hängt als einen tollen Fotokalender von Sylt.«

Sie liefen zur Wache zurück und stiegen in den Wagen, den sie dort abgestellt hatten. »Das Navi brauchen wir nicht«, sagte Arne, »in Rantum kenne ich mich aus.«

»Auf Sylt geht's ja sowieso fast immer nur geradeaus«, meinte Kuno.

Arne fuhr durch Westerland und nahm dann die Hörnumer Straße, die in den Süden der Insel führte. In Rantum bog er rechts ab und schlängelte sich durch eine schmale Straße, bis er schließlich vor einem neueren, reetgedeckten Haus anhielt.

Kuno stieg aus, drehte sich einmal um die eigene Achse und bestaunte die umliegenden Häuser, die zwischen bepflanzten Dünen lagen. »Nette Gegend. Ein Wochenendhäuschen in diesem Ort wäre nicht übel.«

Die Tür wurde bereits geöffnet, als sie auf den Eingang zuliefen. Eine Frau von Anfang zwanzig in grauen Leggings und einem weit geschnittenen, weißen T-Shirt, das eine Schulter frei ließ, empfing sie. Hinter ihr im Flur stand ein hochgewachsener Mann, ebenfalls in bequemer Sportkleidung, der wohl nur wenige Jahre älter war als sie.

»Ich bin Isa Quadt.« Die junge Frau reichte den Kommissaren die Hand. Dann deutete sie auf ihren Partner. »Das ist Alex Brinkmann.«

»Moin«, sagte Alex.

Er lächelte verkrampft, und Kuno fragte sich unwillkürlich, ob Isa Quadts Freund wirklich so erpicht auf das Gespräch mit der Kripo war oder ob er nur ihrem Drängen gehorchte.

Isa ging voran. »Kommen Sie einfach mit«, sagte sie. Im Gegensatz zu Alex wirkte sie unbeschwert. Womöglich hatte sie noch gar nicht richtig begriffen, dass allem Anschein nach vor wenigen Stunden ein Attentat auf ihren Vater verübt worden war. Kuno war gespannt, was Arne und er gleich erfahren würden.

Sie betraten einen Wohnraum, der mit riesigen Sitzkissen ausgestattet war. Isa breitete mit stolzem Blick die Arme aus. »Die Hütte hier gehört den Eltern von Alex. Sie sind gerade im Urlaub. Wir haben also sturmfreie Bude.« Sie ging an einen Schrank, der als Bar diente, und entnahm ihm eine Flasche Prosecco und einen Aperol. »Sie auch?«

Kuno schüttelte den Kopf. »Danke nein. Wir sind im Dienst und mein Kollege möchte obendrein seinen Führerschein noch ein Weilchen behalten. Würde es Ihnen etwas ausmachen, im Moment ebenfalls auf alkoholische Getränke zu verzichten?«

Sie sah ihn verwundert an.

»Sie möchten doch eine Aussage machen, wenn ich Sie richtig verstanden habe«, erklärte Kuno geduldig. »Für die Glaubwürdigkeit dessen, was Sie uns sagen möchten, wäre es besser, wenn Sie nüchtern blieben.«

»Ah, okay. Dann ein Wasser?«

»Gerne.«

»Setzen Sie sich doch schon mal.«

Kuno suchte sich das Sitzkissen aus, das ihm am stabilsten erschien, und hoffte, dass seine Bandscheiben mitmachen würden. Arne glitt auf der erstbesten Sitzgelegenheit elegant in den Schneidersitz.

Alex pflanzte sich im Lotossitz auf den Boden, einen dieser Sitzsäcke hinter sich und den Oberkörper aufgerichtet wie mit dem Lineal gezogen. Er legte die Hände auf die Knie, die Handflächen nach oben weisend.

Isa kam mit Getränkeflaschen an und schenkte zwei Gläser, die auf dem Couchtisch standen, voll Wasser und zwei andere voll Cola. Penibel achtete sie darauf, dass alle vier Gläser gleichmäßig gefüllt waren.

Endlich nahm sie ebenfalls Platz. »Also, der Alex«, begann sie und deutete mit dem Kinn auf ihren Freund. »Der Alex hat heute Morgen was gesehen.« Ihr langes glattes, in der Mitte gescheiteltes Haar fiel ihr ins Gesicht. Sie schüttelte es mit einer heftigen Kopfbewegung zurück. »Erzähl doch mal«, sagte sie zu Alex.

»Wenn du meinst ...« Alex griff zu dem Glas, das er neben sich auf dem Parkettboden abgestellt hatte, und trank, als hätten sie alle Zeit der Welt. »Ich war heute Morgen am Strand von Rantum. Genauer gesagt etwas nördlich von Rantum. Und da habe ich Alf Leefmann gesehen.«

»Ist das so erwähnenswert?«, fragte Kuno. »Wir wissen, dass er heute Morgen von Westerland aus in südliche Richtung gejoggt ist.«

Arne zog die Stirn in Falten. »Das ist schon eine ganze Ecke von Westerland bis Rantum. An welcher Stelle haben Sie ihn denn gesehen? Können Sie das genauer angeben?«

Alex holte sein Smartphone hervor und wischte darauf herum. Dann stand er auf und zeigte den Ermittlern das Display. Auf Google Maps hatte er einen Strandabschnitt herausgesucht. Er zeigte mit dem Finger auf eine Stelle. »Da, ziemlich genau da war das. Vielleicht dreißig oder fünfzig Meter weiter nördlich. Das kann ich nicht mehr so ganz genau sagen.«

Isa sah ihren Freund giftig an, als er wieder zu seinem Platz zurückging. »Nun sag doch schon das Wichtigste. Die Kommissare können das doch nicht erahnen.«

Alex setzte sich in aller Ruhe wieder hin und nahm eine Haltung an, mit der er Kuno an einen jungen indischen Guru erinnerte. »Ich habe gesehen, wie Leefmann etwas verbuddelt hat.«

Kuno nickte anerkennend. »Haben Sie auch gesehen, was er verbuddelt hat?«

Alex schüttelte den Kopf. »Das nicht. Es war eingewickelt in – eine Plastiktüte muss das gewesen sein. Er hat sich mehrmals nach rechts und links umgesehen, bevor er das Loch gebuddelt hat. Am Dünenrand war das. Er hatte sich da hingekniet und fing wie wild an zu graben. War natürlich doof, denn der Sand rutschte ständig nach. Aber irgendwann war das Loch wohl trotzdem tief genug, und er hat was hineingelegt.«

»Wie groß war denn das Teil, das er vergraben hat, ungefähr?«, fragte Arne.

Alex nahm beide Hände zu Hilfe, um die Länge anzudeuten. »Ungefähr so lang und ...« Wieder zeigte er die Dimension mit den Händen. »So breit.«

»Hm«, sagte Arne zu Kuno. »Der Größe nach könnte das die Waffe gewesen sein.«

»Das hab ich auch sofort gedacht«, sagte Isa. »Deshalb hab ich Alex gesagt, wir müssen Sie anrufen. Das ist doch ein wichtiger Hinweis.«

Alex hob die Hände. »Ich habe nicht gesehen, was drin war in der Verpackung. Ich will den Leefmann jetzt nicht zum Mörder abstempeln.«

Isa zog einen Schmollmund. »Wenn man eins und eins zusammenzählen kann, ist die Sache klar, oder?« Sie guckte Kuno aus Augen an, die denen eines Kindes ähnelten.

»Mit dem Zusammenzählen von eins und eins warten wir mal noch ein bisschen«, erwiderte Kuno. Er wandte sich Alex zu. »Sind Sie nicht neugierig geworden bei Ihren Beobachtungen?«

»Wie meinen Sie das?«

»Ich an Ihrer Stelle wäre vermutlich auf die Idee gekommen, mal nachzugucken, was der Mann da vergraben hat. Sind Sie gar nicht in Versuchung geraten?«

Alex schien sich die Szene in Erinnerung zu rufen. »Eigentlich nicht. Natürlich war ich irgendwie neugierig. Sonst hätte ich nicht so lange geguckt, was der Leefmann da macht. Aber hingehen und das Teil ausbuddeln? Nee, auf die Idee bin ich nicht gekommen.«

»Korrektes Verhalten, aber aus unserer Sicht schade.« Kuno zwinkerte Alex zu. »Was haben Sie selbst denn am Strand gemacht, und wie viel Uhr war es, als Sie Alf Leefmann gesehen haben?«

Alex lächelte stolz. »Ich bin Yoga-Lehrer. Ich mache Strand-Yoga. Nicht nur, aber auch. Wenn Sie meinen Kursplan haben möchten ...« Er stand auf und ging zu einem Sekretär.

Kuno stoppte ihn. »Im Moment nicht, danke. Aber noch mal: Um wie viel Uhr genau haben Sie Herrn Leefmann beim Buddeln beobachtet?«

Alex versuchte angestrengt, sich an die Uhrzeit zu erinnern. »Auf die Minute genau kann ich das nicht sagen. Es muss zwischen acht und halb neun gewesen sein. Ich hatte keine Uhr dabei. So früh am Morgen habe ich noch keine Kurse, da versuche ich nur, mich innerlich zu sammeln und auf den Tag einzustimmen.«

»Ah ja. Klar. Und von welchem Versteck aus haben Sie Herrn Leefmann so gut beobachten können?«

Alex lächelte verlegen. »Ich bin über den Strand spaziert und habe ihn von weitem am Dünenrand knien gesehen. Die Haltung kam mir merkwürdig vor. Also habe ich mich rangeschlichen, hinter einem Strandkorb versteckt und zugeguckt. Als das Teil verbuddelt war, ist Alf übrigens wieder nach Westerland zurückgelaufen.«

Kuno strich sich nachdenklich über den Bart und kniff die Augen zusammen. »So ganz von Nahem haben Sie Herrn Leefmann aber nicht gesehen?«

Alex guckte ihn verdutzt an. »Nicht so nah, dass ich jede Falte in seinem Gesicht hätte erkennen können.«

»Haben Sie sein Gesicht überhaupt von vorne gesehen?«, fragte Arne. »Ich stelle mir die Szene so vor, dass sie ihn nur schräg von der Seite gesehen haben können.«

»Ja, klar, ich habe ihn von der Seite gesehen.« Alex nickte eifrig. »Aber das Profil von Alf Leefmann erkenne ich auf einen Kilometer Entfernung. Der Mann ist doch auf jeder Veranstaltung zu sehen. Das heißt, auf jeder, die nicht von Isas Vater organisiert wird. Den kennt man einfach.«

»Was hatte Herr Leefmann heute Morgen an?«

»Türkisfarbene Jogginghose, weiße Schuhe und ein weißes T-Shirt«, sagte Alex, ohne eine Sekunde nachdenken zu müssen. »Ich sehe ihn noch genau vor mir.«

Kuno beobachtete Isa, die ihren Freund anhimmelte, als hätte er gerade die wichtigste Aussage seines Lebens gemacht. »Was ist Ihnen bei den Beobachtungen durch den Kopf gegangen?«, fragte er Alex.

Alex zuckte mit den Schultern. Er stützte sich mit beiden Händen auf dem Sitzkissen ab, das hinter ihm lag, hob sich darauf und zog die Beine an. »Zuerst mal nichts. Ich hab mich nur gewundert, was die Nummer sollte, die er gerade abzog.«

»Sind Sie ihm da schon öfter begegnet?«, fragte Arne.

Isa antwortete. »Alf Leefmann läuft immer bis zur nördlichen Grenze von Rantum.«

»Das war nicht meine Frage«, sagte Arne mit Engelsgeduld. »Ich wollte von Ihrem Freund wissen, ob er ...«

Alex unterbrach ihn. »Ich habe ihn schon häufig da angetroffen. Aber er hat nie was verbuddelt. Er macht meist an der Stelle kehrt. Nicht jeden Tag, aber immer mal wieder. Ich sitze manchmal da und meditiere oder mache Übungen. Wir sehen uns dann zwangsläufig.«

»Wann kam Ihnen der Gedanke, dass das Buddeln von Bedeutung gewesen sein könnte?«, fragte Kuno.

Isa hob die Hände. »Das ist doch wohl klar. Mein Vater hat mich angerufen und mir erzählt, dass er Alf Leefmann heute Morgen begegnet ist und dass kurz darauf auf ihn geschossen wurde. Ich habe Alex davon erzählt. Da wussten wir sofort, was Alf vergraben haben muss. Sie werden doch hoffentlich nach der Waffe suchen?«

Kuno schmunzelte. »Wir werden natürlich einen Kollegen hinschicken, der den Strandabschnitt mit einem Metalldetektor nach einer Pistole absuchen wird. Ob Alf Leefmann wirklich eine Schusswaffe versteckt hat, wird sich dann zeigen.«

Isa Quadt war mit der Antwort anscheinend nicht zufrieden. »Was soll er denn sonst am Dünenrand vergraben haben?«

Kuno guckte zur Decke und überlegte. »Zum Beispiel eine tote Möwe, vor deren Anblick er spielende Kinder bewahren wollte?«

»Das glauben Sie doch selbst nicht. An so was würde der Alf nie denken!«

»Kennen Sie ihn so gut?«, fragte Arne.

Isa nickte heftig. »Er war ja mal mit meinem Vater befreundet. Ist schon eine ganze Zeit her, aber ich kann mich noch gut daran erinnern. Der war mal richtig nett. Aber dann fing er an, Erfolg zu haben, und er wurde gierig und wollte immer mehr. Er will meinen Vater vom Markt verdrängen. Mit Gewalt verdrängen.«

Isas Gesicht wurde mit jedem Satz, den sie sprach, verbiesterter. Alex streckte die Hand aus und versuchte, nach ihrer zu greifen. Doch sie entzog sich seiner Suche nach Nähe und verschränkte trotzig die Arme. Alex verzog genervt den Mund und blickte zu Boden.

Kuno spürte, dass er sich vorsichtig an die Fragen herantasten musste, auf die er sich eine Antwort wünschte. Bevor er zu dem Thema kam, das er noch ansprechen wollte, wandte er sich an Arne. »Rufst du mal eben die Jungs von der Kriminaltechnik an, damit die jemanden zu dem Strandabschnitt schicken?«

Arne nickte und stand auf. »Bin gleich wieder da.« Er ging aus dem Haus, um bei dem Telefonat mit den Kollegen nicht von Isa und Alex belauscht zu werden.

Kuno richtete alle Aufmerksamkeit auf Isa. »Sie halten große Stücke auf Ihren Vater?«

Von einem Moment zum anderen wurde die Miene von Johnny Quadts Tochter wieder weich. »Mein Papa sieht zwar nicht so aus, aber er ist ein heißer Typ.« Jetzt strahlte sie sogar wie ein Teenager, der von seinem Pop-Idol schwärmt.

»Dann besuchen Sie sicher auch die Veranstaltungen, die er organisiert.«

»Ich bin immer dabei. Er macht tolle Partys für Vereine und Verbände, und er organisiert Konzerte mit super Gruppen aus Berlin und Hamburg. Er kennt sie alle. Wenn er ruft, dann kommen sie.«

Arne kehrte wieder zurück. Er hatte die Haustür nur angelehnt, sodass er Kuno nicht durch ein Klingeln bei seinem Gespräch mit Isa unterbrechen musste. »Zwei Kollegen machen sich sofort auf den Weg. Ich hab gesagt, wir gucken gleich auf dem Rückweg da vorbei.«

»Okay«, sagte Kuno.

Er sah Isa an, dass sie die Kommissare unbedingt begleiten wollte. »Nein«, sagte er streng. »Sie bleiben hier, alle beide.«

Isa zog einen Schmollmund.

Kuno ließ sich nicht erweichen. Unbeirrt setzte er das Gespräch fort. »Helfen Sie Ihrem Vater manchmal in der Firma?«

»Klar«, sagte Isa. »Ich studiere Event-Management an der Uni Hamburg. Wenn ich fertig bin, steige ich mit ins Geschäft ein. Später werde ich es mal übernehmen, das habe ich meinem Vater versprochen.« Sie unterbrach sich und hob das Kinn. »Mein Bruder hat sich ja mit Vater überworfen. Er würde Johnny Quadt Events sofort plattmachen, wenn er das Unternehmen erben würde. Er möchte Papas großen Namen am liebsten ganz verschwinden lassen und was Eigenes aufbauen.«

Kuno wunderte sich. War Isa nicht klar, was für Gedanken ihre Worte bei ihm auslösen mussten?

Auch Arne hielt den Atem an.

Kuno versuchte, seiner Stimme einen beiläufigen Ton zu verleihen. »Ihr Vater und Ihr Bruder sind ernsthaft zerstritten?«

»Schon ewig.«

Alex guckte Isa resigniert an. »Umso enger ist die Beziehung zwischen dir und deinem Übervater.«

»Dafür bist du mit deinem blöden Yoga verheiratet«, erwiderte Isa patzig.

Kuno stöhnte innerlich. Das Beziehungsgeflecht der Familie Quadt und ihres Anhangs wurde ihm zu kompliziert.

Auch Arne wurde ungeduldig. Er schlug sich mit den Händen auf die Knie. »Ich würde sagen, wir machen uns jetzt auf zu den Kollegen, die den Strand absuchen.«

Dazu musste Kuno nicht erst überredet werden. Er mühte sich ab, aus dem Sitzkissen emporzusteigen, ohne sich die Wirbelsäule zu verrenken. »Und kommen Sie nicht auf die Idee, uns unauffällig zu folgen«, sagte er zu Isa und Alex. »Wenn sich zeigen sollte, dass wir Sie brauchen, rufen wir Sie. Aber die Kontaktdaten Ihres Bruders, die dürfen Sie uns noch geben, Frau Quadt.«

Isa, die gemeinsam mit Alex ebenfalls aufgestanden war, schmollte wieder. »Die hab ich nicht. Ich hab keinen Kontakt mehr zu Jimmy.«

Alex stieß sie an. »Komm, rück schon raus. Sonst mach ich das.«

»Verräter«, raunte sie ihm zu und nannte den Ermittlern die gewünschten Daten.

6

Das Areal, das Alex Brinkmann den Kommissaren auf dem Smartphone gezeigt hatte, hatten ein Mann und eine Frau aus dem Team der Kriminaltechniker mit Absperrband vom übrigen Strand abgetrennt. Es gab nur wenige Strandkörbe in diesem Bereich. Die meisten der Badegäste und sonnenhungrigen Urlauber hielten sich ein gutes Stück weiter südlich auf. So konnten die Beamten ihrer Arbeit weitgehend unbehelligt von Sensationshaschern nachgehen.

Da sich kein Parkplatz in der Nähe dieses Strandabschnitts befand, hatten Kuno und Arne sich von Alex Brinkmanns Elternhaus aus zu Fuß über den Strand bis zu dem besagten Abschnitt begeben.

Kuno fluchte in sich hinein. Auf Amrum war der Strand ganz anders beschaffen. Der Sand bei Nebel und Norddorf war feucht und fest, sodass man darauf laufen konnte wie auf bemoostem Waldboden. An der Westküste von Sylt dagegen war der Sand trocken und tief wie in der Wüste. Er bot dem Fuß keinen Halt. Man versank, knickte um und verlor das Gleichgewicht. Jeder Schritt strengte doppelt und dreifach an.

Endlich wurde die Absperrung von weitem sichtbar. Kuno atmete erleichtert auf.

»Du musst wohl öfter nach Sylt kommen. Dir fehlt ein bisschen Training«, frotzelte Arne, dem jedoch ebenfalls die Schweißtropfen über die Stirn rannen.

Die Sonne brannte herunter. Die Temperatur lag jetzt bei geschätzten achtundzwanzig, dreißig Grad. Das Meer reflektierte die Sonnenstrahlen und blendete Kuno. Er setzte seine Sonnenbrille auf.

Die beiden Kriminaltechniker hatten sich mit breitkrempigen Sonnenhüten geschützt. Die Kollegin trug einen Metalldetektor vor sich her. Sie hielt das Gerät dicht über den Sand, während sie Stück für Stück am Dünenrand entlang ging. Bei jedem Schritt schwenkte sie die Suchspule von links nach rechts und zurück. Sie blickte konzentriert auf den Boden, als wollte sie alle anderen Eindrücke um sich herum ausblenden.

Ihr Teamkollege war eine Zeit lang neben ihr hergelaufen. Als die Ermittler sich näherten, vergrößerte er den Abstand zu ihr und winkte sie zu sich heran.

Kuno betrachtete die leeren Hände des Kollegen. »Ihr habt noch nichts gefunden«, stellte er fest.

Der Mann schüttelte den Kopf. »Wir haben etwas weiter nördlich von dem angegebenen Strandabschnitt angefangen. Mehr als die Hälfte der Strecke haben wir bisher abgesucht. Noch hat der Detektor keinen Fund signalisiert. Aber was nicht ist, kann noch kommen.«

Arne beobachtete die Kollegin mit dem Metalldetektor skeptisch. »Wie tief kann euer Suchhund schnüffeln?« Er wies mit dem Kopf auf das Gerät. »Wenn die Waffe einen Meter tief vergraben ist, kann er das noch riechen?«

Der Kollege lachte. »Da mach dir keine Sorgen. Fiffis dieser Art verhelfen selbst Schatzsuchern und Archäologen, deren Beute tief im Boden liegt, zum großen Finderglück. So furchtbar tief kann am Fuß der Dünen aber nichts verbuddelt sein. Der Sand rutscht beim Graben viel zu schnell nach. Wenn hier eine Waffe liegt, dann finden wir sie auch.«

Die Ermittler mit dem Kriminaltechniker an ihrer Seite waren der Mitarbeiterin mit dem Detektor im Ab-

stand von einigen Metern gefolgt. Plötzlich ertönte ein
schrilles Signal, und die Kollegin blieb abrupt stehen. Sie
schwenkte die Signalschleife über der Fundstelle einige
Male hin und her, um herauszuhören, an welcher Stelle
der Detektor am lautesten ausschlug. Mit der Ferse mar-
kierte sie den Punkt.

Sie übergab Arne, der jetzt dicht bei ihr stand, den
Detektor, zog sich Latexhandschuhe an und kniete sich
hin. Ihr Kollege hockte sich ebenfalls auf den Boden.
Vorsichtig begannen sie, den Sand beiseite zu schieben.

»Ich spür was«, sagte die Kriminaltechnikerin.

Der Kollege hörte auf, zu suchen, und wartete genauso angespannt wie Kuno und Arne.

Die Beamtin zog einen länglichen Gegenstand hervor
und hob ihn langsam in die Höhe.

Es war ein Messer mit langer Klinge und einem ge-
schnitzten hölzernen Griff.

Ihr Kollege ließ seinen Rucksack über die Schultern
gleiten und zog eine Asservatentüte heraus. Sie steckte
das Messer hinein, er verstaute die Tüte im Rucksack.

»Weiter geht's.« Die Kriminaltechnikerin nahm den
Metalldetektor aus Arnes Hand entgegen.

Es waren nur noch wenige Meter bis zum Ende des
Bereichs, in dem Alex Brinkmann meinte, Leefmann
beim Vergraben eines Gegenstandes gesehen zu haben.

»Isa Quadts Freund hat von einem länglichen Gegenstand gesprochen«, erinnerte Arne sich. »Die Länge des
Messers könnte ungefähr zu dem passen, was er gesehen hat, die Breite weniger. Und in eine Plastiktüte ver-
packt, wie er behauptete, ist es nicht.«

Kuno stimmte ihm zu. Er blieb stehen und nahm mit
den Augen Maß. »Wenn ich mir die Situation vorstelle:

Guck dir an, wie weit die nächsten Strandkörbe von diesem Abschnitt entfernt stehen. Wie will Alex Brinkmann gesehen haben, dass der Gegenstand in eine Plastiktüte eingepackt war? Und dann um die Uhrzeit. Die Sonne muss ungefähr dort gestanden haben.« Er zeigte auf einen Punkt am östlichen Himmel. »Sie dürfte ihn ziemlich geblendet haben.«

»Wenn er nicht eine Sonnenbrille auf der Nase hatte.«

»Strandyoga mit Sonnenbrille?« Kuno lachte. »Ob mit oder ohne Sonnenbrille, so ganz gehe ich über die Brücke mit der verbuddelten Schusswaffe nicht.«

Die Kollegin mit dem Metalldetektor hatte das Ende des abgesperrten Areals erreicht. Sie drehte sich zu den anderen um. »Keine Schusswaffe zu finden.«

»Na ja, dann haben wir euch wenigstens ein bisschen Abwechslung vom grauen Alltag in euren nüchternen technischen Labors oder an tristen, schattigen Tatorten beschert«, frotzelte Arne.

Der Kriminaltechniker lächelte gequält. »Wir werden das Messer auf jeden Fall auf Fingerabdrücke und Blutspuren untersuchen. Man kann nie wissen ...«

Kuno nahm seine Sonnenbrille ab und steckte sie in ein Etui, das er in seine Hosentasche schob. »Mehr als mikroskopisch kleine Spuren von zerschnittener Salami oder Currywurst werdet ihr hoffentlich nicht finden.«

»Darf ich das Messer noch mal sehen?«, fragte Arne.

Der Kollege holte es wieder aus dem Rucksack hervor.

Arne öffnete die Asservatentüte vorsichtig und blickte hinein. »Das scheint mir ein Liebhaberstück zu sein. Wir sollten beim Fundbüro fragen, ob es jemand als verloren gemeldet hat.«

Kuno und Arne liefen zum Haus der Brinkmanns zurück. Als sie ihren Dienstwagen erreichten, öffnete Isa Quadt die Tür. Alex stand hinter ihr im Flur wie vorhin, als sie hierhergekommen waren. »Haben Sie was gefunden?« Sie lief durch den Vorgarten auf die Straße, während Alex sich im Hintergrund hielt.

Kuno sah über Isas Kopf hinweg ins Haus. Alex hatte die Hände in die Jeanstaschen geschoben und stand stocksteif da, den Kopf zwischen die angespannten Schultern gezogen.

Befand der junge Mann sich in solch einer stressigen Situation, dass seine Yoga-Übungen ihm nicht zur Entspannung verhalfen?

Kuno ging an Isa vorbei.

Sie streckte ihren Arm aus, als wollte sie ihn aufhalten. »Was ist denn nun? Haben Sie die Waffe?«

Aus dem Augenwinkel nahm Kuno wahr, dass Arne sich vor Isa stellte, um ihr den Weg zurück in den Vorgarten zu versperren. »Im Moment können wir darüber keine Auskunft geben«, hörte Kuno ihn sagen.

Isa schnappte hörbar nach Luft und schwieg.

Kuno betrat den Flur. Er baute sich vor Alex auf und sah ihn so eingehend an, dass dessen Lider flackerten. »Sie hatten von einer Plastiktüte gesprochen, in der der Gegenstand steckte, den Alf Leefmann vergraben hat.«

Alex deutete ein Nicken an. »Hmhm«, machte er.

»Haben Sie gesehen, welche Farbe die hatte?«

Mit versteinerter Miene stierte Alex an dem Hauptkommissar vorbei.

So gucken Menschen, dachte Kuno, denen gerade bewusst geworden ist, dass sie einen Fehler gemacht haben und dass man ihnen auf die Schliche gekommen ist.

»Sie war weiß, glaube ich.« Alex rieb sich die Wange. »Ja, sie war weiß.«

»Mit irgendwas bedruckt, einer Aufschrift, einem Logo, einem Muster?« Kuno wusste, dass er Alex mit seinen Fragen quälte. Doch es blieb ihm keine Wahl, und die Situation war günstig. Er erwischte den Jungen auf dem falschen Fuß, und Isa Quadt stand weit genug entfernt, um das Gespräch nicht mit anhören zu können.

Alex schüttelte den Kopf, senkte den Blick und scharrte mit einer Fußspitze über die Fliesen. »Nein, bedruckt war sie nicht, soweit ich das erkennen konnte.«

»Aber sehen konnten Sie die Tüte?«, fragte Kuno. »Und auch das Material. Sie konnten auf die Entfernung genau erkennen, dass es Plastik war und nicht Papier oder womöglich ein Tuch?«

Unbeholfen strich sich der junge Mann mit einer Hand übers Hosenbein. »So genau vielleicht nicht«, flüsterte er. Er hob den Kopf und suchte Isas Blick.

Arne stand noch immer vor der Gartenpforte und passte auf, dass sie nicht ins Haus gelangte.

»Was ist denn los?«, rief Isa. »Alex, was besprichst du da mit dem Kommissar?«

Kuno nickte Isas Freund zu, als wollte er ihm sagen, dass er verstanden hatte, was Sache war. Er wandte sich von ihm ab und verließ den Flur. »Es war nichts weiter«, sagte er so laut zu Isa, dass Alex ihn hören musste. »Ich habe Ihren Freund nur gebeten, in den nächsten Tagen zu uns auf die Wache zu kommen, um seine Beobachtungen zu Protokoll zu geben.«

Er hakte sich bei Arne unter und zog ihn mit sich zum Wagen. »Tschüs und schönen Tag noch«, rief er Isa und Alex zu und glitt auf den Beifahrersitz.

Isa stand auf der Straße und schoss ihnen Giftpfeile hinterher, wie Kuno im Außenspiegel registrierte.

»Bevor wir zu Johnny Quadt fahren«, sagte er zu Arne, »machen wir noch einen kleinen Abstecher zu Alf Leefmann.«

»Der dürfte jetzt in seiner Firma sein. Such mal im Internet nach der Adresse von Leefmann Events.«

»Zu Befehl, Herr Kommissar.« Kuno gab den Firmennamen in die Google-Suche ein. Er wurde schnell fündig und nannte Alex die Anschrift. »Navi?«, fragte er.

»Nö, brauch ich nicht.«

»Was sagst du zu diesem Pärchen, Isa und Alex?«

»Wenn ich das in zwei Sätzen ausdrücken sollte, würde ich sagen: Sie hat die Hosen an, und er gehorcht und flüchtet sich zum Ausgleich in seine Yoga-Welt.«

Kuno lehnte sich gegen die Kopfstütze und schloss die Augen. »Ich denke, Alex hat bewusst eine Falschaussage gemacht. Warum hat Isa ihn dazu gedrängt?«

Arne blickte schmunzelnd zu ihm hinüber. »Weil sie ihren Papa über alles liebt. Weit mehr als ihren Alex.«

Kuno nickte. »Typisches Phänomen. Das Töchterchen himmelt den erfolgreichen Vater an ...«

»... und will nicht wahrhaben, dass der seine besten Zeiten längst hinter sich hat.«

»Das kann sie sich auch gar nicht eingestehen«, überlegte Kuno weiter, »weil sie nach dem Studium in seine Fußstapfen treten und genauso erfolgreich werden will wie er. Also braucht auch sie ein Feindbild, dem sie die Schuld zuschieben kann, wenn es nicht so läuft, wie erhofft. Und das Feindbild heißt nun mal Alf Leefmann.«

Arne blieb vor einer roten Ampel stehen. Er lehnte den Arm gegen das Seitenfenster und stützte den Kopf in die Hand. »Kennt Isa den wahren Täter und will ihn decken? Lenkt sie deshalb den Verdacht auf Leefmann?«

Kuno hob die Hände. »Wenn ich das wüsste!«

Bald erreichten sie Alf Leefmanns Firmensitz. Arne musste nicht erst danach suchen. Die Straßen im Ortskern von Westerland kannte er mindestens so gut wie ein Taxifahrer. Das Gebäude mit dem Flachdach lag ungefähr auf halber Strecke zwischen Leefmanns Privathaus und dem Bürogebäude von Johnny Quadt.

Die Ermittler betraten die elegant eingerichteten Büroräume im Erdgeschoss und sahen sich um.

Ein junger Mann bemerkte sie, trat übereifrig lächelnd auf sie zu und begrüßte sie mit den Worten: »Moin, die Herren. Sie haben einen Termin?«

»Nicht direkt.« Kuno zeigte ihm seinen Dienstausweis. »Wir möchten zu Herrn Leefmann.«

Der Mitarbeiter breitete erfreut die Arme aus. »Die Kriminalpolizei plant einen Event mit uns?«

»Wenn Sie so wollen, ja. Herr Zander und ich hatten heute früh ein erstes Gespräch mit Herrn Leefmann im privaten Kreis. Jetzt hätten wir noch eine Kleinigkeit zu klären. Wenn sie so freundlich wären, uns anzumelden?«

»Aber gerne. Darf ich Sie bitten, einen Augenblick zu warten?« Der Mitarbeiter zeigte auf eine Gruppe modern, aber ungemütlich aussehender Sessel in einer Ecke des großen Büroraums. Eilfertig lief er zu seinem Schreibtisch zurück und griff zum Telefonhörer.

Seine Stimme klang gedämpft. Kuno konnte nicht verstehen, mit welchen Worten er sie beim Chef anmeldete. Offenbar zierte Leefmann sich nicht. Nach einem kurzen Wortwechsel legte der junge Mann auf und kehrte zu den Ermittlern zurück.

»Herr Leefmann erwartet Sie im Kreativbereich. Bitte folgen Sie mir.« Er ging voran. Auf den obersten Stufen der Treppe wandte er sich an die Ermittler. »Es ist eine große Ausnahme, dass Alf Sie hier oben empfängt. Normalerweise kommt da kein Fremder hin.«

Er stieg eine weitere Treppe hinauf. Oben angekommen, führte er sie durch einen Raum mit breiter Glastür auf die Dachterrasse. »Alf? Die Herren von der Kripo.«

Leefmann saß mit dem Rücken zu ihnen auf einem Klappstuhl an einem kleinen Gartentisch, auf dem ein Tablet lag. Er wandte ihnen kurz den Kopf zu. »Kleinen Augenblick. Bin sofort bei Ihnen.«

Kunos Neugier trieb ihn näher an Leefmann heran. Der Event-Manager bediente ein virtuelles Steuerpult. In einem Bereich darüber waren auf dem Display Aufnahmen aus der Vogelperspektive zu sehen.

Immer wieder wandte Leefmann seine Augen dem Himmel zu. Kunos Blicke folgten der Richtung.

Weit hinten stand ein winziges Ufo am Horizont!

»Geil.« Es war unverkennbar Arne, der in Kunos Rücken seiner Begeisterung Ausdruck verlieh.

Kuno drehte sich nach ihm um. Doch das Ufo faszinierte ihn zu sehr. Schnell guckte er wieder nach vorn. Das Raumschiff näherte sich den Männern auf der Dachterrasse. Kuno war sicher, es würde hier landen.

»Vorsicht an der Bahnsteigkante«, rief Alf Leefmann, ohne seine Gäste anzusehen. Mit voller Konzentration steuerte er das Ufo zur Dachterrasse, wo es tatsächlich eine gekonnte Landung vollbrachte.

»Ich glaub das nicht«, rief Arne aus. »Eine Drohne.« Er tastete sich vorsichtig an das Ufo heran, als könnte es ihn jeden Moment anspringen und beißen.

Kuno war beeindruckt. Dies war die erste Drohne, die er live erlebte. Trotz seines gewachsenen Interesses an moderner Technik hatte er sich mit diesem Thema bisher noch nicht befasst. Computer und Software waren komplex genug. Nun traten auch noch fliegende Untertassen in sein Leben. Wobei dieses Gerät eher einem winzigen Hubschrauber mit vier Greifarmen ähnelte. Oder einer riesigen stilisierten Ameise.

Leefmann schloss die App auf seinem Tablet und stand auf. Stolz lächelte er die Ermittler an.

Kuno zeigte mit der Hand auf das Ufo, das keins war und das jetzt, wo es auf dem Boden stand, anmutete wie die Miniatur eines Fluggeräts der Bundeswehr. »Modernes Spielzeug für den Mann?«, fragte er. »Ersatz für die gute alte Modelleisenbahn?«

»Weniger Spielzeug als geschäftliche Notwendigkeit«, sagte Leefmann. »Und immer ein Hingucker, egal, wo ich damit auftauche.«

Ein Blickfang war das Teil, daran bestand kein Zweifel. Aber wozu brauchte man so ein Fluggerät, wenn man Strandpartys und Geburtstagsfeiern organisierte? Vermutlich galt eine Drohne in gewissen Kreisen als Statussymbol, und in der Anschaffung war sie sicher teuer gewesen. Leefmann hatte das Gerät wohl lediglich als Betriebsausgabe geltend gemacht, um seine Steuerschuld zu reduzieren.

»Sie brauchen dieses Spielzeug fürs Geschäft?«, fragte Kuno interessehalber nach.

»Natürlich braucht Herr Leefmann die Drohne fürs Geschäft«, tönte Arne.

Ja, natürlich wusste sein junger Kollege über solche Dinge mal wieder viel besser Bescheid als er.

Leefmann plinkerte Arne verschwörerisch zu. Arne lächelte stolz zurück, und Kuno fing an, sich alt und hinterwäldlerisch zu fühlen. Wie überschaubar war die Welt noch gewesen, als Okko und er auf Knien über den Fußboden rutschten und ihre Matchboxautos um die Wette im Kreis um Opas Fernsehsessel schoben!

Alf Leefmann erbarmte sich und erklärte Kuno, wozu er die Drohne brauchte. »Wenn ich eine Geburtstagsparty oder eine Betriebsfeier auf Sylt ausrichte, wollen die Kunden Bilder aus allen möglichen Perspektiven haben. Heiß begehrt sind Luftaufnahmen. Früher musste man dafür einen sündhaft teuren Sportflieger engagieren. Heute schicken wir einfach die Drohne los.« Er wies mit dem Kopf auf das Fluggerät. »Aber Sie sind bestimmt nicht zu mir gekommen, um sich über Technik zu informieren. Mit dem Thema wären Sie bei Johnny Quadt wesentlich besser aufgehoben als bei mir.«

»Hat der auch so ein Teil?«, fragte Kuno.

»Es gibt nichts, was der nicht hat. Gegen den bin ich ein Steinzeitmensch.« Leefmann holte noch zwei Klappstühle aus einer Ecke der Dachterrasse und stellte sie um den Tisch herum auf, an dem er mit dem Tablet saß. »Bitte, nehmen Sie Platz. Es sei denn, es ist Ihnen zu heiß in der Sonne.«

Kuno ließ sich Leefmann gegenüber nieder, schlug die Beine übereinander und ließ die Arme hängen. Die Sonne brannte auf ihn herab. »Allzu lange wollen wir nicht bleiben. Wir haben nur ein paar Dinge zu besprechen, die sicher schnell abgehandelt sind. Frage Nummer eins: Was hatten Sie heute beim Joggen an?«

»Joggingkleidung«, sagte Leefmann. »Fragen Sie Johnny, der wird Ihnen das bestätigen.«

»Hat er schon getan«, sagte Arne. »Uns geht's um die Farben der einzelnen Kleidungsstücke.«

Um Arne anzusehen, musste Leefmann den Kopf in Richtung Südwesten drehen. Die Sonne blendete ihn, er blinzelte und hielt sich eine Hand über die Stirn. »Ich habe ein weißes T-Shirt getragen, eine türkisfarbene Hose, weiße Joggingschuhe, weiße Socken und eine dunkelblaue Unterhose. Aber wozu wollen Sie das wissen?«

»Sie sind gesehen worden«, sagte Kuno. »Am Strand von Rantum.«

Leefmanns Miene drückte eindeutig aus, dass er nicht verstand, worauf dieses Gespräch hinauslaufen sollte. »Ich bestreite doch gar nicht, dass ich heute Morgen gejoggt bin. Ich bestreite auch nicht, dass ich, wie an etlichen tausend anderen Tagen meines Lebens, am Strand von Rantum war.«

Kuno räusperte sich. Wie konkret sollte er werden? »Sie sind dabei beobachtet worden, wie Sie am Dünenrand etwas erledigt haben.«

Leefmann beugte sich über den kleinen Tisch, sodass sein Gesicht dem von Kuno nahe kam. »Etwas erledigt?« Er warf sich auf dem Stuhl zurück und lachte laut. »Ja, ich habe etwas erledigt. Ich habe den Strandhafer bewässert.«

Arne hielt sich die Faust vor den Mund und grunzte in sich hinein.

Kuno wahrte die Haltung und schwieg. In Erwartung einer näheren Erklärung guckte er Alf Leefmann mit versteinerter Miene an.

Leefmann senkte die Stimme. »Ich musste mal pinkeln. Aber dabei hat mich doch wohl niemand beobachtet? Ich hab mich extra umgesehen, um sicherzugehen, dass keine Drohne in Sichtweite herumschwirrte. Oder war etwa eine über mir?« Er grinste die Ermittler an. »Sagen Sie bloß, es saß ein Spanner in einem der drei, vier Strandkörbe, die auf dem Strand herumstanden?«

Wie Arne hatte Kuno Mühe, ernst zu bleiben. Er rief sich in Erinnerung, dass dies kein Stammtischgespräch unter Männern war, sondern eine kriminalpolizeiliche Befragung zum Zweck der Überprüfung einer potenziellen Falschaussage. »Als Spanner würde ich den Zeugen nicht bezeichnen. Er war ein eher zufälliger, unfreiwilliger Zaungast, der die Situation anders beschrieben hat, als Sie das jetzt tun.«

Dem Gesichtsausdruck nach schien dem Event-Manager das Thema nun doch etwas peinlich zu werden. »Wie hat Ihr Zeuge denn die Situation gesehen? Ich hoffe, ich heimse mir jetzt nicht eine Anzeige wegen Erregung öffentlichen Ärgernisses ein.«

Wenn Alex Brinkmanns Aussage wider Erwarten doch zutraf und Alf Leefmann tatsächlich irgendwo eine Schusswaffe vergraben hatte, dann wäre eine Anzeige wegen Erregung öffentlichen Ärgernisses wohl das geringste Übel, das er zu erwarten hätte. Doch Leefmann schien sich seiner Sache sicher zu sein.

Kuno stierte ihn mit ausdrucksloser Miene an. »Unser Zeuge will Sie dabei beobachtet haben, wie Sie am Dünenrand gekniet und etwas verbuddelt haben.«

Leefmanns Lächeln fror ein. »Gekniet und gebuddelt.« Er guckte abwechselnd Kuno und Arne an. Offenbar erwartete er eine nähere Erläuterung. Die kam jedoch nicht, sodass er weiter fragte. »Haben Sie schon mal versucht, am Dünenrand was zu verbuddeln?«

»Und Sie?«, gab Kuno zurück.

Leefmann nickte. »Als Kinder haben wir einem Jungen die Butterbrotdose geklaut und ein Versteck dafür gesucht. Am Dünenrand graben Sie einmal und nie wieder. Vergessen Sie's!« Er lehnte sich zurück. Kunos Fragen schienen ihn jedoch weiter zu beschäftigen, und auf einmal dämmerte ihm etwas. »Hat Ihr Zeuge denn auch eine Idee, was ich verbuddelt haben soll?«

»Er meint, es könnte eine Waffe gewesen sein.«

Nun verstand Leefmann, worum es ging. »Aha. Er hat aber nicht zufällig gesehen, ob es die Waffe war, mit der auf Johnny geschossen wurde? Oder doch, natürlich, genau die Waffe hat er gesehen. Eindeutig.« Er lehnte sich zurück. Eine Hand lag auf dem Tisch. Die Finger streckten und krümmten sich nervös, als wüssten sie nicht, ob sie nach etwas greifen sollten oder nicht.

Die Ermittler schwiegen.

Leefmann stand auf. Vorsichtig, als wäre es ein Haustier, hob er die Drohne auf den Arm, ging zu einem halbhohen Schrank in den Büroraum, der hinter der Terrasse lag, und ließ sie in einen Karton hinab.

Unsicher kehrte er an den Tisch zurück. Er schien zu wanken. »Wissen Sie was?«, sagte er. »Mir wird die Sache langsam unheimlich. Johnny scheint sich darauf versteift zu haben, dass ich ihn erschießen wollte.« Aggressiv schob er das Kinn vor. »Warum suchen Sie nicht einfach an der Stelle, an der Ihr Zeuge mich gesehen haben will, nach einer Waffe?«

»Haben wir schon getan«, sagte Arne.

»Und? Was haben Sie gefunden? Eine Kanone aus dem achtzehnten Jahrhundert?«

»Ein Messer«, sagte Kuno. »Ein feststehendes Messer mit geschnitztem Holzgriff.«

Leefmanns Miene entspannte sich. »Damit hab ich nicht geschossen.« Erleichtert lehnte er sich zurück. »Ihr Zeuge heißt nicht zufällig Alex Brinkmann?«

Kuno gab sich erstaunt. »Wie kommen Sie darauf?«

»Nur so«, erwiderte Leefmann. »Heißer Tipp von mir: Gucken sie sich die Familienverhältnisse der Quadts mal ein bisschen genauer an. Mit schönem Gruß von Onkel Alf.«

»Werden wir gerne ausrichten.« Kuno machte Arne ein Zeichen zum Aufbruch.

Leefmann geleitete sie die Treppen hinab. »Wenn es noch Fragen gibt, Sie wissen, wo Sie mich finden.«

Kuno nickte. »Beim morgendlichen Bad im Meer, zu Hause unter der Dusche oder auf der Dachterrasse beim Spiel mit dem Ufo.« Er reichte ihm die Hand.

»Ich glaub, ich hab den falschen Job gewählt«, raunte Arne ihm zu, als sie wieder im Dienstwagen saßen. »Jedenfalls ist der Leefmann restlos davon überzeugt, mit dem Schuss auf Johnny Quadt nichts zu tun zu haben.« Er startete den Motor und fuhr von dem Firmenparkplatz herunter.

»Das kennen wir doch«, sagte Kuno. »Welcher Täter ist nicht von seiner Unschuld überzeugt?«

»Halt«, rief Arne aus. »Wer von uns beiden ist derjenige, der den anderen immer davor warnt, einen Befragten vorzuverurteilen?«

»Hast ja recht.« Kleinlaut öffnete Kuno seine Mappe, in der das Handy vor sich hin bimmelte. »Oh, die Kriminaltechnik.« Er nahm das Gespräch entgegen. Eine Kollegin meldete sich. Er lauschte gebannt, was sie ihm zu berichten hatte.

Arne guckte fragend zu ihm hinüber.

Kuno gab ihm mit einer Geste zu verstehen, dass er auf die Straße achten sollte, um keinen Unfall zu bauen.

Das Telefonat mit der Kollegin dauerte nicht lange, doch es trieb dem Hauptkommissar innerhalb weniger Sekunden den Adrenalinspiegel in die Höhe.

Er legte auf und starrte durch die Windschutzscheibe. »Das Ergebnis der ballistischen Analyse liegt vor.«

»Und? Ist der Besitzer der Waffe bekannt?«

»Ist er.«

»Wer ist es?«

»Er heißt Johnny Quadt.«

Arne trat plötzlich auf die Bremse.

Hinter ihnen quietschten Reifen, eine Hupe ertönte.

»Pass auf«, brüllte Kuno ihn an. »Sorry«, sagte er gleich darauf. »War meine Schuld. Ich hätt' es nicht so spannend machen dürfen.«

»Schon gut.« Arne fuhr weiter. Er konzentrierte sich auf die Straße. »Es besteht kein Zweifel?«

Kuno schüttelte den Kopf. »Das Übliche: Zu neunundneunzig Komma neun Prozent stammt der Schuss aus Quadts Waffe.«

»Eins ist sicher«, sagte Arne. »Der Quadt kann den Schuss nicht abgefeuert haben.«

»Und der Schuss war kein Versehen.«

»Der Schütze könnte jemand aus der Familie sein. Das würde auch Isas Verhalten erklären.«

»Wir werden den Mann gleich dazu bringen müssen«, meinte Kuno, »mal ganz scharf darüber nachzudenken, wem er den Code seines Tresors verraten hat.«

»Du wolltest ihn noch anrufen und uns ankündigen«, erinnerte Arne ihn.

7

Johnny schrak zusammen. Das Klingeln des schwarzen Designer-Telefons auf dem Schreibtisch schlug wie ein Blitz in seine Gedanken ein. Das Display zeigte eine Nummer, die nicht gespeichert war und die ihm doch bekannt vorkam. Er zögerte. Sein Herz wummerte, als er das Mobilteil aus der Ladestation nahm. »Quadt?« Seine Stimme klang heiser. Er trank einen Schluck Saft.

»Hauptkommissar Knudsen. Moin, Herr Quadt.«

Johnnys Blick fiel auf die Visitenkarte, die der Kripomann ihm beim Abschied heute Morgen im Büro überreicht hatte und die jetzt zwischen einem Stapel Projektunterlagen und dem Monitor lag. Die Nummer stimmte mit der überein, die das Display zeigte.

Warum fiel es ihm auf einmal so schwer, sich Telefonnummern zu merken? Bis vor kurzem musste er eine Ziffernfolge nur einmal angesehen haben, dann war sie für alle Zeiten in Verbindung mit dem zugehörigen Namen in seinem Hirn gebunkert. Bis heute Morgen war er in der Lage gewesen, seiner elektronischen Assistentin spontan etwas zuzuwerfen wie ›Amanda, ruf die Zwo-Fünf-Eins-Sieben-Sieben-Acht-Vier an‹, und er konnte sicher sein, dass er ihr genau die Nummer genannt hatte, mit der er verbunden werden wollte.

»Herr Quadt, sind Sie noch dran?«

Johnny schloss die Augen. »Ja. Sprechen Sie nur.«

»Herr Quadt, wir sind jetzt auf dem Weg zu Ihnen. In fünf Minuten sind wir da. Passt das?«

»Ja. Ja, natürlich. Gut, dass Sie Bescheid geben. Dann kann ich mich darauf einstellen. Arbeitstechnisch, meine ich. Ich sitze nämlich am Computer.«

»Sie arbeiten?«, fragte der Kommissar.

Johnny atmete geräuschvoll ein. »Die ›Sylter Sommernachtsträume‹ nehmen keine Rücksicht auf die Umstände, in denen ich mich zurzeit befinde.«

»Nun denn. Arbeit ist vielleicht auch die beste Ablenkung in dieser Situation. Trotzdem Hochachtung, dass Sie die Konzentration dafür aufbringen können. Mein Kollege und ich wollten auf jeden Fall sicherstellen, dass Sie keinen Schrecken bekommen, wenn es gleich bei Ihnen an der Haustür klingelt. Wir rufen noch mal durch, wenn wir vor der Tür stehen. Dann können Sie uns ganz beruhigt öffnen.«

»Ja, okay. So machen wir das«, sagte Johnny. Was für Gedanken der Kommissar sich um ihn machte!

»Bis gleich also.« Kuno Knudsen beendete das Gespräch.

Johnny stierte auf die Ladestation des Telefonapparats, das Mobilteil noch immer in der Hand. Das gleichmäßige, gleichmütige ›Tuut – Tuut – Tuut‹ dröhnte ihm entgegen. Klang es nicht wie ›tot – tot – tot‹?

So hörte es sich an, wenn die Verbindung gekappt war. Die eine Seite machte Schluss, die andere saß da. Hilflos. Rausgeworfen aus der Leitung. Von der Welt, vom Leben abgeklemmt. So fühlte sich das an.

Mit ihm, Johnny Quadt, konnte man das machen. – Warum mit ihm?

Er rief sich selbst zur Ordnung, stellte das Mobilteil zurück und machte damit dem beständigen, hässlichen ›Tuut‹ ein Ende. Nacheinander schloss er auf dem Monitor seines Rechners die Anwendungen, die er geöffnet hatte: die Datei mit der Zeitplanung der Veranstaltung, das Mail-Programm, den Internet-Browser, die Überwachungs-Software für die Bildschirme seiner Mitarbeiter. Er versetzte den Computer in den Energiesparmodus. Nach dem Gespräch mit den Kommissaren würde er dort weitermachen, wo er jetzt aufgehört hatte.

Wenige Minuten waren seit Knudsens Anruf vergangen, da klingelte das Telefon erneut, und wieder blinkte die Nummer des Hauptkommissars auf. Genervt hob Johnny das Mobilteil ab. »Hallo, Herr Knudsen. Sie stehen vor der Tür?«

»So ist es.«

»Bin gleich da.« Er ließ seine Blicke durch den Raum schweifen für den Fall, dass die Ermittler aus irgendeinem Grund sein Arbeitszimmer sehen wollten. Doch was sollten sie in diesem Raum suchen? Was sollte ihnen hier auffallen? Und warum dieses Misstrauen, diese Angst? Er war das Opfer, nicht der Täter. Die Kommissare kamen zu seinem persönlichen Schutz.

Nervosität machte sich in ihm breit, als er die Treppe hinabging. Wie einsam er sich auf einmal fühlte! Wann hatte er zum letzten Mal Besuch bekommen?

Eta fiel ihm ein. Die Eleganz, mit der sie Türen aufriss. Der Charme, mit dem sie Kunden hereinbat. Die Wärme, die sie ausstrahlte, wenn sie Menschen begrüßte. Die Lockerheit, mit der sie ein Gespräch begann.

Sie war so viel anders als er.

Er öffnete die Tür. »Eta ist im Büro«, sagte er, noch bevor die Ermittler den Fuß in sein Haus gesetzt hatten. »Sie wird erst am Abend nach Hause kommen.«

»Kein Problem«, erwiderte Knudsen und drängte sich an ihm vorbei. »Wir wollten ja ohnehin getrennt mit Ihnen beiden reden. So müssen wir drei uns nicht vor Ihrer Frau verstecken.« Sein Lächeln wirkte bemüht.

Johnny ließ auch den jungen Kommissar passieren und schloss die Tür hinter ihnen.

Der Hauptkommissar sah sich ungeniert im Eingangsbereich um.

Das Haus war Johnnys ganzer Stolz. Als er es plante, hatte er einen Innenarchitekten beauftragt. Der hatte schlichtes skandinavisches Design mit künstlerisch wirkenden Extravaganzen aufgepeppt. Weiße Bodenfliesen mit einer raffinierten Struktur, die je nach Lichteinfall nur zu ahnen war. Drei weiß getünchte Wände. Die vierte in einem cremigen Blau, ein Sekretär aus weiß lackiertem Holz mit goldenen Griffen stand davor. Gemälde in maritimen Tönen mit Goldschattierungen, als wären sie eigens für das Haus von Johnny Quadt angefertigt worden. Eine geschwungene Marmortreppe mit Messinggeländer führte in den ersten Stock.

Johnny genoss die bewundernden Blicke des Hauptkommissars. Als Knudsen genug Eindrücke gesammelt hatte und ihn abwartend ansah, führte er ihn und seinen Kollegen ins Wohnzimmer und bot den beiden frisch gepressten Orangensaft aus einer eisgekühlten Karaffe an. Er setzte sich ihnen gegenüber hin und wartete darauf, dass sie das Gespräch eröffneten.

Der Hauptkommissar schlug eine Ledermappe auf, in der Johnny die Liste zu sehen glaubte, die Eta am Morgen ausgedruckt hatte. Er holte Block und Stift hervor.

»Vorab eine ganz persönliche Frage«, sagte der Kripobeamte. »Eta Smid ist nicht Ihre Ehefrau, stimmt's.«

Quadt hielt sich die Faust vor den Mund und hüstelte. »Richtig, Eta ist nicht meine Ehefrau. Noch nicht. Aber das wird sich ändern.«

»Oh, Sie haben Hochzeitspläne?«

Johnny wurde verlegen. So weit hatte er sich gar nicht öffnen wollen. »Der Termin steht noch nicht ganz fest, aber das ist lediglich eine Formsache.«

»Wer organisiert Ihre Hochzeitsfeier?«, fragte Kommissar Zander neugierig. »Sie selbst, oder lassen Sie sich von Ihren Mitarbeitern überraschen?«

Johnny war es unangenehm, über dieses Thema zu reden, zumal – das musste er zugeben – Eta noch nicht ganz in seine Pläne eingeweiht war. Er hob abwehrend die Hände. »Dazu möchte ich jetzt nichts sagen. Im Moment habe ich ganz andere Sorgen.«

»Das kann ich mir vorstellen«, sagte Knudsen.

Bevor der Hauptkommissar weiterreden konnte, setzte Arne Zander zu seiner nächsten Frage an. Er war besser informiert, als Johnny geglaubt hätte. »In Westerland geht das Gerücht, Sie seien noch verheiratet.«

»Da sind Sie richtig informiert«, sagte Johnny förmlich. Wie tief musste er die Ermittler bei ihren Recherchen Einsicht in sein Privatleben nehmen lassen? »Der Hochzeit mit Eta steht meine Scheidung bevor. Aber Anke und ich sind uns einig. Wir müssen im Prinzip nur noch den offiziellen Schlussstrich ziehen.«

»Gibt es schon einen Termin für die Hochzeit mit Frau Smid?«, fragte der Hauptkommissar.

Diese Männer hatten sich wohl darauf versteift, Themen anzuschneiden, die Johnny am liebsten nur mit sich selbst besprach, und auch das nur im geschützten Raum. Seine Schultern wurden so steif wie seine Oberlippe. »Ähm ... Wenn Sie nichts dagegen haben, würde ich gerne zum eigentlichen Anlass Ihres Besuches kommen. Ganz unbegrenzt ist meine Zeit leider nicht.« Er sah auf die Armbanduhr, um seine Worte zu unterstreichen.

Der Hauptkommissar lächelte zurückhaltend amüsiert. »Wir sind bereits mitten im Thema.«

»Sie sind zu mir gekommen, um mit mir über Persönliches zu reden?«

Knudsen nickte. »Nicht nur, aber auch. Oft haben Mordanschläge ihre Ursachen im persönlichen Umfeld. Erzählen Sie uns bitte ein bisschen über Ihre Frau. Seit wann sind Sie getrennt? Wo lebt sie heute? Wie gestaltet sich der Kontakt zwischen Ihnen seit der Trennung?«

Johnny wurde es zu warm. Er sah zu dem Mikrofon hinüber, das mit seiner elektronischen Assistentin oben im Schlafzimmer verbunden war und sein Kommando per WLAN an sie weitergeben würde. Doch er fürchtete die spöttischen Blicke der Ermittler, und er wollte ihnen nicht zu viel Gesprächsstoff über seine Gewohnheiten und Eigenheiten mitgeben. Er wusste, wie sein Lebensstil auf Fremde wirkte. Deshalb stand er auf und öffnete die Terrassentür per Hand.

Sofort erfüllten das ferne Schreien der Möwen und das gleichmäßige Rauschen der Brandung den Raum.

»Anke lebt in Hörnum. Weit genug entfernt, dass wir uns nicht ständig über den Weg laufen. Aber immer noch nah genug, um gelegentlich diverse Angelegenheiten mit ihr besprechen zu können.«

Die Aussage veranlasste Knudsen, nochmals nachzufragen. »Angelegenheiten geschäftlicher Art?«

»Dies und das«, erwiderte Johnny ausweichend.

Der Hauptkommissar machte ein ernstes Gesicht und notierte sich etwas.

Johnny bereute, die Ermittler zur Sitzgruppe geführt zu haben, von der aus sie einen grandiosen Blick in den Garten mit dem Swimmingpool, dem gepflegten Rasen und den Dünen am hinteren Rand hatten. Säßen sie jetzt am Esstisch, dann hätte er die Gelegenheit gehabt, während des weiteren Gesprächs unauffällig Einblick in die Notizen zu nehmen. In seinen zahlreichen Besprechungen mit Kunden, die sich Dinge notierten, hatte er gelernt, selbst schwer leserliche Handschriften, die aus seiner Perspektive auf dem Kopf standen, zu entziffern.

»Führen Sie die Firma gemeinsam mit Ihrer jetzigen Partnerin?«, fragte der junge Kommissar.

Johnny druckste herum. »Jein. Eta Smid ist weder Geschäftsführerin, noch ist sie finanziell an meinem Unternehmen beteiligt. Aber sie hat Prokura. Wenn ich zu Kunden auf dem Festland unterwegs bin, muss jemand da sein, der weitgehende Vollmacht hat, um die Geschäfte am Laufen zu halten.«

»Ihre Noch-Ehefrau«, fragte Arne Zander, »welche Rolle hat die in Ihrem Unternehmen gespielt? Oder mischt sie sogar heute noch mit?«

Worauf wollte der Kommissar hinaus? Dieses hartnäckige Nachbohren weckte in Johnny den Eindruck, auf Herz und Nieren durchleuchtet zu werden. »Entschuldigen Sie bitte, aber all die Fragen, die Sie mir stellen, gehen doch sehr ins Persönliche. Oder sie betreffen geschäftliche Interna, die nur mich und meinen engsten Kreis etwas angehen. Müssen Sie wirklich Antworten darauf haben? Hat das in irgendeiner Weise mit dem Attentat auf mich zu tun?«

Kuno Knudsen strich sich gelassen über den Kinnbart. »Möglichweise ja. Bei Ermittlungen, die so wenig Anhaltspunkte liefern wie in Ihrem Fall, tasten wir uns Zentimeter für Zentimeter vor. Am Ende werden wir schlauer sein, und die Informationen, die uns nicht weiterhelfen, kippen wir einfach über Bord.« Er lächelte Johnny um Verständnis heischend an. »Auf jeden Fall sind wir diskret. Versprochen.«

»Okay. Also ...« Johnny verspürte wieder diese Hitze. Er stand auf. »Sie entschuldigen mich bitte einen Moment.« Er eilte aus dem Wohnzimmer, bevor ihn einer der Kommissare hätte aufhalten können, und rettete sich in die Gästetoilette. Er stellte sich vor das schmale, hohe Fenster und atmete durch, bis sein Herz zur Ruhe kam. Dann drehte er den Wasserhahn auf und ließ sich kaltes Wasser über die Handgelenke laufen.

All das Private, wonach die Ermittler fragten, versetzte ihn in Unruhe. Womöglich wollten sie gleich noch den Grund seiner Trennung von Anke wissen. Wollten erfahren, wie sein Sohn und seine Tochter zu ihm standen. Er schüttelte sich.

Vielleicht hätte er nie eine Familie gründen, nie eine neue Partnerschaft eingehen sollen. In der digitalen Welt war alles so viel einfacher. Null oder Eins. Strom oder kein Strom. Da wusste er, woran er war.

Johnny drehte den Wasserhahn zu und trocknete sich die Hände ab. Er hatte den Kommissaren den Weg zu Alf Leefmann gezeigt. Warum suchten sie nicht dort, wo der Grund des Anschlags zu finden war?

Auf dem Rückweg ins Wohnzimmer überlegte Johnny, wie er den Ermittlern sein Umfeld möglichst knapp und dennoch aussagekräftig genug darstellen konnte, um Fragen, die noch weiter in die Tiefe gehen würden, zu vermeiden. Er betrat den Raum, als wäre nichts gewesen. Er setzte sich hin, schlug die Beine übereinander, stützte die Ellenbogen auf die Armlehnen und legte die Fingerkuppen beider Hände gegeneinander.

»Die Sache mit Anke und mir war so«, begann er unvermittelt. »Wir haben das Unternehmen gemeinsam gegründet. Einige Jahre nach unserer Hochzeit kamen wie geplant die Kinder, ein Sohn und eine Tochter. Anke hat sich aus den geschäftlichen Aktivitäten zurückgezogen. Sie hat sich ganz auf die Erziehung konzentriert, hat sich im Elternbeirat der Schule engagiert und noch so einige Aufgaben übernommen. Mit der Zeit hat sie gänzlich andere berufliche Interessen entwickelt als ich. Auch persönlich haben wir uns weit voneinander entfernt. So ist unsere Familie zerbrochen. Meine Kinder sind mit meiner Frau nach Hörnum gezogen, und irgendwann ist Eta in mein Leben getreten.«

»Wann hatten Sie Ihre erste Begegnung mit Frau Smid?«, fragte Knudsen.

»Vor drei Jahren.« Das süffisante Lächeln von Kommissar Zander interpretierte er so, dass er ihm unterstellte, Eta über ein Partnerschaftsportal im Internet gefunden zu haben. Er überwand seinen Widerwillen und berichtete freimütig, wie sie sich begegnet waren. »Frau Smid hat sich auf eine von mir ausgeschriebene Stelle beworben. Sie war erst angestellt, dann wurde es privat.«

»Welche Aufgaben übernimmt sie in Ihrem Unternehmen?«, fragte Knudsen. »Wenn sie Prokura hat, dürfte sie eine gewisse Verantwortung tragen.«

»Sie leitet den Bereich des Privatkundengeschäfts, während ich die Firmenkunden betreue.«

Kuno Knudsen kniff die Augen zusammen. »In Ihrem Metier kenne ich mich überhaupt nicht aus. Haben die verschiedenen Zielgruppen so unterschiedliche Anforderungen, dass Sie zwei getrennte Aufgabenbereiche dafür eingerichtet haben?«

»Natürlich«, antwortete Johnny. »Die Privatleute wollen die ganz großen Emotionen. Von ihren Hochzeits- oder Geburtstagsfeiern wollen sie Eindrücke mitnehmen, die ein ganzes Leben lang bleiben. Wenn Sie mich fragen: Nur Frauen haben die Geduld und das nötige Fingerspitzengefühl, um die passende Atmosphäre dafür zu schaffen. Die Location, die Lichttechnik, die Dekoration, die Musik ... Es muss einfach alles stimmen, und es muss zur Mentalität der Familie passen, die die Feier in Auftrag gibt.«

»Dann wären Sie ohne weibliche Unterstützung völlig aufgeschmissen?«, fragte Knudsen. Sein verschmitztes Grinsen zeigte, dass die Frage nicht ganz ernst gemeint war. Er wusste ja: Johnny hatte auch ohne Eta existiert.

»Zumindest ist es hilfreich, eine Frau an meiner Seite zu haben«, sagte Johnny reserviert. »Ich kann mir nicht vorstellen, jemals auf Eta zu verzichten.«

»Und die Firmenkunden?«, fragte Kommissar Zander. »Die wollen Rambazamba?«

Johnny wog seine Worte ab. »Nicht unbedingt. Natürlich gibt es Betriebsfeiern, bei denen es vor allem auf das richtige Bier und die Schunkelmusik ankommt. Aber es gibt auch Incentive-Events für engagierte Mitarbeiter und erfolgreiche Manager. Da muss was Hochwertiges her, da ist vor allem Stil gefragt.«

»Den bringen Sie dann rein«, sagte Knudsen. Er machte eine ausladende Geste, die wohl bedeuten sollte, dass er den gehobenen Stil von Johnny Quadt schon an der Einrichtung dieses Hauses ablas.

Die Miene des Hauptkommissars ließ in Johnny Zweifel darüber aufsteigen, ob die Frage nicht ironisch gemeint war. Er verweigerte eine Antwort.

Knudsen fuhr sich mit der Zunge über die Zähne. »Jetzt sind wir ein wenig im Bilde über Ihr engstes Umfeld. Kommen wir noch einmal auf den Anschlag zu sprechen.«

Johnny atmete auf.

»Unsere Kollegen haben die Bewohner der Häuser befragt, die in der Nähe Ihres Bürogebäudes liegen. Niemand hat etwas von einem Schuss mitbekommen. Sie sagten aber doch, Sie hätten ihn gehört?«

»Ah, ja. Sie spielen wohl auf den Schalldämpfer an, den der Schütze verwendet haben muss.« Johnny wartete ab, bis beide Ermittler seiner Vermutung zugestimmt hatten. »Den hatte ich in der Aufregung heute Morgen gar nicht erwähnt.«

»Ihnen war klar, dass ein Schalldämpfer verwendet worden ist?«, fragte Zander.

Johnny nickte. »Durch das geöffnete Fenster habe ich ein dumpfes ›Plopp‹ gehört. Ich hätte mir nicht viel dabei gedacht, wenn ich nicht Bruchteile von Sekunden später dieses Zischen vernommen hätte, als das Projektil durch die Luft sauste. Natürlich konnte ich es so schnell nicht als Munition einer Schusswaffe identifizieren. Aber der Gesamteindruck bis hin zu den herabstürzenden Pokalen ergab für mich als Sportschützen eindeutig, dass gerade scharf auf mich geschossen worden war.«

»An Ihnen vorbei«, korrigierte Zander ihn.

»Was mich nicht weniger erschreckt hat, als ein Volltreffer das vermocht hätte, sofern ich den überlebt hätte«, antwortete Johnny trocken. Er empfand die Bemerkung als geschmacklose Provokation.

Die Ermittler warfen sich Blicke zu, als wollten sie sich stumm auf etwas verständigen.

»Herr Quadt.« Der Hauptkommissar rutschte auf seinem Sessel vor und faltete die Hände zwischen den Knien zusammen. »Gehörte zu der Waffe, die Ihnen gestohlen wurde, ein Schalldämpfer?«

»Nein.« Johnny schenkte Orangensaft nach. Was würden die Kommissare als Nächstes fragen? Er stellte die Karaffe ab. Noch immer regte sich keiner der Ermittler. Beide blickten mit verschlossenen Gesichtern zu Boden.

Endlich hob Knudsen den Kopf. »Herr Quadt, wir haben vorhin erfahren, dass das Projektil, das haarscharf an Ihnen vorbeigeflogen ist, mit größtmöglicher Wahrscheinlichkeit aus Ihrer Waffe abgegeben wurde.«

Johnny schob die Karaffe beiseite. Es war eine Handlung ohne jeden Grund. Der Krug stand niemandem im Weg. Doch irgendetwas hatte er tun müssen. Genauso gut hätte er Amanda zurufen können, sie solle die Fensterscheiben zerspringen lassen.

Er lehnte sich zurück und griff sich ans Kinn. »Was schließen Sie daraus?«

»Dass der Schütze aus Ihrem engsten Kreis kommt.«

»Nein, ausgeschlossen.«

Würden die Ermittler jetzt ernsthaft in seinem Umfeld nach einer Person suchen, der er leichtsinnigerweise den Code des Tresorschlosses verraten haben könnte? Johnny dachte an den Ärger, den er mit der Versicherung bekommen würde, wenn die Wind davon bekäme.

Knudsen musste seine Gedanken erraten haben. »Wir wissen, dass es Probleme mit der Versicherung geben kann, wenn herauskommt, dass Sie doch irgendwann einmal irgendjemandem gegenüber versehentlich ...«

Johnny hob die Hände. »Ich weiß, was Sie jetzt denken. Aber so ist es nicht. Weder Eta noch meine Ehefrau Anke, noch mein Sohn oder meine Tochter waren jemals darüber informiert, wie ich die Ziffernfolgen für den Tresorcode zusammensetze.« Vergeblich versuchte er, sich mit zwei Fingern die Haarsträhne aus der Stirn zu klauben, die sich dort wieder ihren Platz erobert hatte. Sie klebte an der Haut.

Knudsen rutschte hektisch nach hinten und drückte seinen Oberkörper gegen die Rückenlehne. Er schien die Geduld zu verlieren. »Jemand muss ihn aber gekannt oder zumindest gewusst haben, wie er ihn mit ganz wenigen Versuchen herausfinden kann. Wie lange waren Sie weg an dem Abend, an dem bei Ihnen eingebrochen wurde?«

Johnny versuchte, sich zu erinnern. »Ich kann es nicht sagen. Wir waren lange weg. Eigentlich den ganzen Tag. Ja, wir haben morgens das Haus verlassen. Am späten Nachmittag sind wir für ein Stündchen zurückgekommen, haben uns frisch gemacht und umgezogen. Dann sind wir gegen fünf Uhr wieder los und erst weit nach Mitternacht zurückgekommen.«

»Es waren also mehr als sieben Stunden, die Ihr Haus verlassen war?«

»Das kommt hin.«

»Üblicherweise blockieren Tresorschlösser nach drei vergeblichen Öffnungsversuchen«, sagte Knudsen.

»Das ist auch bei meinem Tresor der Fall.«

»Wie lange«, fragte der Hauptkommissar mit strenger Stimme, »muss man bei Ihrem Gerät warten, um es erneut versuchen zu können?«

Johnny zögerte. »Waren das fünf Minuten oder dreißig? Ich weiß das gar nicht. Mir selbst passiert so was ja nie.«

»Dann sehen Sie doch mal in der Gebrauchsanleitung nach«, sagte Kommissar Zander, der mittlerweile nicht weniger genervt wirkte als sein Chef.

»Wenn ich die noch hätte.«

»Wissen Sie was?« Knudsen beugte sich wieder weit vor. »Probieren Sie es nachher in einer ruhigen Stunde einfach aus und geben uns den Zeitraum durch. Dann können wir ausrechnen, wie viele Male der Einbrecher es bis zum Volltreffer maximal probiert haben kann. Daraus können wir schließen, wie wahrscheinlich es ist, dass es jemand war, der nach etlichen Versuchen einfach Glück hatte, oder ob es zwingend jemand aus Ihrem Umkreis gewesen sein muss.«

Arne Zander zupfte den Hauptkommissar am Ärmel seines Sweatshirts. »Dieses Rätseln ist sinnlos. Ich glaube nicht, dass jemand an der Kiste war, der herumexperimentieren musste. Ich bin überzeugt, da war einer am Werk, der gleich die richtige Nummer eingegeben hat.«

Knudsen sah Johnny eindringlich an. »An Ihrer Stelle würde ich auf den Ärger mit der Versicherung pfeifen, Herr Quadt. Es geht um Ihr Leben, und das sehe ich nach der Mitteilung unserer Kriminaltechniker nun doch akut in Gefahr. Der Schuss war kein Irrläufer und kein Versehen. Wenn Sie aus einem Gefühl der familiären oder freundschaftlichen Zusammengehörigkeit heraus jemanden decken sollten, können wir Ihnen nicht helfen. Also bitte, kooperieren Sie mit uns.«

Johnny suchte nach Worten. »Entschuldigen Sie bitte, ich bin heute ziemlich verwirrt. Geben Sie mir ein bisschen Zeit, mir die Ereignisse der letzten Wochen durch den Kopf gehen zu lassen. Darf ich mich morgen oder übermorgen bei Ihnen melden?«

»Jederzeit«, sagte Knudsen streng und stand auf.

Zander folgte ihm.

Johnny ging bis zur Haustür hinter den beiden her. »Was ist eigentlich mit meiner Lebensuhr?«, fragte er. »Darf ich die jetzt wieder korrekt einstellen lassen?«

Knudsen blieb stehen und wandte sich langsam zu ihm um. »Wenn Sie ohne nicht können.« Er sah ihn von oben herab an und zeigte mit dem Finger auf ihn. »Sie haben doch einen Systemadministrator.«

»Hab ich, natürlich.«

»Ist er der Einzige, der Zugriff auf all Ihre Systemkomponenten hat, einschließlich Ihrer Lebensuhr?«

Johnny nickte. »Im Prinzip ja. Aber Franco war mit Sicherheit nicht so dämlich, die Uhr zu verstellen. Der Vorgang wäre im Netzwerk protokolliert worden, und Franco hätte am Ende ziemlich blöd dagestanden.«

Knudsen straffte die Schultern. »Haben Sie ihn denn schon prüfen lassen, ob die Uhr durch einen Defekt stehen geblieben ist oder ob das ein gezielter Eingriff war?«

»Noch nicht. Das ist in der Aufregung untergegangen.«

»Dann sollten Sie das schnellstmöglich nachholen.«

Johnny nickte. »Das könnte Franco heute Abend machen, wenn keiner mehr im Büro ist und er ungestört im Netzwerk arbeiten kann. Am besten vergibt er dann auch alle Zugangsdaten meiner Mitarbeiter neu.«

»Warum das?« fragte Kommissar Zander. »Haben Sie doch einen Ihrer Leute im Verdacht?«

»Nein. Das ist nur für den Fall, dass jemand seine Daten zufällig irgendwem verraten hat.«

»Irgendwem?« Über Knudsens Nasenwurzel zeigten sich zwei tiefe Furchen. »Wer könnte das sein?«

Nach Halt suchend, umklammerte Johnnys Hand den Türgriff. »Weiß ich nicht. War nur so eine Überlegung, ganz abstrakt.«

»Für alle Fälle bitten Sie Ihren Systemadministrator, uns das Netzwerkprotokoll der letzten achtundvierzig Stunden vor dem Anschlag auf Sie auszudrucken. Wenn er schon dabei ist, gerne heute Abend noch. Wir holen es dann morgen ab.«

»Was erwarten Sie, darin zu finden?«

»Falls sich jemand den Spaß erlaubt hat, Ihre Lebensuhr auf null zu stellen, müsste meiner Meinung nach aus dem Protokoll hervorgehen, zu welchem Zeitpunkt das war. Und es müsste festzustellen sein, auf welchem Weg derjenige, der das gemacht hat, ins System hineingekommen ist. Wenn es kein technischer Defekt war, muss es ja irgendwer gewesen sein.«

»Meinen Sie, wenn es eine Spur im Netzwerkprotokoll gibt, können Ihre IT-Experten herausfinden, wer es war?«

Knudsen wiegte den Kopf. »Ausschließen würde ich das nicht.«

Johnny kam eine Idee. »Vielleicht war es derselbe, der meinen Tresorcode geknackt hat.«

8

Johnny schloss die Tür seines Arbeitszimmers von innen ab. Im Grunde genommen ein überflüssiges Unterfangen. Außer ihm war niemand im Haus. Doch bei der Arbeit am Computer vergaß er die Welt. Wenn Eta von ihm unbemerkt nach Hause kam und plötzlich im Raum stand ... Sie musste nicht wissen, was er heimlich trieb.

Er aktivierte die Überwachungs-Software und schaltete sich in das Computernetzwerk seiner Firma ein. Zu dieser Stunde waren nur noch wenige Mitarbeiter im Haus. Trotz des Schusses auf ihn waren seine Leute heute Morgen alle gekommen. Eta hatte ihm mitgeteilt, jeder von ihnen habe auf die Ereignisse schockiert reagiert, doch niemand glaubte ernsthaft an ein Attentat und niemand fühlte sich selbst gefährdet.

Johnny klinkte sich auf Etas Monitor ein.

Sie schrieb gerade eine Mail an ihre Freundin in Schleswig. Die beiden verabredeten ein Treffen auf dem Festland für Ende Oktober, wenn die Hauptsaison für Johnny Quadt Events vorbei war. Es gebe viel zu erzählen, meinte sie.

Interessant. Was sie ihrer Freundin wohl zu berichten hatte?

Er öffnete sein Mailprogramm und schrieb drei Wörter in die Betreffzeile. *Ich liebe dich.* Er sandte die Mail ab.

Eta unterbrach das Schreiben an ihre Freundin. Sie las seine Nachricht. Der Status wurde von *Ungelesen* in *Gelesen* geändert. Einige Augenblicke lang geschah nichts auf Etas Bildschirm. Dann schrieb sie zurück: *Ich dich auch.*

Warum hatte sie so lange über der Antwort gebrütet?

Er wechselte zu Francos Monitor. Der Systemadministrator war der Einzige, der von der Überwachungs-Software wusste. Ihm hatte er die Installation des Programms natürlich nicht verheimlichen können. Doch Franco wusste: Ein Wort darüber zu den Kollegen, und er würde seine Stelle verlieren. Obendrein würde Johnny dafür sorgen, dass er in ganz Nordfriesland keinen qualifizierten Job mehr fand. Ein dem Datenschutz verpflichteter Mitarbeiter, ein Geheimnisträger, der den Mund nicht hält, wer stellte den schon ein?

Franco führte gerade ein Software-Update durch.

Johnny schrieb ihm, er solle anschließend die Lebensuhr wieder auf das Enddatum setzen, das in der Dokumentation zu dieser Software angegeben war. Dann forderte er ihn auf, schnellstmöglich zu prüfen, ob jemand von außen auf das Netzwerk zugegriffen hatte.

Mach ich sofort, schrieb Franco zurück.

Johnny klickte sich weiter zum Bildschirm von Norwin Rojahn. Der ehemalige Insasse eines Jugendgefängnisses fraß ihm aus der Hand. Kein Wunder, wer außer ihm, Johnny Quadt, hätte dem Mann noch eine Chance gegeben, sich im Arbeitsleben zu bewähren? Norwin war der Mann fürs Grobe, er schlug keine Arbeit aus.

Jetzt saß Norwin an den Listen mit den Gerätschaften, die sie für die ›Sylter Sommernachtsträume‹ an der Kurpromenade von Westerland, vor dem Roten Kliff in Kampen und auf dem Platz vor der alten Tonnenhalle in List aufstellen wollten. Johnny überflog die Listen. Sie waren nicht vollständig. Einige der Moving Lights fehlten, und die Anzahl der Lautsprecher reichte nicht aus.

Hast du alles Material zusammengestellt?, fragte Johnny seinen Mitarbeiter per Mail.

Bin dabei, antwortete Norwin.

Hast du im Blick, was benötigt wird? Sichere dich bei Elmar ab. Der kennt sich aus.

Ich geh das morgen mit ihm durch, antwortete Norwin.

Der Junge hatte einen befristeten Vertrag. Die Festanstellung musste er sich erst noch verdienen. *Denk immer dran*, schrieb Johnny, *was für dich auf dem Spiel steht.*

Eine Mail von Franco kam in Johnnys Mailbox an. *Habe keinen Eindringling entdeckt*, schrieb der Administrator. *Die Lebensuhr wurde nicht von außen verstellt.*

Johnny schaltete sich wieder auf Francos Monitor. Soweit er erkennen konnte, hatte sein IT-Fachmann das Netzwerkprotokoll geöffnet. Für ihn selbst waren die Aussagen in den Zeilen, die das System erstellte, nicht zu entschlüsseln. Franco dagegen war in diesen Automatenhieroglyphen zu Hause. Wenn selbst er nicht herausfand, wer sich da eingeschlichen hatte, wer dann?

Doch Johnny hatte Knudsens Worte im Ohr: Irgendwer musste es gewesen sein. *Wenn es kein Defekt war ...*

War es nicht, gab Franco zurück. *So viel ist sicher.*

Johnny verlor die Geduld. *Dann muss-muss-muss jemand dran gedreht haben. Ich warte noch immer auf einen Namen.*

Ich suche weiter danach.

Wie lange soll das dauern?

Franco wurde pampig. *Wenn keine Spur eines Hackers zu finden ist — was soll ich tun?*

Okay, man kann es nicht erzwingen, schrieb Johnny. *Die Kripo verlangt nach dem Netzwerkprotokoll der letzten achtundvierzig Stunden vor dem Anschlag.*

Das können sie haben, antwortete Franco, und Johnny las seinen patzigen Ton aus dem Text heraus. *Die werden aber genauso wenig finden wie ich.*

Johnny dachte nach. Letztlich war es doch bloß eine Frage der Logik. *Kann es sein, dass das Programm meiner Lebensuhr schon vor einiger Zeit so von außen manipuliert wurde, dass der Zähler heute stehen blieb?*

Moment, schrieb Franco.

Eine Zeit lang verharrte Johnny reglos am Computer und beobachtete Francos Monitor, während der Administrator in den Verzeichnissen des Servers nach dem Programm der Lebensuhr suchte.

Dann antwortete Franco seinem Chef: *Nein, da muss kürzlich erst jemand dran herumgefummelt haben. Das Programm wurde vor vier Jahren installiert. Das Speicherdatum ist aber von gestern, halb vier am Morgen.*

Franco öffnete das Programm und scrollte sich durch die Zeilen. Er deutete mit dem Mauszeiger auf eine Zeile, deren Inhalt auch Johnny, der das Programmieren nie gelernt hatte, verstehen konnte. Bei Erreichen von sechs Uhr früh des heutigen Tages wurde die Lebensuhr auf null gesetzt.

Johnny seufzte. *Versuch herauszufinden, wer das war. Mach das neben der Arbeit. Ich bezahl dich für die Überstunden. Druck gleich noch das Netzwerkprotokoll von vorgestern für die Kripo aus. Aber zuerst ändere die Zugangsdaten der Belegschaft mit Ausnahme der Daten von Eta und mir. Over.*

Eta schloss die Haustür auf. »Johnny? Ich bin's.«

Johnny schaltete den Aufzeichnungsmodus der Überwachungs-Software ein. Dann drehte er den Schlüssel der Zimmertür so leise herum, dass Eta es nicht hören konnte, und schlich sich an den Schreibtisch zurück.

Eta trat ein. »Hallo, Johnny. Weißt du eigentlich, dass der eine der beiden Kommissare einen Bruder hat, der sich bei uns beworben hat?«

»Der Zander?«

Eta schüttelte den Kopf. »Der Knudsen. Okko heißt sein Bruder. Er hat offenbar keinen eigenen Mail-Account. Beworben hat er sich über die Mailadresse eines gewissen Fliegenfischer, seines Zeichens Journalist. Der hat ein gutes Wort für ihn eingelegt.«

Johnny verzog das Gesicht, als er den Namen des Inselreporters hörte. »Doch nicht etwa Friedrich Fliegenfischer?«

»Doch, genau der. Kennst du ihn?«

»Den kann man nicht nicht kennen.«

Eta zuckte mit den Schultern. »Mir ist der Name noch nie untergekommen. Wie dem auch sei, ich guck mir den Knudsen morgen an. Kommst du runter, einen Prosecco mit mir trinken?«

Johnny überlegte kurz. »Gleich. Ich führe nur noch schnell ein Telefonat.«

Eta zog die Tür hinter sich zu und ging hinunter.

Johnny nahm die Visitenkarte von Hauptkommissar Kuno Knudsen zur Hand und wählte seine Handynummer. Wer ihm seinen Bruder als Spion ins Unternehmen schickte, den durfte er auch nach Feierabend anrufen.

Knudsen schien Johnnys Telefonnummer auswendig zu kennen. »Na, Herr Quadt. Gibt's was Neues?«

»Das kann man wohl sagen. Ihr Bruder hat sich bei mir beworben. Wie darf ich das verstehen? Sind das die neuen Ermittlungsmethoden der Kripo Wattenmeer?«

Er hatte Knudsen offenbar in Verlegenheit gebracht. Der Kommissar druckste herum. »Von der Sache bin ich vor ein paar Stunden selbst überrascht worden. Mein Bruder hat sich auf den Job bei Ihnen beworben, ohne zu wissen, dass wir gerade in Ihrem Umfeld ermitteln.«

»Frau Smid führt die Personalgespräche, und sie entscheidet letztlich, ob wir Ihren Bruder einsetzen werden. Können wir uns darauf verlassen, dass Sie beide Ihre Jobs völlig unabhängig voneinander erledigen?«

»Das garantiere ich Ihnen«, sagte der Kommissar. »Okko kommt nicht als zweibeiniger Spürhund der Polizei daher. Wäre toll, wenn Sie ihn sich mal ansehen würden. Er hat in seinem Leben ein bisschen die Spur verloren. Aber er ist ein Pfundskerl, und zupacken kann er wie ein Bär.«

»Die Bewerbung hat also nichts mit den Ermittlungen zu tun?«

»Weniger als nichts.«

»Dann lassen wir uns überraschen.« Johnny legte auf.

Er verbrachte noch einige Minuten am Computer. Franco hatte mittlerweile seine Arbeit erledigt, wie er sah. Schließlich ging er zu Eta hinunter. Nach diesem Tag war ihm danach, ein Bad im Pool zu nehmen.

Eta hatte es sich mit einem Glas Prosecco und einer Zeitschrift auf einer der Liegen auf der Terrasse bequem gemacht. »Jetzt ein Glas?«, fragte sie und zeigte auf den Sektkübel, der auf dem Tisch stand.

»Im Moment nicht, danke.« Johnny setzte sich auf die Kante der Liege. »Was denkst du, wofür du den Bruder des Kommissars einsetzen kannst?«

»Als Unterstützung für Norwin. So richtig gelernt hat er nichts, aber er scheut vor keiner körperlichen Arbeit zurück, und er guckt nicht auf die Uhr, schreibt er. So einen können wir gut gebrauchen.«

»Stimmt.« Johnny dachte daran, wie viele Hände ihnen letztes Jahr beim Aufbau der Bühnen, der Veranstaltungstechnik und der Gastronomiezelte gefehlt hatten. Beinahe wären sie nicht pünktlich zum Startschuss fertig geworden. Wie peinlich wäre es gewesen, die Besucher vertrösten zu müssen! Noch einmal wollte er diese Hektik nicht erleben. Sie durften Alf nicht in die Hände spielen. »Okay, entscheide selbst darüber. Wenn du meinst, er schafft das, gib ihm den Job.«

Er guckte auf die Uhr. Dann sah er hinaus. Die orangeroten Strahlen der untergehenden Sonne spiegelten sich im Wasser des Pools. Er sehnte sich danach, seine Kleidung abzulegen, sich im Schwimmbecken auf den Rücken zu legen und sich tragen zu lassen. »Ich entspanne mich ein bisschen im Wasser«, sagte er.

»Mach das.«

Johnny ging ins Schlafzimmer und zog sich aus. Er hängte sich den Bademantel um und nahm ein Badetuch mit nach unten. Langsam ließ er den Bademantel und das Tuch auf seine Liege gleiten und stieg die Leiter hinab in den Pool. Stufe für Stufe spürte er, wie das sonnenerhitzte Wasser seinen Körper umschmeichelte.

Er breitete die Arme aus, ließ sich auf den Rücken gleiten und schloss die Augen. Er schwebte. Wie ein Luftballon, den man aufblies, füllte seine Lunge sich mit Luft. Erinnerungen schwebten an ihm vorbei.

Die ›Sylter Sommernachtsträume‹ vom letzten Jahr. Eta und er auf den Bühnen von Westerland, Kampen und List. Er selbst, der an jedem Ort die Eröffnungsrede hielt. Eta, die das Zeichen für das Aufdrehen der Lichttechnik gab. Sie beide, die in der Nacht von Strand zu Strand fuhren und sich feiern ließen für die gigantischste Veranstaltung, die die Insel zu bieten hatte.

In die Bilder vertieft, drehte er sich auf den Bauch und schwamm ein paar Züge.

Ein leises Surren am Himmel unterbrach seine Wachträume. Von der Seeseite aus drang es immer näher an sein Ohr. Die Quelle des Geräusches war hinter der Düne verborgen.

Fragend blickte er zur Terrasse hinüber. Eta saß nicht mehr auf der Liege. Durch die großformatigen Fenster, in denen der Himmel sich spiegelte, erahnte Johnny, dass sie gerade das Wohnzimmer verließ.

Das Surren kam näher. Da entdeckte er die Quelle des Geräuschs: Eine Drohne näherte sich. Sie hielt auf sein Grundstück zu. Er starrte sie an.

Ein Messer war an der Unterseite befestigt. Die Klinge glitzerte in der Sonne.

Johnny stand mitten im Pool, starr vor Schreck. Das Fluggerät nahm unerbittlich Kurs auf ihn.

Fliehen! Er musste fliehen.

Wie wild paddelte er mit den Armen im Wasser, bewegte sich auf die Leiter zu, die aus dem Pool führte.

Das Surren war dicht über ihm.

Er tauchte unter und schwamm auf den Beckenrand zu. Unter Wasser zusammengekauert, klammerte er sich mit Händen und Füßen an den Stufen der Leiter fest, bis er zu ertrinken drohte. Notgedrungen ließ er sich an die Wasseroberfläche treiben und holte prustend Atem.

Die Drohne schwirrte um den Pool herum.

Wieder tauchte er ab. Wieder verharrte er an den Sprossen der Stiege, bis er Atemnot bekam.

Er musste hier raus.

Mit eingezogenem Kopf zog er sich die Leiter hinauf.

Eta kehrte ins Zimmer zurück. Zwei Schritte vor der geöffneten Terrassentür blieb sie starr vor Schreck stehen. Die Augen panisch geweitet, brüllte sie: »Amanda!«

Johnny hechtete auf die Terrassentür zu.

Sie verschloss sich schneller, als er sie erreichte.

Mit der Kraft seines Körpers presste er sich dagegen, schlug mit den Fäusten verzweifelt gegen das Glas.

Eta stand da, keinen Meter von ihm entfernt, das Gesicht vor Angst halb hinter den Händen verborgen. Er hörte sie schreien: »Amanda, mach die Terrassentür auf.« Dann zerrte sie am Türgriff, doch die Tür blieb verschlossen.

»Zu laut«, rief er. »Hör auf, ihren Namen zu rufen!«

Da spürte er die Drohne im Nacken.

Die Spitze des Messers stach in die Haut neben dem Schulterblatt, zog sich heraus, stach erneut an anderer Stelle zu.

Er presste seinen Körper noch fester gegen das Glas, japsend vor Furcht, und trommelte mit den Fäusten dagegen.

Plötzlich war es vorbei. Die Drohne ließ von ihm ab. Das Surren entfernte sich.

Verzweifelt weinend ließ er sich fallen.

Mit einem Mal öffnete sich die Tür. Eta beugte sich über ihn und schluchzte. »Diese verdammte Technik.«

Es dauerte einige Augenblicke, bis er sich traute, den Kopf zu heben.

Sie berührte mit einem Finger seinen Rücken. »Du blutest. Das muss genäht werden. Ich ruf einen Arzt.«

Johnny keuchte. Er setzte sich auf und strich sich die nassen Haare aus der Stirn. »Ruf Kommissar Knudsen an.«

9

»Sicher, dass ich euch nicht störe?« Arne versuchte, Kunos Blick einzufangen. Sie schlenderten das kurze Stück von Kunos Sylter Wohnung in der Kurhausstraße zum Nachbarhaus, in dem Bente lebte. Kuno hielt einen Strauß pinkfarbener Rosen in der Hand, den er vor Ladenschluss noch in einem Blumengeschäft in der Nähe des Bahnhofs von Westerland ergattert hatte.

Stören – was Arne schon wieder glaubte! Die Blumen waren nichts als ein kleines Dankeschön an Bente. Dafür, dass sie sich in der Zeit, in der er Dienst auf Amrum tat, um seinen Briefkasten kümmerte. Dafür, dass sie ihn und seinen Kollegen für heute Abend zum Essen eingeladen hatte. Und überhaupt, einfach mal so.

Mit verkniffener Miene steuerte Kuno Bentes Haustür an. »Dir hätte es auch nicht schlecht zu Gesicht gestanden, ihr ein paar Blümchen mitzubringen.«

Arne hielt eine Pralinenschachtel hoch, die in Geschenkpapier eingewickelt war. »Ich hab einen süßen Strauß dabei. Rosen schenkt nur der Kavalier.«

»Kann man nicht mit einer lieben Nachbarin befreundet sein, ohne dass einem amouröse Absichten unterstellt werden?« Kuno drückte auf die Klingel neben dem Namensschild mit der Aufschrift ›Bente Johannson‹.

»Wenn beide Nachbarn notorische Singles sind«, sagte Arne, »und schon so lange umeinander herumtanzen, wartet der geneigte Beobachter zwangsläufig auf die Erlösung.«

»Erlösung wovon?« Kuno erwartete keine Antwort.

Bente öffnete mit dem für sie so typischen verhaltenen Lächeln. »Moin, ihr beiden. Kommt rein.«

Kuno streckte die Nase in die Luft und atmete genüsslich ein. »Hmm, wie das wieder duftet. Du könntest ein Restaurant aufmachen.« Ungelenk überreichte er Bente die Rosen. Wäre er nicht so sonnengebräunt gewesen, hätte Arne beobachten können, wie sein Gesicht die Farbe der Blumen annahm.

»Die sind aber schön.« Bentes Augen leuchteten.

Kuno stellte fest, dass sie beide unbefangener miteinander umgingen, wenn Arne nicht dabei war. Warum hatte er auf Bentes Frage, ob er seinen Kollegen zum Abendessen bei ihr mitbringen wolle, nicht einfach Nein gesagt?

Seine Nachbarin nahm die Pralinen von Arne entgegen und legte sie in den Kühlschrank. »Damit sie bei der Hitze nicht schmelzen«, sagte sie. Mit einer Blumenvase, die sie mit Wasser gefüllt hatte, kehrte sie zurück ins Wohnzimmer. Sie stellte den Rosenstrauß hinein und zupfte ihn versonnen lächelnd zurecht.

Schließlich trug sie eine Suppenterrine herein. »Als Vorspeise gibt es eine Broccoli-Rahmsuppe«, sagte sie. »Langt ordentlich zu, denn auf die Hauptspeise müsst ihr ein wenig warten. Die Lachsfilets bereite ich ganz frisch für euch zu.«

Die Kommissare füllten ihre Teller auf. Kuno suchte angestrengt nach einem Gesprächsthema, das unverfänglich genug war, um ihn morgen im Dienst vor Neckereien durch seinen Kollegen zu bewahren.

Arne leckte sich einen Finger ab, auf den die Suppe beim Befüllen seines Tellers gespritzt war. Er sah Bente an. »Kennst du eigentlich Johnny Quadt und Eta Smid?«

Kuno rollte mit den Augen. »Musst du jetzt ein Dienstgespräch führen?«

»Lass ihn doch.« Bente legte ihre Hand auf seine.

Arne registrierte das sehr wohl.

Kuno nahm allen Mut zusammen und ließ es geschehen. Er strich sogar sachte mit dem Daumen über Bentes Finger.

»Ja, ich kenne die beiden«, sagte Bente zu Arne. Ihre Hand lag immer noch auf der von Kuno. »Aber nun lasst eure Suppe nicht kalt werden. Guten Appetit!« Sie zog die Hand zurück, griff zu ihrem Löffel und begann, zu essen. »Der Quadt ist eine Nummer für sich, wenn ihr mich fragt. Aber die Eta ist eine richtig liebe Frau. Die hat ein Händchen für die Kunden.«

»Du kennst sie näher?«, fragte Kuno zwischen zwei Löffeln Rahmsuppe.

»*Näher* ist übertrieben. Ich habe ab und zu geschäftlich mit ihr zu tun.«

»Ach nee.« Arne blickte bewundernd von seinem Teller auf. »Du machst Geschäfte mit dem Quadt?«

»So großartig ist das nicht«, erwiderte Bente in ihrer Bescheidenheit. »Manchmal, wenn sie einen großen Geburtstag auszurichten haben, beauftragen sie mich mit der Tischdekoration. Ich habe dann nur mit Eta Smid zu tun. Aber wenn ich Fragen dazu habe und in deren Firma anrufe und Eta ist gerade nicht im Haus, dann werde ich meist zu Johnny Quadt durchgestellt.«

»Und?«, fragte Kuno. »Wie ist der dann so?«

Bente guckte mitleidig. »Ziemlich hölzern. Ich glaube, an den darf man sich nur wenden, wenn es um Veranstaltungstechnik geht. Da ist er in seinem Element. Bei allen anderen Fragen steht er da, als käme er vom Mars und müsste sich auf Erden erst mal zurechtfinden.«

»Dann ergänzen die zwei sich perfekt«, meinte Kuno.

»Ich weiß nicht. Er ist eine Maschine, und sie ist eine Seele von Mensch. Bei ihm muss alles exakt nach Plan ablaufen, während sie spontan und flexibel ist. Ob die zwei wirklich harmonieren, sei dahingestellt.« Sie legte den Löffel beiseite. »Wie zwei so unterschiedliche Menschen es schaffen, ihr Zusammenleben zu regeln, ist mir ein Rätsel.«

Kuno hob den Finger. »Du hast das Zauberwort vermutlich gerade selbst genannt: regeln. Ich schätze, bei denen zu Hause und im Büro ist genau festgelegt, wer wofür verantwortlich ist. Da redet keiner dem anderen rein. So kann das Miteinander ganz gut funktionieren.«

Arne sah seinen Chef staunend an. »Du könntest dich glatt als Eheberater selbständig machen.«

Kuno grinste. »Bei meiner Eheerfahrung? Die Leute werden sich um eine Beratung bei mir reißen.«

Bente stand auf und stapelte die leeren Suppenteller übereinander. »Soll ich euch ein bisschen Musik anmachen, während ich in der Küche hantiere?«

Bevor die Ermittler antworten konnten, ertönte Kunos Handy.

»Nicht nötig«, sagte Arne. »Da sorgt schon jemand anders für Unterhaltung.«

Verärgert zog Kuno sein Smartphone hervor. Die Nummer war ihm unbekannt. Er stand auf, stellte sich ans Fenster und nahm das Gespräch entgegen. »Frau Smid, was ist passiert?« An der Stimme der Anruferin erkannte er sofort, dass das Hauptgericht heute Abend würde warten müssen.

Eta berichtete ihm, was sich ereignet hatte. Sie verhaspelte sich mehrmals. Kuno hatte Mühe, sich das Geschehen in der abgelaufenen Reihenfolge vorzustellen.

Einige Male musste er nachfragen. Arne hatte sich mittlerweile an seine Seite gestellt. Aus den Gesprächsfetzen musste auch ihm klargeworden sein, dass Bente sich mit dem Lachs viel Zeit würde lassen können.

Arne gab Kuno durch ein Zeichen zu verstehen, dass er in die Küche gehen und Bente von der Zubereitung der Hauptspeise abhalten wolle.

»Haben Sie schon einen Arzt gerufen?«, fragte Kuno die Anruferin. Er erfuhr, dass der Doktor sich gleich auf den Weg zu Johnnys Haus machen werde. »Kommissar Zander und ich sind gerade in Kampen«, sagte er. »In einer Viertelstunde sind wir bei Ihnen.«

Leise fluchte er in sich hinein. Die gemütlichen Stunden mit seiner Nachbarin würde er verschieben müssen. Er ging in die Küche und bat Bente um Entschuldigung dafür, dass ein Notfall ihnen den Abend verdarb.

Die geduldige Bente zeigte Verständnis. »Der Lachs schwimmt nicht weg. Macht eure Arbeit, und wenn es euch nicht zu spät wird, kommt wieder hierher.«

Auf dem Weg nach Westerland erzählte Kuno seinem Kollegen, was sich auf dem Grundstück von Johnny Quadt zugetragen hatte.

»Was sollen wir denn davon halten, dass eine Drohne im Einsatz war?«, fragte Arne. »Ob das die war, die Alf Leefmann uns heute Nachmittag vorgeführt hat? Hat er etwa eine Generalprobe gemacht, als wir kamen?«

»So hirnrissig kann der Mann doch nicht sein. Zur Sicherheit gehen wir nachher bei ihm vorbei und sehen uns das Gerät noch mal an. Wenn es seine Drohne war, müssten auf der Kamera entsprechende Bilder gespeichert sein.«

»Wenn er die nicht sofort gelöscht hat«, sagte Arne.

Sie erreichten das Grundstück der Quadts.

Eta empfing die Ermittler völlig aufgelöst. »An der Drohne war ein Messer befestigt«, erzählte sie noch einmal. »Jemand hat das Gerät mehrmals so auf Johnny zugesteuert, dass er Stichwunden davongetragen hat.«

Kuno tauschte Blicke mit Arne aus. Er dachte an das Messer, das die Spurensicherung am Strand von Rantum gefunden hatte. Bestand hier ein Zusammenhang?

Im Wohnzimmer versorgte der Arzt gerade Johnny Quadts Wunden. »Die sind nicht sehr tief«, erklärte er den Kommissaren. »Eine habe ich geklammert, die andere braucht nur ein Pflaster.«

»Wir schicken Ihnen morgen einen Gerichtsmediziner vorbei«, sagte Kuno, während er sich die Wunden an Quadts Rücken besah. »Der soll die Verletzungen dokumentieren.« Dann stellte er sich so vor Johnny hin, dass er ihm ins Gesicht sehen konnte. »Wohin ist die Drohne nach dem Anschlag geflogen?«

»Ich stand mit dem Rücken zu ihr«, sagte Johnny schwer atmend, während der Arzt ihm ein Pflaster auf die Wunde klebte. »Ich hab nicht gesehen, wo sie abgeblieben ist. Aber ich weiß, woher sie stammt. Von Alf.«

»Ich hab das verfolgt«, sagte Eta. Sie zeigte mit der Hand zur Düne. »Sie ist in die Richtung zurückgeflogen, aus der sie gekommen ist.«

»Übers Meer kann sie nicht allzu weit geflogen sein«, meinte Johnny. »Alf benutzt ähnliche Drohnen wie wir. Die fliegen nicht länger als zwanzig Minuten am Stück.«

Kuno setzte sich neben Johnny. »Sie verwenden auch Drohnen?«

Johnny lachte höhnisch. »Ja, was dachten Sie denn? Die gehören heute zur geschäftlichen Ausstattung eines

Event-Managers, zumindest wenn man solche Veranstaltungen macht wie wir. Die Leute erwarten nun mal Luftaufnahmen.«

Kuno fragte sich, aus wessen Bestand die Drohne, die für das Attentat verwendet worden war, wohl stammte: aus dem von Leefmann oder aus dem von Quadt. Doch bevor er danach fragte, sollten sie versuchen, die Drohne ausfindig zu machen. »Wir lassen Sie kurz alleine, wir müssen zum Strand. Wie kommen wir am schnellsten dahin? Können wir durch Ihren Garten über die Düne kraxeln?«

Eta nickte. Sie geleitete Kuno zur Terrassentür. »Gehen Sie einfach da entlang.« Sie deutete auf eine Wildrosenhecke am rechten Rand des Gartens. »Da finden Sie einen Trampelpfad. Den können Sie benutzen.«

Kuno winkte Arne zu, damit er ihn begleitete.

Sie rannten durch den Garten und über den schmalen Weg zum Strand. In den Strandkörben saßen noch einige Gäste, und drei junge Männer badeten vornean im Meer, obwohl jetzt keine Badezeit war.

Arne ging auf die Männer zu, rief sie heran und befragte sie. Kuno hielt sich währenddessen an die Leute, die in den Strandkörben auf den Sonnenuntergang warteten. Er fragte, ob sie eine Drohne gesehen hätten, die über den Strand oder aufs Meer hinaus geflogen war.

Zwei Frauen, die mit einer Flasche Wein und zwei Gläsern dasaßen, berichteten aufgeregt, sie hätten vorhin ein fliegendes Objekt beobachtet. Eine der Frauen stand auf und streckte den Arm in Richtung der Sonne aus. »Die ist da hinten in die See gestürzt. Wir konnten nicht so richtig hingucken, weil die Sonne blendete. Aber auf einmal war das Ufo weg.«

Die andere Frau stellte sich dazu. »Wem gehört die denn, und was sollte das?«, fragte sie. »Will jemand im Meer nach einem Schatz suchen?«

»Das wäre eine Möglichkeit«, sagte Kuno.

Arne kam dazu und berichtete, die drei Männer hätten ebenfalls eine Drohne ins Wasser stürzen sehen.

»Na klasse.« Kuno sah in die Richtung, in der das Fluggerät gemäß den Zeugenaussagen abgestürzt war. Er bedankte sich bei den beiden Frauen und zog Arne mit sich fort, um das Gespräch abseits von ihnen weiterzuführen. »Ob Taucher danach suchen können?«

»Das dürfte schwierig werden«, sagte Arne. »Wir kennen die genaue Stelle nicht, an der die Drohne ins Wasser gesteuert wurde, und wir wissen nicht, wie stark die Strömung ist. Vor morgen früh werden die Taucher nicht loslegen können. Bis sie an Ort und Stelle sind, kann die Drohne schon längst woandershin getrieben worden oder auf dem Meeresgrund im Sand versunken sein. Aber einen Versuch ist es wert.«

Sie gingen zum Haus von Johnny Quadt zurück.

Der Arzt hatte für den Fall, dass sie noch Fragen hatten, auf ihre Rückkehr gewartet. Er vergewisserte sich, dass Johnny und Eta ihn nicht mehr brauchten, hinterließ seine Visitenkarte und verabschiedete sich.

»Ich werde jetzt zwei Kollegen von der uniformierten Polizei hierher beordern«, sagte Kuno. »Die werden heute Abend bei Ihnen bleiben. Herr Zander und ich werden gleich zu Alf Leefmann fahren und ihm ein paar Fragen stellen. Dann kommen wir noch mal zu Ihnen.«

Johnny sprang auf. Vor Schmerzen verzog er das Gesicht und fasste sich an die geklammerte Wunde am Rücken. »Ich komme mit«, sagte er entschieden.

Kuno legte ihm vorsichtig eine Hand auf die nicht verletzte Schulter. »Sie bleiben hier.«

Johnny ließ sich nicht zur Ruhe bringen. »Ich gehe mit Ihnen dahin. Ich will den Kerl zur Rede stellen. Der soll mir ins Gesicht sagen, wie weit er noch gehen will.«

Kuno schob ihn sanft auf das Sofa zurück. »Sie bleiben hier.«

Johnny wütete. »Der ist doch nicht mehr ganz dicht, der Mann. Warum auf einmal diese Anschläge auf mich? Ich muss wissen, was er vorhat. Will der mich wirklich umbringen?«

Kuno legte alle Ruhe und Autorität, die er aufbringen konnte, in seine Stimme. »Herr Quadt, dass Herr Leefmann die Anschläge auf Sie zu verantworten hat, ist nicht erwiesen. Mein Kollege und ich fahren jetzt zu ihm. Wir werden ihm einige Fragen stellen. Danach kommen wir zu Ihnen zurück. Und wenn wir dann keine neuen Erkenntnisse zur Täterschaft mitbringen, erzählen Sie uns, wie es kommt, dass Sie sich so eisern auf Herrn Leefmann als Täter versteift haben.«

Arne hatte inzwischen die Kollegen von der Schutzpolizei angerufen. »In drei Minuten sind sie hier.«

Die Ermittler warteten, bis die Männer eintrafen. Dann verließen sie das Haus.

»Wenn Sie meine Geschichte gehört haben«, rief Johnny Quadt ihnen hinterher, »werden Sie mir dann endlich glauben?«

10

Die Abenddämmerung tauchte Sylt in ein Licht aus Orange und Polarblau, als Kuno und Arne vor dem Haus von Alf Leefmann parkten. Musik wummerte ihnen durch das schräg gestellte Küchenfenster entgegen.

Arne drückte einmal auf die Klingel und gleich darauf ein zweites Mal. Der Ton der Türglocke wurde erbarmungslos von den rockigen Klängen geschluckt. Arne resignierte. »Der Leefmann scheint 'ne Party zu feiern.«

»Dann kommen wir gerade recht.« Kuno guckte um eine Ecke des Hauses. »Im Garten ist Licht. Komm mit. Wenn er uns vorne nicht öffnet, gehen wir eben hinten rum rein.« Er dachte an den Lachs, den er bei Bente heute kaum noch bekommen würde, und legte die Hand auf seinen knurrenden Magen. Ob Leefmann auch für unangemeldete Gäste ein saftiges Steak grillen würde?

Im Halbdunkel schlichen sie an der Seite des Hauses entlang, bis sie Einblick in den Garten erhielten. Rund um die große Terrasse, die mit Holzbohlen belegt war, standen Lampen zwischen großen, bepflanzten Blumenkübeln. Sie warfen ein stimmungsvolles Licht auf die Sitzgruppe, die auf der Fläche aufgestellt war.

Alf Leefmann saß mit dem Rücken zu ihnen. Er hatte Besuch. Ein jüngerer Mann sah erschrocken auf, als Kuno und Arne hinter dem Haus auftauchten. Er umklammerte die Armlehnen des Gartenstuhls und kam mit dem Oberkörper hoch.

Da drehte Leefmann sich zu ihnen um. Im Halbdunkel schien er sie nicht zu erkennen.

»Besuch von der Kripo Wattenmeer«, rief Kuno ihm zu.

»Der dritte für heute.« Leefmann stand auf. Er nahm eine Fernbedienung vom Tisch und richtete sie aufs Wohnzimmer. Die Musik hörte abrupt auf, zu spielen. Er legte das Gerät wieder weg und ging auf die Ermittler zu. »Sie sollten sich bei meiner Assistentin eine Zehnerkarte besorgen. Beim zehnten Besuch gibt's für jeden ein Bier und eine Currywurst.«

»Danke für den Tipp. Wir wollten eigentlich nur noch mal Ihre Drohne bestaunen.« Kuno lugte an Leefmann vorbei und beäugte den Besucher.

Der Mann guckte verbissen auf den Boden. Kuno las ihm an der Stirn ab, dass er darüber grübelte, wie er sich am unauffälligsten aus dem Staub machen könnte.

Leefmann wandte sich ihm zu. »Du darfst ruhig nach Hause gehen. Ich denke, wir sind soweit durch. Alles andere besprechen wir demnächst.«

Der Mann nickte zaghaft. »Okay.« Er stand auf und huschte fluchtartig an ihnen vorbei.

Leefmann wies auf die Gartenstühle. »Ein Drink gefällig?«

»Nein danke«, sagte Kuno. »Wir möchten Ihnen wirklich nicht den Abend verderben. Wie gesagt, nur mal kurz die Drohne angucken.«

»Dazu müssen wir in mein Büro.« Leefmann stand unschlüssig da. Er zeigte auf sein Weinglas. »Ich darf heute nicht mehr fahren. Entweder wir nehmen Ihren Wagen oder wir laufen oder wir rufen ein Taxi.«

Arne spielte demonstrativ mit dem Autoschlüssel. »Ich bin noch nüchtern. Also?« Er deutete einladend mit dem Kopf in Richtung Straße.

»Moment, ich muss noch den Büroschlüssel holen.« Leefmann verschwand im Wohnzimmer.

Arne spurtete zur anderen Seite des Hauses, während Kuno auf der Terrasse stehenblieb.

Doch Leefmann machte keine Anstalten, zu fliehen. Er schaltete eine Stehlampe ein, ging in den Flur und ließ sich kurz darauf wieder im Wohnzimmer blicken. »Kommen Sie«, rief er Kuno zu.

Kuno ging ins Zimmer. Leefmann schloss die Terrassentür und geleitete ihn zur Haustür hinaus.

Er glitt auf den Rücksitz. »Ich hab aufgehört, mich zu wundern, aber was wollen Sie mit der Drohne?«

»Erstens deren Anwesenheit prüfen und zweitens Bilder gucken«, sagte Kuno dröge.

Leefmann schwieg einige Augenblicke. Dann legte er die Arme auf die beiden Rückenlehnen und schob seinen Kopf durch die Lücke zwischen dem Fahrer- und dem Beifahrersitz. »Es gibt doch sicher einen konkreten Anlass dafür, dass Sie mich so spät am Abend noch mal mit ihrem Besuch beglücken.«

Kuno robbte auf seinem Sitz näher ans Seitenfenster, um Abstand zu Leefmann zu gewinnen. »Den verraten wir Ihnen nachher.« Er guckte über die Schulter. »Wer war eigentlich der junge Mann, der vorhin bei Ihnen saß? Mochten Sie uns den nicht vorstellen?«

Leefmann winkte ab. »Ach, das war einer dieser unzähligen Bewerber, die ein Praktikum bei mir machen wollen. Unsere Branche ist für die jungen Leute ausgesprochen attraktiv. Pro Woche bekomme ich mindestens drei Anfragen für so einen Job.« Er lachte. »Wenn ich wollte, könnte ich fast alle Arbeiten für herzlich wenig Geld von Praktikanten machen lassen.«

»Und jeden Bewerber laden Sie auf ein Fläschchen Bier in Ihren Garten ein?«

Leefmann antwortete nicht. Er steckte den Kopf noch weiter zwischen die Sitze, runzelte die Stirn und stierte auf den Flur seines Bürohauses, vor dem Arne gerade einparkte. »Wieso ist denn da Licht an?«

Er war der Erste, der aus dem Wagen sprang.

Kuno hielt ihn zurück. »Ist noch einer Ihrer Mitarbeiter im Haus, oder denken Sie, da sind Einbrecher am Werk?«

Die Blicke des Event-Managers schweiften zu den oberen Etagen. In keinem der Räume war ein Fenster erhellt. »Wenn mein Freund Johnny nicht gerade dabei ist, meine Licht- und Tontechnik aus dem Lager zu räumen, dürfte der Reinigungstrupp mal wieder vergessen haben, das Licht auszuschalten.«

Arne stellte sich neben Leefmann. »Sie meinen Johnny Quadt?«

Leefmann nickte stumm. Er holte den Schlüssel hervor und ging auf die Eingangstür zu.

Arne blieb an seiner Seite. »Warum sollte er Sie ausrauben wollen?«

»Weil ich die neueste Generation von Anlagen habe. Die kann er sich zurzeit gar nicht leisten. Auf meinem Herbst-Event im Oktober drehe ich die voll auf. Dann kann er einpacken, wenn es um die Bewerbung für die nächsten ›Sylter Sommernachtsträume geht‹.«

Kuno hielt Leefmanns Bemerkung für Getue. Langsam bekam er den Eindruck, Arne und er wurden als Nebenfiguren in einem erbitterten Schaukampf missbraucht, den sich zwei Konkurrenten im Wettbewerb um die heißesten Sylter Events lieferten.

Leefmann öffnete die Tür und bat die Kommissare ins Haus. Er ging den Flur weiter durch.

Die Ermittler blieben im Eingang stehen und lauschten.

Nichts rührte sich im Haus, und Leefmann schien völlig sicher zu sein, dass das eingeschaltete Licht lediglich ein Versehen des Putztrupps war. Er knipste eine Lampe in dem großen Büroraum im Erdgeschoss an. »Was wollen Sie mit der Drohne?«, fragte er unvermittelt. »Muss ich die als beschlagnahmt betrachten?«

Kuno gab keine Antwort. »Wo haben Sie den heutigen Abend verbracht?«, fragte er stattdessen.

»Zu Hause. Zuerst alleine, dann in Gesellschaft des jungen Mannes.«

»Von dem wir bisher weder den Namen noch die Anschrift kennen.« Kuno erwiderte Alf Leefmanns festen Blick.

Der Firmenchef ließ sich nicht aus der Ruhe bringen. »Um welche Uhrzeit geht es genau, und wofür brauche ich ein Alibi? Was ist jetzt schon wieder passiert?«

Eins musste man Alf Leefmann lassen: Er machte einen verdammt sicheren und in sich ruhenden Eindruck. Die Mimik, die Körpersprache, die Art, wie er redete, und das, was er sagte, gaben Kuno das Gefühl, dass der Mann ihnen nichts vormachte.

Er nannte ihm die Zeitspanne von achtzehn Uhr bis zu der Minute, als bei Bente sein Handy geklingelt hatte.

»Um achtzehn Uhr war ich noch im Büro. Das können meine Mitarbeiter bezeugen. Aber Sie wissen ja: Als Kapitän ist man der Letzte, der das Schiff verlässt. Von halb acht bis neun habe ich keine Zeugen.«

Kuno sah ihn bedauernd an.

»Ist so«, sagte Leefmann nüchtern. »Aus den Rippen schneiden kann ich sie mir nicht.«

Arne stimmte sich mit einem Blick mit Kuno ab und verriet Leefmann endlich den Grund ihres Besuchs. »Im fraglichen Zeitraum ist ein erneutes Attentat auf Johnny Quadt verübt worden. Mit Hilfe einer Drohne, und die ist nach dem Anschlag im Meer versenkt worden.«

Nun war es heraus.

Leefmann saß wie versteinert da. Plötzlich stand er auf. Er ging zu einem Schrank im hinteren Teil des Raumes und riss die Türen weit auf. Mit dem Finger fuhr er an den Rücken der Ordner entlang, die ganze Regalreihen füllten. Dann hatte er gefunden, was er suchte.

Er zog den Ordner heraus und schlug ihn auf, während er zu den Ermittlern zurückkehrte. Noch im Stehen blätterte er darin herum. »Hier.« Er legte den Ordner auf den kleinen Tisch, der zwischen den Sesseln in der Besucherecke stand.

Kuno und Arne rückten näher an den Tisch heran und beugten sich über die Blätter.

Leefmann deutete auf eine Rechnung über zwei Drohnen. Dem Datum nach hatte er sie vorletztes Jahr angeschafft. Beide waren vom selben Typ. Jede von ihnen hatte fast zweitausend Euro gekostet.

Leefmann verharrte vornübergebeugt und eine Hand auf den Tisch gestützt. Er sah die Ermittler abwechselnd an, während er sprach. »Wir müssen zwei dieser Fluggeräte bereithalten. Eins muss den Einsatz fahren. Das andere brauchen wir als Ersatz, falls das eine während einer Veranstaltung ausfällt.«

Er richtete sich auf. »Auch wenn ich mit meiner Firma guten Umsatz mache, der Preis dieser Geräte reizt nicht gerade dazu, sie aus einem Spaß heraus im Meer zu versenken.«

»Hm«, machte Kuno. »Das kann ich nachvollziehen.«
Leefmann drehte sich um. »Einen Moment bitte, bin gleich wieder da.« Er verschwand aus dem Raum.

Arne stand auf, um ihm zu folgen.

Kuno hob die Hand. »Bleib«, sagte er leise.

Wenig später kehrte Leefmann mit zwei Kartons zurück. Er stellte sie auf dem Boden ab und öffnete sie der Reihe nach. In jedem Karton steckte eine Drohne des Typs, den er am Nachmittag auf der Terrasse bedient hatte.

»Mehr von der Sorte haben Sie nicht.« Kuno sprach seine Frage wie eine Feststellung aus, um Leefmann nicht das Gefühl zu geben, dass er an seinen Aussagen zweifelte.

Leefmann breitete die Arme aus. »Wenn Sie wollen, durchsuchen Sie das ganze Haus. Das Bürogebäude und mein Privathaus.« Er blieb ruhig stehen und wartete die Reaktion der Kripobeamten ab.

Kuno wies mit dem Finger auf die Drohnen in den geöffneten Kartons. »Die Kameras ...«

»Ich gebe Ihnen die Speicherkarten mit. Oder nehmen Sie die ganzen Drohnen mit. Ich brauche sie erst übernächste Woche wieder. Lassen Sie Ihre Techniker suchen, wonach Sie mögen.« Er schob den Ordner zur Seite, der auf dem Tisch lag, verpackte die Drohnen und verschloss die Kartons.

Kuno zögerte. Leefmann erschien ihm denkbar unverdächtig, und er wollte das Team der Kriminaltechniker nicht unnötig mit Arbeit zuschütten.

»Bitte.« Leefmann drängte ihm die Kartons regelrecht auf. »Ich will den Verdacht ein für alle Mal von mir abschütteln. Es kann doch nicht sein, dass Sie jetzt dreimal täglich bei mir vorbeigucken, weil jemand es auf Johnny Quadt abgesehen hat und Ihnen kein anderer als Täter in den Kopf kommt als ich. Entschuldigung, aber so ist es doch.«

»Ich glaube Ihnen«, sagte Kuno. »Und ich verstehe Ihren Verdruss. Wenn Sie darauf bestehen, nehmen wir die Dinger mit.«

»Ich bitte darum. Und dann möchte ich gerne in Ihrem Beisein mit Johnny reden. Und zwar jetzt gleich.«

Arne nahm die Kartons. »Ich bring die schon mal in den Wagen.« Schneller, als Kuno ihn hätte zurückpfeifen können, huschte er aus dem Raum.

Kuno stand auf, rückte seinen Hosenbund zurecht und ging, gefolgt von Leefmann, ebenfalls hinaus. »Ein Gespräch mit Herrn Quadt ist heute Abend nicht mehr möglich. Das könnte ich nicht verantworten. Er steht unter Schock, außerdem ist er verletzt. Er und Frau Smid brauchen jetzt wirklich Ruhe.«

»Dann morgen. Morgen früh um neun.«

Am Wagen angekommen, hob Kuno die Hände. »Herr Leefmann, lassen Sie uns abwarten. Ich kann Ihnen heute nichts versprechen.«

Leefmann ließ den Kopf hängen. »Okay. Aber wenn er mir draußen über den Weg läuft, krall ich ihn mir.«

»Daran werde ich Sie nicht hindern können. Nun schließen Sie ihr Geschäftshaus ab und steigen Sie ein. Wir bringen Sie nach Hause zurück.«

Leefmann schüttelte den Kopf. »Fahren Sie nur. Ich nehm mir nachher ein Taxi. Wenn ich schon hier bin, gehe ich noch mal in mein Büro.«

In dem Moment, als Kuno ins Auto steigen wollte, kam ihm das Bild von Leefmann mit dem jungen Mann auf der Terrasse in Erinnerung. »Ach, Herr Leefmann«, rief er und ging nochmals auf ihn zu. »Den Namen Ihres Besuchers von heute Abend, den hätte ich gerne.«

Leefmann sah auf den Boden und murmelte etwas, das Kuno nicht verstehen konnte.

Kuno trat näher an ihn heran. »Wie heißt er?«

»Norwin Rojahn.«

Kuno wurde stutzig. Der Name kam ihm bekannt vor. Wo hatte er ihn gehört? Gelesen? Gelesen! Jetzt sah er den ausgedruckten Namen vor sich. »Ist das nicht ein Mitarbeiter von Johnny Quadt?«

Leefmann nickte.

»Er will zu Ihnen wechseln?«

»Bitte verraten Sie Johnny das nicht. Norwin hat nur einen befristeten Vertrag. Der läuft Ende Oktober aus, und Johnny rückt einfach nicht damit raus, ob er ihn danach fest einstellen wird. Ich wäre nicht abgeneigt, Norwin zu übernehmen, kann das aber heute noch nicht entscheiden. Es hängt davon ab, welche Aufträge ich für den Winter akquiriere. Wenn Johnny erfährt, dass Norwin sich mit mir unterhält, und wenn ich den Jungen am Ende vielleicht doch nicht übernehmen kann, das wäre nicht gut für ihn.«

Kuno sah zum Wagen hinüber, in dem Arne auf ihn wartete. Er gab Leefmann die Hand. »Meinem Kollegen muss ich das natürlich sagen, aber ich verspreche Ihnen, von uns erfährt Herr Quadt kein Wort.« Er ging zur Beifahrertür zurück.

»Herr Knudsen?«

»Ja?« Kuno fragte sich, ob er heute noch den Weg nach Hause oder sogar zu Bente würde antreten können.

Leefmann holte seine Brieftasche hervor und zog einen Notizzettel heraus. »Der Name und die Anschrift des Mannes, dem ich gelegentlich morgens begegne, wenn ich im Meer bade. Der, der immer mit seinem Hund am Strand spazieren geht.«

»Wie haben Sie den so schnell ausfindig gemacht?«

»Ich habe meiner Assistentin den Mann beschrieben. Sie kennt ihn. Er wohnt bei ihr in der Nähe. Rufen Sie ihn an. Er wird Ihnen bestätigen, dass er mich heute Morgen im Wasser gesehen hat.«

»Danke.« Kuno warf einen Blick auf den Zettel und steckte ihn in seine Hosentasche. »Und – diese Evelyn, die Sie am einundzwanzigsten Juli getroffen haben?«

Leefmann schmunzelte müde. »Den Kontakt müsste ich reaktivieren. Wenn Sie drauf bestehen, versuche ich es.«

»Wenn es Ihnen keine Mühe macht?« Kuno hob die Hand zum Gruß, rutschte auf den Beifahrersitz und schloss die Tür. Er schlug Arne aufs Bein. »Dann man tau. Zurück zu Johnny Quadt.«

11

»Glaubst du dem Leefmann?« Arne hinterm Steuer hatte ein Pokerface aufgesetzt. Das machte er immer, wenn er sich seine Meinung gebildet hatte, aber nicht sicher war, ob er damit möglicherweise meilenweit danebenlag.

Und wie immer verunsicherte dieses Pokerface Kuno zutiefst. Auch er als der Erfahrenere von ihnen beiden konnte sich auf eklatante Weise irren. Dann verließ er sich gerne auf Arnes Bauchgefühl und Kombinationsgabe. Er sah aus dem Seitenfenster. »Ja, ich glaube ihm. Er wirkt aufrichtig. Wenn er nicht ein ganz Gewiefter ist ...«

»Ach, guck an, du hältst dir ein Hintertürchen offen. Denkst du, dass er uns gegenüber so aufrichtig unschuldig tun kann, weil er nicht selbst agiert, sondern einen Helfer auf Johnny Quadt angesetzt hat?«

»Weiß nicht.« Kuno schloss die Augen und versuchte, den Kopf frei zu bekommen. Am liebsten wäre er augenblicklich in den Tiefschlaf hinübergeglitten. Mit lahmer Zunge berichtete er Arne, wer der Mann gewesen war, mit dem sie Alf Leefmann auf der Terrasse überrascht hatten. Dann schwieg er und hielt weiter die Lider geschlossen.

Arne plapperte munter drauflos. »Leefmann könnte diesen Norwin Rojahn beauftragt haben, sich um ein alternatives Ablaufdatum für Quadts Leben zu bemühen.« Er kicherte, wie es sonst nur Friedrich Fliegenfischer tat.

Kuno unterstellte, dass Arne genauso übermüdet war wie er selbst und dass er deshalb ein bisschen albern wurde. »Laut Quadt kann das nur sein Systemadministrator.«

»Glaubst du dem Quadt?«

Kuno öffnete ein Auge und sah zu Arne hinüber. »Jetzt reden wir erst noch mal mit ihm. Ich will wissen, was über die Jahre zwischen den beiden Männern vorgefallen ist, dass sie sich in derart herzlicher Abneigung zugetan sind.«

Eta Smid öffnete ihnen die Tür, noch bevor sie klingelten. Sie sah mitgenommen aus. »Johnny hat sich ein bisschen hingelegt«, sagte sie leise. »Er kommt aber gleich wieder runter.«

Kuno hätte die Sache am liebsten schnell hinter sich gebracht. Er wollte nur noch eins: zu Bente, ihr legendäres gedünstetes Lachsfilet mit Rahmspinat genießen und ein Glas Weißwein dazu trinken. Und dann schlafen. Am Ende dieses chaotischen Tages war er nicht einmal mehr abgeneigt, zum ersten Mal in ihrer lange währenden Freundschaft auf dem Sofa seiner Nachbarin einzunicken – vielleicht sogar in Bentes Armen.

Eta dirigierte die Ermittler ins Wohnzimmer. »Rein theoretisch betrachtet, sind Sie bestimmt schon längst im Feierabend«, sagte sie mit fürsorglicher Miene. »Darf ich Ihnen ein Glas Wein anbieten?«

»Wir sind im Dienst«, sagte Arne tapfer. »Aber wenn Sie vielleicht eine Cola hätten, zum Wachbleiben?«

»Gerne. Sogar eisgekühlt. Für Sie auch, Herr Knudsen?«

»Danke ja.« Kuno sah Eta verträumt hinterher. Bente hatte recht gehabt mit ihrer Einschätzung. Eta Smid war eine Seele von Mensch. Sie wirkte einfühlsam, entgegenkommend. Eine Frau, die sich kümmerte.

Glas klirrte im Flur. Kuno schrak auf. In seiner Übermüdung hörte er Gespenster poltern. Dabei war es Eta, die mit einer Flasche und Trinkgläsern zurückkehrte.

»Die Uhr steht übrigens wieder auf null.« Sie öffnete den Drehverschluss, füllte zwei Gläser mit der braunen Brause und stellte die Flasche auf den Tisch. Dann setzte sie sich aufs Sofa und wartete darauf, dass die Ermittler sich rührten. »Wieder auf null«, wiederholte sie.

In seiner Übermüdung kombinierte Kuno nicht so schnell wie gewohnt. »Die Lebensuhr meinen Sie?«

Eta nickte. »Auf dem Smartphone genauso wie im Büro. Dabei hatte Franco gerade erst wieder die korrekte Zeit eingestellt.«

Arne führte sein halb gefülltes Glas zum Mund und trank die Cola in einem Zug aus. »Das errechnete Todesdatum?« Er sprach in das leere Glas hinein, sodass seine Stimme hohl und verfremdet klang.

Kuno erschauderte bei dem spukhaften Ton. Er wandte sich an Eta. »War heute Abend jemand in Ihren Geschäftsräumen und hat die Uhr dort gesehen?«

Eta nickte. »Als Sie zu Alf unterwegs waren, hat Johnny bemerkt, dass die App auf seinem Smartphone wieder verstellt war. Er hat Franco angerufen. Der ist sofort noch mal ins Büro, um sich die Uhr in Johnnys Zimmer anzusehen. Eigentlich hätte er sich das sparen können, denn beide Anzeigen, die auf dem Smartphone und die auf der Uhr im Büro, laufen synchron.«

»Klar«, sagte Kuno. »Beide Geräte greifen auf dasselbe Programm auf dem Server zu. Das Netzwerkprotokoll haben Sie aber gerade nicht zur Hand?«

»Franco hat es ausgedruckt und auf meinen Schreibtisch gelegt.«

»Lassen Sie es bitte morgen früh sofort auf die Wache bringen. Am besten auch das Protokoll der letzten Stunden vor dem Attentat mit der Drohne.«

142

Eta stand auf. »Wenn Sie wollen, hole ich schon mal das, was auf dem Schreibtisch liegt.«

»Nein, vielen Dank. Sie gehen heute bitte nicht mehr aus dem Haus.« Er sah Eta lange an. »Sagen Sie mal ...«

»Ja?«

»Wie ist Ihr Lebensgefährte überhaupt auf die Idee mit dieser Uhr gekommen? Ich meine ...«

Eta lächelte verhalten. »Sie meinen, normal ist das nicht?«

Kuno wiegte verlegen den Kopf. »Ich kenne niemanden, der sich so was freiwillig antun würde.«

Eta lugte zur Zimmerdecke, als wollte sie sich vergewissern, dass keine Öffnung darin war, durch die ihr Partner sie belauschen konnte. »Johnny hat mal eine Lebenskrise gehabt. Das war vor vier Jahren, als die Ehe zerbrach und es auch geschäftlich nicht mehr so lief wie in den Jahren zuvor.«

»Eine richtig ernsthafte Krise?«, fragte Kuno.

»Es muss schlimm gewesen sein.« Eta betrachtete ihre Fingernägel. »Bis dahin hat er nur eine Richtung gekannt. Immer steil nach oben. Er hat sich konsequent jeden Traum erfüllt, den er als junger Mann hatte. Frau und Kinder, ein eigenes Unternehmen, ein Haus. Auf einmal stand er da und hatte kein Ziel mehr. Und dann fing auch noch sein Glück an zu bröckeln.«

»Von dem Moment an blieb nur noch die Angst, alles wieder zu verlieren«, sagte Kuno.

Eta nippte an ihrem Wein. »Jedenfalls hat er sich eine Auszeit genommen und einen Selbstfindungskurs bei einem Heilpraktiker und Lebensberater besucht.«

Kuno sah sie ungläubig an. »So, wie ich ihn kennengelernt habe, hätte ich das niemals von ihm gedacht.«

»Ich konnte es mir auch kaum vorstellen. Jedenfalls hat der Berater ihm diesen Tipp gegeben: Rechne deine verbleibende Lebenszeit aus. Stell sie in Sekunden dar. Behalt im Blick, wie sie sich Sekunde für Sekunde herunterrechnet, und mach etwas aus deiner Zeit. Füll sie mit Inhalt, dann verscheuchst du die Angst.«

Kuno schmunzelte. »Den Rat hat er gewissenhaft befolgt, wie man sieht.«

»Er hat sich von dem Heilpraktiker anhand einer Unzahl verschiedenster Faktoren seine vermutlich verbleibende Lebensdauer ausrechnen lassen. Dann hat er einen Software-Entwickler beauftragt, ein Programm zu erstellen und ihm diese dämliche Uhr an die Wand zu hängen.«

»Und die App auf dem Smartphone zu installieren«, sagte Arne. »Weil man immer und überall auf dem aktuellen Stand sein muss.«

»Und?«, fragte Kuno. »Hilft ihm das wirklich gegen seine Ängste?«

Eta schlug die Beine übereinander und kuschelte sich in die Sofaecke. »Zu der Zeit, als es ihm so schlecht ging, kannte ich ihn noch nicht. Aber ich glaube schon, dass diese Uhr etwas bewirkt hat. Er macht es heute noch so: Wenn die Angst in ihm aufsteigt, guckt er auf die Anzeige und ermahnt sich selbst, nicht mehr über ein Versagen zu grübeln oder darüber, was er alles verlieren könnte, sondern etwas Sinnvolles zu tun.«

»Auch eine Lebensweise.« Kuno griff nach seiner Cola und trank einige Schlucke. Er meinte zu spüren, wie das Getränk ihn belebte. »Haben Sie eine Ahnung, wer außer Ihrem Systemadministrator, dem wir nichts unterstellen wollen, die Software manipulieren könnte?«

Eta hob abwehrend die Hände. »Mich dürfen Sie so was bitte nicht fragen, ich kenne mich mit all dem nicht aus. In technischen Angelegenheiten kann Ihnen nur Franco Auskunft geben.« Sie schmunzelte. »Ich bin froh, wenn ich es schaffe, mein Passwort ohne Tippfehler einzugeben.« Nachdenklich strich sie sich mit einer Hand über den Arm. Hinter ihrer Stirn arbeitete es.

Kuno war sicher, gleich würde sie ihm etwas offenbaren, was sie am liebsten nur hinter vorgehaltener Hand sagen würde.

Tatsächlich, sie öffnete den Mund. »Wissen Sie«, sagte sie mit leiser Stimme, »eigentlich dürfte ich nicht drüber reden, aber Sie sollten wissen: In der Familie Quadt läuft einiges nicht richtig rund.«

Kuno und Arne merkten auf. Arne, der von ihnen beiden am muntersten war, rutschte auf die Sesselkante vor. Er nestelte an den Fransen eines Tischläufers herum. »Aber Vater und Tochter verstehen sich bestens.«

Eta legte den Kopf in den Nacken und schloss die Augen für einen Moment. Sie seufzte laut. »Die beiden sind ein Herz und eine Seele. Ganz zum Leidwesen von Alex, Isas Freund. Er versucht immer, sich dazwischen zu drängen, aber das klappt nicht so recht. Manchmal habe ich den Eindruck, er platzt vor Eifersucht auf den Vater seiner Freundin.«

»Und wie ist das mit der Noch-Ehefrau Ihres Partners?«, fragte Kuno spontan. »Wie steht sie zu dieser engen Vater-Tochter-Beziehung?«

»Ach, ich glaube, der ist das egal. Anke hat ein anderes Problem. Sie versucht verzweifelt, ihr Café zum Laufen zu bringen. Solange Johnny sie finanziell unterstützt, ist die Welt für sie im Lot. Aber wenn das mal stoppt ...«

»Frau Quadt betreibt ein Café?«, fragte Kuno. Er warf Arne einen beredten Blick zu und verfluchte, dass keiner von ihnen etwas zu schreiben dabeihatte. Die Gastgeberin wollte er nicht um Papier und Stift bitten. Hoffentlich würden sie sich trotz der Übermüdung, unter der sie beide litten, all die Fakten merken können.

»Anke hat vor zwei Jahren ein Bio-Café in Hörnum eröffnet. An sich ganz nett, nur die Lage ist nicht gerade optimal. Es fehlt die Laufkundschaft. Man muss schon wissen, wo der Laden liegt. Durch Zufall kommt man nicht dahin.«

»Eta!« Johnnys Stimme ertönte vom ersten Stock herab.

Eta sprang auf. »Ich komme«, rief sie und entschuldigte sich bei den Ermittlern.

Arne hockte sich neben Kunos Sessel. »Was passiert, wenn die Quadts geschieden werden? Wird er seiner Ex weiterhin das Café finanzieren?«

Kuno zuckte die Achseln. »Wir fahren morgen zu ihr.«

Arnes Stirn zeigte zwei steile Falten neben der Nasenwurzel. »Will sie ihn umbringen, bevor sie geschieden wird? Schnell noch erben, bevor es zu spät ist?«

»Ein plausibles Motiv wäre das«, raunte Kuno.

Die Stimmen von Johnny und Eta kamen näher.

Arne huschte zu seinem Sessel zurück. »Ja, mit der Uhr, das ist wirklich mysteriös«, sagte er laut und erwies sich als geistesgegenwärtiger Meister darin, ein Gespräch vorzutäuschen, das nicht stattgefunden hatte.

Johnny wirkte verschlafen und missgelaunt. Er entschuldigte sich unverbindlich für seine Abwesenheit und nahm mit Eta auf dem Sofa Platz.

»Herr Knudsen und ich haben uns gerade noch mal über Ihre Lebensuhr ausgetauscht«, sagte Arne.

»Nehmen Sie die Sache jetzt ernst?«, fragte Johnny. »Können Sie sich nach dem zweimaligen Annullieren meiner Lebenszeit mit der These anfreunden, dass es sich nicht um einen technischen Defekt gehandelt hat, der zufällig zeitlich mit dem Schuss zusammenfiel?«

Kuno ging nicht auf den genervten, vorwurfsvollen Ton ein. »Wir waren vorhin bei Alf Leefmann, wie Sie wissen. Es hat ganz den Anschein, als wäre es nicht er, der die Drohne auf Sie gehetzt hat. Bisher können wir auch keine Anhaltspunkte dafür entdecken, dass er den Schuss auf Sie abgefeuert hat.«

»Das war doch klar.«

»Aha?« Johnnys Reaktion machte Kuno neugierig.

»Ich habe keinen anderen Feind als ihn. Er weiß das. Also hat er logischerweise dafür gesorgt, dass die Umstände ganz klar gegen ihn als Täter sprechen. Schlau genug ist er, um so was einzufädeln. Ein Event-Manager eben. Der zieht die Eliminierung meiner Person wie ein Happening auf, gut durchdacht bis aufs i-Tüpfelchen.«

Kuno musste sich zusammenreißen. Bei Quadt hatten sie es mit einem Sturkopf zu tun, der nicht aufhören würde, Alf Leefmann zu beschuldigen, bis der im Gefängnis saß, ob schuldig oder nicht. »Könnten Sie sich ein Motiv für einen Mordanschlag auf Sie in Ihrem privaten Umfeld vorstellen?«, fragte Kuno geradeheraus, um das Gespräch von Quadts Erzfeind abzulenken. »Ihre familiären Verhältnisse scheinen mir nicht ganz unkompliziert zu sein.«

»Mein Privatleben lassen Sie bitte aus dem Spiel. Wie wir innerhalb der Familie miteinander umgehen, ist ganz allein unsere Sache. Meine Antwort auf Ihre Frage lautet klipp und klar: Die Anschläge hängen mit meinem Geschäftsleben zusammen.«

Kuno wunderte sich über die prompte, energische Reaktion. »Ihre Meinung dazu ist unerschütterlich?«

Johnnys Miene blieb stur und ausdruckslos. »Wenn Sie über die Entwicklung der Freundschaft und Feindschaft zwischen Alf und mir im Bilde wären, würden Sie zum selben Ergebnis kommen wie ich.«

»Dann legen Sie mal los«, sagte Arne. »Wir sitzen schließlich nur noch hier, um die Geschichte zu hören.«

Johnny verlagerte das Gewicht auf eine Seite und stützte sich auf die Armlehne des Sofas. »Alf und ich stammen beide nicht von hier. Wir sind in Garding aufgewachsen, auf der Halbinsel Eiderstedt. Da ist nicht mal der Hund begraben, wie Sie sicher wissen.«

»Hmhm«, machte Kuno. »Sehr ruhige Gegend.«

»Als Jungs haben wir davon geträumt, in der großen weiten Welt zu leben und richtig einen draufzumachen. Wenn wir vor Langeweile fast umkamen, haben wir uns in irgendeinem Winkel des Ortes getroffen und uns ausgemalt, was für Events wir veranstalten würden, wenn wir nur irgendwo leben könnten, wo es tolle Locations und viele potentielle Besucher gibt.«

»Andere Jungs kicken auf der grünen Wiese und träumen davon, Karriere als Fußballprofis zu machen«, meinte Arne. »Für Sie beide dagegen war es der größte Traum, Event-Manager zu werden.«

Johnny sah an ihm vorbei ins Leere. Er lächelte versonnen. »Wir haben unsere Pläne im Geheimen ausgeheckt. Unsere Eltern hätten uns für verrückt erklärt, wenn wir ihnen gesagt hätten, was wir vorhatten. Wir sollten natürlich beide was Solides lernen. Das haben wir auch gemacht. Eine kaufmännische Ausbildung.«

»Aber Ihren Traum vom Leben als Veranstalter haben Sie nie aus den Augen verloren«, sagte Kuno.

»Niemals. Wir haben die Ausbildung nur durchgehalten, weil sie eine gute betriebswirtschaftliche Grundlage für unsere spätere Selbständigkeit bildete.«

»Sie wollten sich zusammen selbständig machen?«, fragte Kuno. »Sie beide mit einer gemeinsamen Firma?«

Johnny strich sich die Haarsträhne aus dem Gesicht, die sofort wieder zurückfiel. »Wir haben einen gemeinsamen Business-Plan aufgestellt. Dann sind wir losgezogen und haben bei den Banken in der ganzen Region nachgefragt, ob sie uns Geld für unsere Unternehmensgründung leihen.«

Arnes Augen leuchteten auf. »Wie haben die Kreditgeber auf Ihr Vorhaben reagiert?«

Johnny schnaubte verächtlich. »Einen Vogel haben sie uns gezeigt. Wir sollten erst mal richtig erwachsen werden, haben sie gemeint, und uns als Angestellte in einem anständigen Unternehmen beweisen.«

»Was haben Sie dann gemacht, um Ihre Pläne trotzdem umzusetzen?«

Johnny hob das Kinn und lächelte Arne selbstbewusst an. »Einfach angefangen. Wir haben Klinken geputzt, um Aufträge zu erhalten. Wir haben die Kunden um Vorschüsse gebeten, um uns die technische Ausrüstung, die wir für die Events brauchten, kaufen oder leihen zu können. Wir haben die Ärmel aufgekrempelt und jeden Mist selbst gemacht. Von der Konzeption der Veranstaltung über die Suche nach der passenden Location und die Installation der Technik bis zum Beschriften der Namensschilder und das Beschaffen so wahnsinnig wichtiger Utensilien wie Zahnstocher und Luftballons. Jeder hatte seinen Bereich. Ich war für die Technik zuständig, und Alf hat sich um die stimmige Atmosphäre gekümmert. So haben wir uns mit der Zeit einen Namen gemacht.«

»Das war schon auf Sylt?«, fragte Kuno.

»Nein, immer noch auf Eiderstedt. Wir haben das ganze Gebiet abgeklappert. Zuerst haben wir das neben unserem Angestelltenjob gemacht. Mit der Zeit hat es sich so rentiert, dass wir kündigen konnten. Und dann, fünf Jahre weiter, habe ich den Sprung nach Sylt gewagt.«

»Sie alleine«, fragte Arne, »oder zusammen mit Herrn Leefmann?«

»Nur ich. Das war der erste große Riss zwischen uns. Alf war privat an St. Peter-Ording gebunden. Er wollte dableiben. Später hat er das bitter bereut.«

Kuno runzelte die Stirn. »Wieso?«

»Die Beziehung ging auseinander. Das hat Alf aus der Bahn geworfen. Die Frau, mit der er zusammen war, hatte für wenig Geld in seiner Firma mitgearbeitet.« Mechanisch tätschelte er seiner Lebensgefährtin die Hand.

Eta ließ die Geste mit unbewegter Miene über sich ergehen.

»Als sie sich getrennt hatten, zeigte sich, dass er es alleine nicht schaffte. Er verdiente aber nicht genug, um jemand Fremdes einzustellen. Also hat er sich wieder einen festen Job in einem Betrieb gesucht, während ich auf Sylt mit meiner Agentur richtig Fuß fasste.«

»Daran ist am Ende Ihre Freundschaft zerbrochen?«, fragte Kuno.

150

Johnny lachte verächtlich. »Alf platzte vor Neid, und ja, unsere Freundschaft ging bald in die Brüche. Wie das manchmal so ist, wenn zwei denselben Traum haben und der eine erfüllt ihn sich, während der andere in die Röhre guckt.«

»Hat Alf Leefmann das auch so empfunden, dass er in die Röhre guckte?«, fragte Kuno.

»Natürlich.« Johnny machte eine Geste der Ratlosigkeit. »Alf konnte meine Erfolge nicht ertragen. Es gab keine Telefonate mehr zwischen uns, keine Treffen. Jahrelang hatten wir keinen Kontakt zueinander. Bis er auf einmal in Westerland auftauchte.«

»Um Ihnen Konkurrenz zu machen?«

Johnny lachte indigniert. »Konkurrenz! Er hat sich überall reingedrängt und alles versucht, um mich bei den Kunden schlecht zu reden.«

Kuno bezweifelte, dass es wirklich so gewesen war.

»Herr Leefmann wohnt ziemlich nah bei Ihnen«, sagte Arne. »War das von Anfang an so, nachdem er hierhergezogen war?«

»Alf wollte unbedingt in Westerland leben, und so viele freie Wohnungen gab es in der Stadt nicht. Er hat erst in der Nähe des Bahnhofs gewohnt. Als es ihm finanziell besser ging, hat er sich das Haus in meiner weiteren Nachbarschaft gekauft. Er hat mir immer in allem nacheifern wollen.«

»Dann sind Sie sich in jeder Hinsicht in die Quere gekommen«, meinte Kuno. »Zum einen räumlich, zum anderen beruflich.«

Johnny verscheuchte eine Mücke, die durch die Terrassentür hereingekommen war und vor seiner Nase tanzte. »Klar«, sagte er. »Am Anfang war das auf geschäftlicher Ebene allerdings noch nicht so ein großes Problem. In den ersten Jahren, die wir parallel auf Sylt agierten, war der Kuchen groß genug für zwei Event-Manager.« Er unterbrach sich. Die Erinnerung an den Zeitpunkt, der die unternehmerische Wende eingeleitet hatte, schmerzte offensichtlich.

Kuno studierte Johnnys Miene. »Der Kuchen hat nicht ewig für zwei gereicht, entnehme ich Ihrem Gesichtsausdruck.«

Johnny schüttelte den Kopf. »Vor ein paar Jahren haben die Leute aufgehört, Geld ausgeben zu wollen. Wir standen da mit allem, was wir uns erarbeitet hatten. Mit teuren Geschäftsräumen in guter Lage, Mitarbeitern und natürlich mit all dem, was wir uns privat aufgebaut hatten. Und dann auf einmal wurden die Aufträge knapp.«

Eta hatte sich die ganze Zeit, während Johnny redete, im Hintergrund gehalten. Sie hatte ihm ein Glas mit Orangensaft gefüllt und es unauffällig vor ihn auf den Tisch gestellt.

Er griff nun danach und umklammerte es mit beiden Händen so fest, als wollte er es zerdrücken. »Alf hasst mich. Drei Mal hintereinander habe ich ihm die ›Sylter Sommernachsträume‹, die die Gemeinde jedes Jahr ausschreibt, vor der Nase weggeschnappt.« Stolz blickte Johnny in die Runde. »Wer den Zuschlag für diesen Event bekommt, ist der König von Sylt.« Er hob den Finger. »Der König von Sylt!«

Johnny first, dachte Kuno. *Johnny first.*

Eta sah betreten zu Boden. Ihre Mundwinkel zuckten, und Kuno glaubte, ihre Gedanken zu erraten.

Er selbst konnte nur schwer eine spöttische Bemerkung zurückhalten. Er stellte sich Quadt mit einer Krone auf dem pausbäckigen Haupt vor, einer strassbesetzten Krone, unter der die widerspenstige Haarsträhne wie eine züngelnde Schlange zum Vorschein kam.

Arne mit seiner direkten und manchmal wenig diplomatischen Art brachte die Dinge auf den Punkt. »Wenn Sie tot wären, wäre der Weg zum Thron von Sylt für Alf Leefmann frei.«

Johnny lehnte sich zurück. »Sie haben es erfasst. Alf kämpft zurzeit an allen Fronten. Vor einem halben Jahr ist er in einen Golf-Klub eingetreten. In einen anderen als den, in dem ich Mitglied bin. An der Bar des Klubhauses hat er sich an eine Mitarbeiterin der Gemeindeverwaltung rangepirscht, die für die Ausgestaltung der Ausschreibungen für die ›Sylter Sommernachtsträume‹ zuständig ist. Und was glauben Sie, was passiert ist?« Er machte eine Handbewegung in Richtung der Ermittler, als wollte er sie auffordern, scharf nachzudenken und ihm die Antwort auf seine Frage zu geben.

Die Kommissare zuckten mit den Schultern.

»John-ny«, sagte Eta leise. Sie rieb sich mit den Fingerspitzen über die Schläfen.

»Die Ausschreibung für das nächste Jahr passt zufällig haargenau zu Alfs Licht- und Tontechnik. Es sind ganz neue, spezielle Geräte, die er angeschafft hat. Fragen Sie mich bitte nicht, von welchem Geld.«

»Das geht uns auch nichts an«, sagte Arne.

Johnny winkte ungeduldig ab. »Jedenfalls – wenn ich jetzt nicht ganz groß investiere, bin ich raus aus der Sache. Dann brauche ich mich fürs nächste Jahr erst gar nicht zu bewerben. Und Alf weiß genau, dass ich mir das Spielzeug, das er sich zugelegt hat, im Moment gar nicht leisten kann.«

Arne warf die Hände in die Luft. »Aber dann braucht er doch gar nicht zu versuchen, Sie umzubringen.«

Johnny erstarrte. Ihm schien nur langsam bewusst zu werden, dass die Argumente, die er gerade vorgetragen hatte, nicht zu der Schlussfolgerung passten, von der er die Ermittler seit ihrem ersten Gespräch nach dem Attentat heute Morgen zu überzeugen versuchte.

»Irrtum«, sagte er schließlich. »Nur wenn ich tot bin, kann ich keine Lösung finden, um mich doch noch erfolgreich zu bewerben. Alf kennt mich gut genug. Er weiß, dass ich immer einen Weg suche. Nur wenn er mich tötet, kann er auf Dauer ruhig schlafen.«

Kuno sah ihn lange prüfend an. Sein Eindruck war, dass Johnny nun selbst nicht mehr von Alf Leefmanns Mordplänen überzeugt war. »Wie ist eigentlich das Verhältnis zwischen Ihnen und Ihrem Personal?«, fragte er.

Johnny warf sich in die Brust. »So, wie es sein soll.«

»Es gibt keine Konflikte zwischen Ihnen und einzelnen Mitarbeitern?«

»Wo denken Sie hin? Meine Leute bringen doch nicht ihren Brötchengeber um.«

«Ist das Ihr einziges Argument, das Sie so sicher macht?« Kuno war sich der Provokation bewusst, die in seiner Frage lag.

Johnny guckte verbiestert. »Mein letztes Wort in dieser Sache: Wenn Sie in meiner Familie oder unter meinen Mitarbeitern nach dem Täter suchen, suchen Sie an der falschen Stelle.«

»Okay«, sagte Kuno. »Haken wir dieses Thema für heute ab. Eine letzte Frage hätten wir aber noch, bevor wir gehen. Wie sieht es mit Ihren Drohnen aus?«

»Wie bitte?«

»Herr Leefmann hat uns seine Drohnen freiwillig zur Verfügung gestellt, damit unsere Kriminaltechniker sie untersuchen können«, erklärte Kuno geduldig. »Jetzt würden wir gerne wissen: Über wie viele Drohnen verfügen Sie in Ihrem Unternehmen, und sind die alle noch da oder ist eine davon abhandengekommen? Es könnte auch eine Ihrer eigenen Drohen gewesen sein, mit der Sie angegriffen wurden.«

Eta meldete sich zu Wort. »Wir haben zwei Drohnen. Ich werde gleich morgen nachsehen, ob sie noch im Technikraum stehen.«

»Eta!«, stieß Johnny aus.

Kuno hob sein Cola-Glas und prostete ihm zu. »Vielen Dank für das Gespräch.« Er trank die letzten Schlucke und erhob sich. »Sie sollten Ihr Haus in den nächsten Tagen vorsichtshalber nicht verlassen, Herr Quadt.«

Johnny machte ein Gesicht, als hätte er von ihm verlangt, den Rest seines Lebens als Mönch in einem Kloster im Allgäu zu verbringen. »Wir müssen morgen mit dem Aufbau für unsere Veranstaltung beginnen.«

»Wie ich Sie und Ihr Unternehmen einschätze, sind Sie kommunikationstechnisch bestens vernetzt. Ihre Anweisungen können Sie sicher per Internet vom häuslichen Arbeitszimmer aus erteilen.«

»Die Bühnen und Zelte kann ich aber nicht via Internet aufbauen und die Technik auch nicht.«

Kuno klopfte ihm auf die Schulter. »Keine Sorge, mein Bruder kann Sie nach besten Kräften unterstützen.« Er zwinkerte Eta zu.

Sie geleitete die Ermittler zur Tür. Beim Abschied hob sie wortlos die Achseln, als wollte sie sagen: ›Johnny ist nicht zu helfen.‹

Arne atmete lautstark aus, als er auf dem Fahrersitz saß und den Sicherheitsgurt befestigte. »Bisschen bekloppt ist der Mann ja.« Er startete den Motor.

»Nenn ihn nicht bekloppt«, erwiderte Kuno. »Nenn ihn verschroben. Jeder Mensch hat seine Macke. Der eine schleppt sie unsichtbar mit sich herum, der andere hängt sie sich über den Schreibtisch oder pappt sie sich als App aufs Smartphone.«

Arne fuhr auf eine Straßenkreuzung zu. Er setzte den Blinker, um nach Kampen abzubiegen. »Ich dachte jetzt nicht an die Uhr. Ich dachte an diese fixe Idee, dass Alf Leefmann sein einziger Feind auf der Welt ist.«

»Ach Gott, ja. Da ist er wohl wirklich ein bisschen bekloppt. Ich schätze, dass er all seine Ängste auf diese eine Person projiziert. Aber stopp mal eben.« Er legte Arne die Hand auf den Arm.

Arne bremste und hielt am Straßenrand an. »Was ist los? Ist dir schlecht?«

Kuno lachte müde. »Nee, aber es ist spät genug geworden. Ich will nicht, dass du meinetwegen nach Kampen und dann wieder zurück nach Westerland fährst.«

»Die paar Kilometer.«

»Nein, bitte lass mich hier raus. Ich nehme ein Taxi.«

Arne willigte ein.

Kuno rief ein Taxiunternehmen an und klönte mit Arne, bis der Wagen eintraf. »Leg dich gleich ins Bett, damit du morgen halbwegs ausgeschlafen auf die Wache kommst«, sagte er beim Aussteigen. »Wir haben ein straffes Programm vor uns.«

»Das fürchte ich auch.«

Kuno nannte dem Taxifahrer seine Adresse. Die Lichter der Häuser von Westerland und Wenningstedt glitten an ihm vorbei. Bald lagen diese Orte hinter ihm, und der Wagen fuhr auf das idyllisch gelegene Kampen zu.

Schon bei dem Gedanken an die riesige Heidefläche, die sich zwischen der Landstraße und dem Roten Kliff hinzog, hatte er den unverkennbaren Duft aus Heide, Wildrosen und Salzluft in der Nase, den es in dieser Kombination und Intensität wohl nur an diesem einen, zauberhaften Ort der Welt gab.

Er atmete tief ein.

Auf einmal wurde er mutig. Er wählte Bentes Telefonnummer.

Sie meldete sich sofort, als hätte sie auf seinen Anruf gewartet. »Hey, Kuno.«

»Bist du noch wach?« Seine Stimme klang sonorer als üblich.

»Ich ja. Nur der Fisch ist eingefroren.«

»Auf den kann ich heute Nacht verzichten. Aber wie sieht es mit uns beiden aus?«

12

Kuno schwebte wie auf Wolken, als er das Büro am nächsten Morgen etwas später als üblich betrat.

Arne schenkte ihm nur einen flüchtigen Blick. »Warum hast du mich nicht zurückgerufen?«

Angesichts dieser wenig herzlichen Begrüßung blieb Kuno im Türrahmen stehen. »Zurückgerufen?«

»Ich hab dir auf den Anrufbeantworter gesprochen«, sagte sein Kollege verwundert. »Hat das rote Lämpchen nicht geblinkt?«

Kuno setzte sich, schaltete seinen Computer ein und stierte geschäftig auf den Bildschirm, auf dem nichts als die Startroutine des Betriebssystems zu sehen war. Er streckte beide Hände nach dem Monitor aus und tat, als müsste er ihn in eine passendere Position rücken. »Auf den Apparat hab ich wohl gar nicht geguckt.«

Arne lehnte sich weit zur Seite, sodass er Kuno in die Augen sehen konnte. Ein freches Grinsen machte sich auf seinem Gesicht breit. »Du hast nicht hingeguckt, weil du gar nicht zu Hause warst.«

Kuno fluchte in sich hinein. Sah man es ihm an der Nasenspitze an, dass Bente seit letzter Nacht mehr als nur seine wahnsinnig nette Nachbarin war? Doch wen ging das etwas an? »Natürlich war ich zu Hause.«

Zum Zähneputzen war er tatsächlich in seine Wohnung gegangen. Aber auf den Anrufbeantworter hatte er nicht geachtet. Er wusste nicht einmal, dass der überhaupt eingeschaltet war. Wann hatte ihm zum letzten Mal jemand eine Nachricht darauf hinterlassen? »Wer mich sprechen will, ruft mich nicht in meiner Wohnung in Kampen an, sondern auf dem Handy.«

»Wollte ich auch zuerst. Aber ich dachte mir schon, dass ...« Arne zog den Kopf zwischen die Schultern. »Ich wollte dich und Bente nicht stören.«

Kuno trat die Flucht nach vorn an. Er rollte sich auf seinem Bürostuhl zur Seite. »Du hast mich also angerufen. Was wolltest du mir erzählen?«

Arne blinzelte ihn an. »Während du bei Bente gesessen hast und kleine rote Herzchen aufgeregt über dem Frühstückstisch hin und her geflattert sind, haben die Polizeitaucher sich auf den Weg gemacht. Sie suchen mit vier Mann nach der Drohne.«

Kuno schob eine unsichtbare Maske über sein Gesicht. Mit keiner Regung wollte er Arne zu verstehen geben, was er empfand, wenn er an die letzte Nacht zurückdachte. »Hoffen wir, dass sie fündig werden. Das könnte uns endlich ein Stück weiterbringen. Wenn die Bilder auf der Kamera lesbar sein sollten ...«

»Was ich bezweifle. Wenn so ein Chip stundenlang im Salzwasser gelegen hat, dürfte sich das Auslesen der Daten schwierig gestalten.«

»Warum betreiben wir dann überhaupt den Aufwand und lassen danach suchen?«, fragte Kuno ungehalten. Mit einem Schlag war seine gute Laune verflogen.

Arne schob ihm einen Stapel Blätter zu. »Die Netzwerkprotokolle von Johnny Quadt sind vorhin per Kurier eingetroffen. Ich hab sie kopiert. Eine Version ist für uns, die andere hab ich der KTU gegeben. Die haben sich gleich drüber hergemacht.«

Kunos Gesichtszüge lockerten sich. »Auf das Ergebnis bin ich wirklich gespannt.«

»Was meinst du«, fragte Arne, »ist jemand von außen in das System eingedrungen?«

Durchs Fenster beobachtete Kuno die Wattewolken, die von Westen vorüberzogen. »Ich tippe auf jemanden aus Quadts direktem Umfeld. Der geknackte Tresorcode, der Zugriff auf die Lebensuhr, der Schuss auf ihn frühmorgens im Büro, die Drohne am Abend im Swimmingpool. All das kann nur jemand planen, der sich im Leben von Johnny Quadt bestens auskennt.«

»Das könnte ein Familienmitglied, aber auch ein Mitarbeiter sein.« Arne zog eine Klarsichthülle mit Unterlagen heran. »Ich hab mich in unserer Kundendatei nach dem jungen Mann umgesehen, der gestern Abend bei Alf Leefmann auf der Terrasse saß.«

»Norwin Rojahn? Und, hast du was gefunden?«

Arne platzte sichtlich vor Stolz. Er deutete auf die Dokumente. »Mein Misstrauen hat sich gelohnt. Erinnerst du dich? Der hätte sich doch am liebsten eine Tarnkappe aufgesetzt, als wir aufgetaucht sind. Das war zu auffällig. Außerdem traue ich dem Leefmann nicht hundertprozentig über den Weg, auch wenn er so furchtbar sauber wirkt. Seine Entrüstung über Johnny Quadts Anschuldigungen war mir zu dick aufgetragen.«

Wenn Kuno ehrlich sein wollte: Der Gedanke, dass Leefmann an den seltsamen Vorfällen in Sachen Quadt irgendwie beteiligt sein könnte, hatte sich auch in einem versteckten Winkel seines Kopfes eingenistet. Er streckte die Hand nach den Unterlagen aus. »Zeig doch mal her. Was hat er denn so getrieben, der Herr Rojahn?«

»Er war der Schreck von Eiderstedt. Es gab kaum ein Haus, in das er nicht eingebrochen ist. Geklaut hat er alles, was sich zu Geld machen ließ. Damit hat er seine Drogensucht finanziert, und Dealer war er natürlich auch. Das volle Programm.«

»Hat er gesessen?«

Arne nickte. »Zwei Mal, beide Male Jugendarrest. Als Erwachsener war er mal in eine Schießerei verwickelt. Aber sie konnten ihm nichts nachweisen, es war wohl Notwehr. Danach ist er nicht mehr auffällig geworden.«

Kuno wurde nachdenklich. »Auf der Halbinsel Eiderstedt, sagst du, war er bekannt? Dann sollte Quadt seine Qualitäten kennen. Trotzdem hat er ihn eingestellt.« Kuno schob sich auf seinem Stuhl zurück und stand auf. »Schießen konnte er offenbar auch. Der Gedanke gefällt mir nicht. Lass uns zu Quadt fahren, mit ihm reden.«

»Das halte ich auch für sinnvoll«, sagte Arne. »Er wohnt ja schon länger auf Sylt. Womöglich hat er gar nicht mitbekommen, wen er sich ins Haus geholt hat.«

Sie verließen die Wache und gingen zum Parkplatz. Auf dem Weg zum Wagen meldete Arne ihren Besuch bei Johnny Quadt an.

Kunos Stimmungsbarometer stieg wieder an. Die Temperaturen waren heute nicht so hoch wie in den letzten Tagen. Gerade einmal zwanzig Grad, das ließ sich aushalten. Der Wind wehte kräftig mit einer Stärke von fünf bis sechs. Das war die Brise, die er liebte. Am Strand von Westerland würden die Wellen jetzt so hoch schlagen, wie jeder Nordseeurlauber sich das wünschte. Die eingefleischten Brandungsschwimmer würden sich mit Wonne in die Fluten stürzen. Ihre übermütigen Schreie würde man bis zur Friedrichstraße hören.

»Ich hab noch eine Neuigkeit«, sagte Arne, als er mit dem Funkschlüssel die Wagentüren öffnete. »Das Messer, das am Dünenrand in Rantum gefunden wurde, gehört einem Jugendlichen aus Westerland. Er hat es vor einer Woche beim Fundbüro als verloren gemeldet.«

Die Ermittler ließen sich auf die Sitze gleiten.

»Schade«, sagte Kuno. »Ich hatte gehofft, dass es von Form und Größe her zu den Wunden passt, die Quadt durch das Drohnenattentat davongetragen hat. Dann hätten wir nach den Käufern von Messern dieser Serie suchen können.« Er verstummte verärgert.

Wo war die Spur, die zum Täter führte?

Wenige Minuten später erreichten sie das Haus von Johnny Quadt.

»Der hat sich hier richtig schön eingeigelt«, sagte Arne. Er deutete auf die hohen Sträucher, die das Haus vor den Blicken der Nachbarn verbargen. »Zu drei Seiten von Dünen und Wildrosenhecken umgeben und zur Straße hin eine mannshohe Mauer.«

Kuno sah sich um. »Wer ihm in dieser Festung was antun will, hat den leichtesten Zugang tatsächlich von oben. Wenn es nicht so ernst wäre, könnte man sagen: Die Idee mit der Drohne war irgendwie pfiffig.«

Auf Arnes Klingeln hin zeigte Johnny sich an einem Fenster im oberen Stockwerk. Er winkte den Ermittlern zu und ging hinunter. »Haben Sie endlich einen Beweis für Leefmanns Schuld?«, fragte er. »Meine Drohnen sind beide da, wo sie hingehören, im Technikraum.«

»Wir dürfen?« Kuno deutete zum Wohnzimmer und ging voraus. Sie setzten sich an den Esstisch, und Johnny sah sie stumm an.

»Wie geht es Ihnen heute?«, fragte Kuno.

»Ich denke nicht lange darüber nach. Ich habe zu tun. Sie wissen, wir müssen heute mit dem Aufbau beginnen. Die Zeit ist knapp, und dass ich im Haus bleiben muss, macht die Organisation des Events nicht einfacher. Ich hatte gehofft ...« Er sprach nicht weiter.

Kuno konnte sich denken, wie das Ende des Satzes gelautet hätte, doch er wollte nicht schon wieder eine Diskussion über Alf Leefmann führen. »Herr Quadt, es gibt eine Person in Ihrem Umfeld, die vor einigen Jahren ziemlich hartnäckig mit der Polizei in Berührung gekommen ist.«

Johnny hob den Kopf. »Wen meinen Sie?«, fragte er von oben herab.

»Einen Ihrer Mitarbeiter.«

Johnny lächelte. »Sie sprechen von Norwin Rojahn. Ich kenne seinen Lebenslauf. Er hat mir nichts verschwiegen. Ich habe ihn trotzdem eingestellt. Er hat für seine Taten gebüßt. Und er ist einer, der kräftig zupacken kann. Solche Leute brauche ich.« Plötzlich wechselte sein Gesichtsausdruck. Er biss sich nervös auf die Lippe. »Wollen Sie andeuten, dass Norwin der Täter sein könnte? Das wäre ja ... Ein Skandal wäre das! Ein Mann, den man sozusagen aus der Gosse geholt hat. Dem man die vermutlich letzte Chance in seinem Leben bietet, sich zu bewähren. Den man Monat für Monat bezahlt. Das kann doch nicht ... Ist das Ihr Ernst? Verdächtigen Sie Norwin? Oder haben Sie etwa schon Beweise dafür, dass er es war?« Er stand auf und riss ein Fenster auf. »Entschuldigen Sie, aber bei dem Gedanken wird mir richtig übel.« Er setzte sich wieder an den Tisch und rang die Hände. »Und nun?«

Kuno verstand die Überreaktion. »Bitte beruhigen Sie sich, Herr Quadt. Nein, wir haben keine Beweise dafür, dass Herr Rojahn der Täter ist. Und keiner von uns hat das Recht, ihn vorzuverurteilen. Soweit wir wissen, kann Herr Rojahn allerdings mit Schusswaffen umgehen. Es dürfte nicht viele Menschen in Ihrem Umfeld geben, die dazu in der Lage sind, außer denen aus Ihrem Sport-schützenverein. Aber zu denen pflegen Sie keinen Kontakt mehr, wenn ich Sie richtig verstanden habe.«

»Das ist so. Meinen Sie denn, dass Alf Leefmann sich mit Norwin Rojahn verbündet haben könnte?«

Kuno warf Arne einen warnenden Blick zu, der unnötig gewesen wäre. Sein Kollege saß mit ausdrucksloser Miene da. Er selbst überging Quadts Frage. »Hatten Sie in letzter Zeit Ärger mit Norwin Rojahn?«

»Überhaupt nicht. Im Gegenteil. Er macht sich sehr gut. Ich habe ihm vorsichtshalber für den Anfang nur einen befristeten Vertrag gegeben.« Er lächelte verlegen. »Ein bisschen Vorurteile hat man doch, das bleibt nicht aus. Aber ich spiele mit dem Gedanken, ihn fest einzustellen.«

Das stand im Widerspruch zu der Aussage, die Leefmann gestern gemacht hatte. Kuno runzelte unmerklich die Stirn. »Wovon hängt Ihre Entscheidung ab?«

Johnny Quadt lehnte sich zurück und guckte pikiert. »Von Alf Leefmann natürlich. Wenn der mir einen großen Auftrag nach dem anderen wegschnappt, brauche ich keine Leute mehr, die zupacken können.«

Arne stöhnte auf. »Womit wir wieder beim Thema wären.«

Kuno trat ihm unter dem Tisch auf den Fuß.

Johnny hatte Arnes Bemerkung nicht gehört oder nicht hören wollen. Er schien sich düsteren Gedanken hinzugeben. »Denken Sie, von Norwin geht eine Gefahr für mich aus?«

»Die Frage kann ich Ihnen nicht beantworten. Wir lassen gerade auf dem Meeresgrund nach der versenkten Drohne suchen, und unsere IT-Spezialisten analysieren

Ihre Netzwerkprotokolle. Wir hoffen, dass wir dann endlich ein Stück weiterkommen. Herr Rojahn ist nur in unseren Fokus gerückt, weil er der Einzige ist ...«

»... der schießen kann und eine kriminelle Vergangenheit hat«, sagte Quadt und lachte bitter. »Wie leicht Menschen doch in Verdacht geraten, wenn ihr Lebenslauf nicht ganz unbefleckt ist.«

»Einspruch«, warf Arne lautstark ein. »Jeder Mensch kann in Verdacht geraten, auch wenn er bisher nie mit dem Gesetz in Konflikt geraten ist. Fragen Sie mal Alf Leefmann.»

Stillschweigend gratulierte Kuno seinem Kollegen zu diesem Seitenhieb, der seine Wirkung nicht verfehlte. »Wie dem auch sei«, sagte er zu Quadt. »Wir wollten Sie nur für die Situation sensibilisieren, in der Sie sich befinden. Sie sollten sich auch jetzt, wo jede Hand für die Vorbereitung Ihres Events gebraucht wird, von niemandem dazu hinreißen lassen, aus dem Haus zu gehen. Auch nicht von Ihren engsten Mitarbeitern.«

»Schon verstanden. Wenn ich das Gefühl habe, dass mich jemand in eine Falle locken will, weiß ich jedenfalls, an wen ich mich wenden kann.«

Er begleitete die Ermittler zur Tür. Mit der Klinke in der Hand blieb er stehen. »Auch wenn ich Ihre Antwort kenne, Herr Knudsen – ich würde zu gerne in Ihrer Gegenwart mit Alf Leefmann reden.«

»Was versprechen Sie sich davon?«

»Klarheit.«

»Klarheit worüber?«, fragte Kuno.

Johnny machte den Rücken lang in dem Bestreben, mit ihm auf Augenhöhe zu gelangen. »Wissen Sie was? Der Typ will mich nur fertigmachen. Der will mich gar nicht umbringen, verstehen Sie? Der will einfach nur, dass ich im Irrenhaus lande. Dann hat er das Event-Geschäft auf Sylt für sich. Dann muss er nichts mehr mit mir teilen. Darüber will ich mit ihm reden.«

Arne schob sich dazwischen. »Herr Quadt, wir sind von der Mordkommission. Wir klären versuchte oder vollendete Tötungsdelikte auf. Vermittelnde Gespräche zwischen zwei Geschäftsleuten sind nicht unser Metier. Wie Sie Ihr Business auf der Insel untereinander aufteilen, das müssen Sie bitte ohne uns klären.«

Quadt öffnete den Ermittlern mit beleidigter Miene die Tür und ließ sie an sich vorbeiziehen.

Kuno verließ das Haus mit dem unguten Gefühl, wie ein banausenhafter Gelegenheitssegler vom Wind über den Ozean getrieben zu werden, ohne die Richtung selbst bestimmen zu können. Er schlug im Vorbeigehen mit der Faust auf die Motorhaube des Dienstwagens und plumpste frustriert auf den Beifahrersitz.

»Was'n los?«, fragte Arne.

»Ich blick nicht mehr durch. Haben wir es mit ernstzunehmenden Mordanschlägen zu tun oder bloß mit zwei durchgeknallten Geschäftsleuten?«

Arne klopfte ihm freundschaftlich aufs Bein. »Geduld, Kollege. Du gibst doch sonst nicht so schnell auf.« Er grinste Quadt zu, der am Fenster stand, und fuhr los.

»Wo soll ich denn Geduld hernehmen, nach zwei Attentaten? Wer weiß, was noch passiert?«

Arne runzelte die Stirn. »Lass uns mal nachdenken, wo wir stehen. Wir haben Leefmann mit einem zweifelhaften Motiv und seinen Alibis. Wir haben Norwin Rojahn mit seiner unrühmlichen Vergangenheit.«

»Anke Quadt ist auch nicht uninteressant.«

»Quadts Noch-Ehefrau gucken wir uns als Nächstes an«, sagte Arne. »Und am besten auch noch einmal die Tochter und ihren Freund Alex Brinkmann. Die beiden gefallen mir nicht. Und diesen Franco Sturlese?«

Kuno schnaufte durch. »Wir warten jetzt ab, was die Auswertung der Netzwerkprotokolle ergibt. Vorher hat es keinen Sinn, weitere Befragungen durchzuführen.«

Arne stimmte ihm zu. »Die Null auf der Lebensuhr, die wir zuerst nicht ernst nehmen wollten, erweist sich jetzt als einziger Lichtblick, der uns bei der Suche nach einer konkreten Spur bleibt. Das ist schon verrückt.«

»Wenn wir Glück haben, fischen die Taucher die Drohne aus dem Meer, und wenn wir noch mehr Glück haben, hat der Täter mit der Kamera ein Selfie gemacht, bevor er sie auf die Reise zu Quadt geschickt hat.«

Arne lachte. »Das kannst du haben, dass zumindest seine Schuhspitzen auf dem ersten Bild zu sehen sind. Das könnte uns auch schon weiterhelfen.« Er lenkte den Wagen auf die Wache zu.

Kuno zeigte zur Windschutzscheibe hinaus. »Oh nein, guck mal da. Okko und Friedrich.« Er stieg aus und ging auf seinen Bruder und den Inselreporter zu. »Was macht ihr denn hier?«

Okko klopfte ihm auf die Schulter. »Danke für den herzlichen Willkommensgruß. Wir wollten mit dir klären, wo wir wohnen können.«

»Sag bloß, ihr habt keine Unterkunft gebucht.«

»Das war nicht das Thema.«

Okko gab sich erstaunlich souverän. Die Gegenwart von Friedrich Fliegenfischer schien ihm ein Selbstbewusstsein zu verleihen, das Kuno von seinem Bruder nicht kannte.

»Ihr habt doch bestimmt alle beide einen Jugendher-
bergsausweis.«

»Haben wir«, sagte Friedrich. »Aber aus dem Stadium,
in solchen Häusern zu übernachten, sind wir raus.«

Arne drückte sich an Kuno vorbei. »Ich geh dann
schon mal ins Büro.«

»Feigling«, rief Kuno ihm hinterher.

»Kuno?« Arne kehrte zurück. »Mit fällt gerade was
ein. Du hast doch eine neue Schlafgelegenheit. Können
Okko und Friedrich nicht bei dir in der Wohnung unter-
kommen? Für die paar Tage, die sie hier sind?«

Das war also Arnes Rache für die nicht ernst gemein-
te Beschimpfung. Kuno grollte innerlich.

Okkos Augen leuchteten auf. »Du hast 'ne neue
Wohnung?«

»Nein, keine neue Wohnung, nur eine Ausweichgele-
genheit. Ich kläre die Sache und melde mich später bei
dir. Du hast gleich einen Termin, soweit ich informiert
bin. Kennst du den Weg zu Eta Quadt?«

Friedrich legte den Arm um Okkos Schultern. »Ich
zeig ihm den schon. Ich kenn mich aus.«

Kuno wandte sich von den beiden Besuchern ab und
begleitete Arne die Treppe hinauf in ihr Büro im ersten
Stock der Wache.

Einer der IT-Experten, die die Netzwerkprotokolle
einer ersten Durchsicht unterzogen hatten, lief ihnen
auf dem Flur in die Arme. »Da seid ihr ja endlich. Ich
hab schon ein paar Mal nach euch gesehen.«

Kunos Herz klopfte schneller. »Habt ihr was Span-
nendes gefunden?«

Der Kollege strahlte. Er folgte den Ermittlern in deren Büro, schloss die Tür und zog einen Stuhl an Arnes

Schreibtisch heran. »Wir haben die Netzwerkprotokolle geprüft und mit der Liste der Anwender und ihrer Zugangsdaten abgeglichen. Aus den Protokollen war ersichtlich, dass die Lebensuhr zwei Mal verstellt wurde.«

»Von außen?«, fragte Kuno voller Ungeduld.

»Das System wurde eindeutig nicht gehackt. Nur die zugelassenen Anwender, also Quadt selbst und seine Mitarbeiter, haben auf die Programme zugegriffen. Die Zugriffe erfolgten allesamt von Computern, die zu dem Netzwerk gehören. Es wird noch eingehendere Prüfungen bezüglich der verwendeten Rechner geben. Wir sind da zurzeit am Ball.«

»Wisst ihr, wann an der Uhr gedreht wurde?«

Der Kollege nickte. »Das erste Mal wurde die Software vorgestern Morgen manipuliert, also rund vierundzwanzig Stunden, bevor auf Quadt geschossen wurde.«

»An Quadt vorbei«, sagte Kuno stereotyp.

»Gestern Abend haben sich dann merkwürdige Dinge ereignet. Zuerst wurde die Lebensdauer so eingestellt, wie sie berechnet worden war. Anschließend wurden die Zugangsdaten der Nutzer geändert. Zu dieser Zeit war nur eine einzige Person im System aktiv. Sie hat sich vom System abgemeldet, kurz darauf hat sie sich erneut angemeldet und die Software nochmals so geändert, dass die Anzeige wieder auf null springen musste.«

»Wann war das?«

»Kurz bevor die Drohne auf Quadt losging. Und wieder war nur diese eine Person im System aktiv.«

Kuno fuhr hoch. »Ja, verdammt, wer war das denn nun?«

»Der Systemadministrator. Franco Sturlese.«

13

Sei ein Hammer, kein Amboss.

Johnny erinnerte sich nur selten an den Lieblingsspruch seines Ausbilders. Aber wenn, dann dachte er dabei an Alf. Es war an der Zeit, dass er hammerhart agierte. Er würde Alf zu einem Gespräch auffordern. Unter vier Augen, von Mann zu Mann.

Die Handynummer seines Kontrahenten hatte er in keinem Gerät gespeichert. Er kannte sie auswendig, und er wählte sie eigenhändig, ohne Amanda dafür zu bemühen.

Der Rufton ertönte einmal, zweimal, dreimal. Johnny wurde nervös. Doch endlich kam die Erlösung.

»Johnny Quadt, welch seltener Gast in meiner Leitung.« Alf sprach mit dieser einschmeichelnden Stimme, die so charakteristisch für ihn war. Als wäre Johnny eine der Damen, die er sich gelegentlich gönnte.

Johnny kam direkt zum Punkt. »Wir müssen reden.«

Stille in der Leitung.

»Heute Abend um einundzwanzig Uhr in Hörnum.«

»So spät?«, fragte Alf verwundert.

»Fürchtest du dich bei Sonnenuntergang im Freien?«

»Willst du dich mit mir duellieren?«

Johnny lachte leise. »Kommt drauf an.«

Stille. Dann: »Wo treffen wir uns?«

»Bei der Bank in dem Wald südlich vom Südkap.«

Ein Feuerzeug klickte. Wieder herrschte Stille, dann stieß Alf Rauch aus. »Du meinst, rechts rein in den Waldweg südlich von dem Restaurant und dann bis zur Lichtung durch?«

»Genau da.«

»Okay. Was wird das Thema sein?«

Johnny schwieg aufreizend lange. »Bis heute Abend«, sagte er schließlich. »Ich werde pünktlich sein. Dasselbe erwarte ich von dir.« Er legte auf.

Angespannt schritt er ans Fenster seines Arbeitszimmers. Der Garten lag da wie ein verlassenes Paradies.

Er hatte Eta versprochen, die Terrassentür fest verschlossen zu halten. Bevor sie heute früh aus dem Haus ging, hatte sie ihm angekündigt, sie werde ihn jede Stunde einmal anrufen. Er hatte ihr das ausgeredet. Sie sollte sich auf die Arbeit konzentrieren. Heute Abend standen die Generalproben für die Technik an. List, Kampen, Westerland, in der Reihenfolge sollte Eta vorgehen. Er hatte ihr versprochen, sich gegen Mittag und am späteren Nachmittag bei ihr zu melden.

Die Sonne war hinter Schleierwolken verborgen. Die Temperaturen würden heute längst nicht so hoch steigen wie in den letzten Tagen. Am Abend würde es den Urlaubern zu kühl sein, um lange am Strand zu sitzen.

Das passte ins Konzept, denn wenn die Partybühnen aufgebaut und Licht- und Tontechnik getestet wurden, wollte er keine ungebetenen Zuschauer haben. Zeugen für Pannen waren das Letzte, was er brauchte.

Er wandte sich um und nahm wieder an seinem Schreibtisch Platz.

Nun Isa anrufen. Er drückte auf die Kurzwahltaste.

»Hi, Daddy, du bist es wirklich. Ich glaub es nicht!«

Isas kindliche Stimme überschlug sich, als wäre er ein Popstar, dessen Anruf sie bei einem dieser infantilen Spiele eines Radiosenders gewonnen hatte. *Ihr hört gleich ein paar Takte eines Titels von Ronny Superstar. Der erste Anrufer, der den Song errät, gewinnt ein Telefonat mit seinem Idol.*

Johnny hob die Stimme »Wie geht es dir, mein Püppchen?«

»Ich mach mir Sorgen um dich.«

Er seufzte laut. »Es ist eine ziemlich üble Situation. Die Polizei hat noch keine Spur. Meinen Verdacht teilen sie offenbar nicht. Sie lassen Alf in Ruhe.«

»Dabei hat Alex so glaubhaft geschildert, was er beobachtet hat.« Der Wunsch nach Anerkennung durch ihren Vater sprach aus Isas Stimme.

»Mach dir keine Gedanken, Püppchen. An Alex liegt es sicher nicht. Du kennst doch Alf. Er ist ein perfekter Schauspieler, er überzeugt selbst den erfahrensten Kriminalkommissar.«

»Aber es kann doch nicht so weitergehen.«

Weinte Isa? Wenn Anke sich jemals so um ihn und seine Geschäfte gesorgt hätte!

Johnny setzte sich aufrecht hin und stützte den Ellenbogen des Arms, mit dem er das Handy hielt, auf die Tischplatte. Mit der anderen Hand nahm er einen Stift und schrieb *20.30 Uhr* oben auf ein Blatt Papier. »Hör zu, Püppchen, ich hab einen Plan.«

Isa zog die Nase hoch. Dann schnäuzte sie sich. »Ja?«

»Seid ihr heute Abend zu Hause, Alex und du?«

»Ja, wir werden bei Alex sein. Seine Eltern sind noch in Griechenland, wir haben das ganze Haus für uns. Alex will auf der Terrasse grillen. Hast du Lust, vorbeizukommen?«

Eta rief auf dem Festnetz an. Johnny drückte den Anruf weg. Sie versuchte es sofort ein zweites Mal. »Moment mal eben«, sagte er zu Isa und nahm den Hörer ab. »Ich telefoniere gerade, Eta. Ich ruf gleich zurück.« Dann sprach er wieder zu Isa. »Ich komme auf jeden

Fall vorbei, aber zum Essen schaffe ich es nicht, es sei denn, ihr grillt erst spät am Abend.«

»Alex will den Grill um sechs Uhr anschmeißen«, sagte Isa. »Dann dauert es noch eine Zeit, bis die Steaks soweit sind. Ich denke, ab sieben Uhr kann's losgehen. Ich mache deinen Lieblingssalat dazu.«

»Sieben Uhr ist zu früh für mich. Vor halb zehn werde ich nicht bei euch sein, vielleicht sogar erst um zehn, je nachdem ...«

»Was hast du vor?«

Er malte einen Kreis um die Uhrzeit auf dem Zettel, der vor ihm lag. »Ich treffe mich heute Abend mit Alf zu einem Gespräch.« Er schwieg, um Isa Zeit für eine Reaktion zu geben.

»Du triffst dich mit Alf? Bist du verrückt? Er hat dich zweimal umbringen wollen.« Ihr Tonfall war eine Mischung aus Entsetzen und Hysterie.

»Er spielt mit mir.« Johnny war stolz darauf, wie sicher seine Stimme klang. »Er spielt mit mir, und ich werde dieses Spiel beenden. Ich – mach – ihn – platt.« Bei jedem Wort dieses Satzes tippte er mit der Spitze des Kugelschreibers auf die Tischplatte.

»Bist du sicher, dass das ein guter Plan ist?«

Johnny lehnte sich auf dem Bürostuhl weit nach hinten und schlug die Beine übereinander. »Ich bin inzwischen überzeugt, er will mich gar nicht umbringen. Wenn er das wollte, hätte er es längst geschafft. Er will mich nur einschüchtern. Aus dem Geschäft verdrängen. Mobben, verstehst du? Er will nicht mein Leben, er will meine Kunden. Er versucht mit seinen Aktionen einfach nur, mich so weit zu bringen, dass ich Angst bekomme und mich aus dem Business zurückziehe.«

»Aber er verübt Anschläge auf dich, Daddy. Da muss die Polizei was tun, nicht du.«

»Die Polizei braucht zu lange. Ich kann nicht mehr warten. Denk an die ›Sommernachtsträume‹. Das ganze Jahr haben wir darauf hingearbeitet. Du glaubst doch wohl nicht, dass ich als derjenige, der dieses Wahnsinnsspektakel veranstaltet, im Haus sitzen bleiben will, während ganz Sylt an den Stränden feiert? Ich will die Sache mit Alf geklärt haben, bevor die Veranstaltung startet.«

»Dann komme ich mit«, sagte Isa entschlossen. »Du darfst nicht alleine hin, Daddy, und ich kann nicht hier sitzen, ohne zu wissen, was passiert. Wenn ich dabei bin, wird Alf dir nichts tun.«

»Nein, mein Püppchen, dieses Gespräch ist Männersache. Du bleibst bei Alex, und ich komme dazu, wenn ich mit Alf gesprochen habe. Wir sind in Hörnum verabredet. Von da aus komme ich direkt zu euch.«

»Warum in Hörnum? Ihr wohnt beide in Westerland. Ihr seid fast Nachbarn. Warum trefft ihr euch nicht bei ihm oder dir zu Hause oder in einem Strandbistro?«

»Ich will das an einem neutralen Ort machen und schon gar nicht vor den Augen der Öffentlichkeit.«

»Aber warum so spät?« Isa war den Tränen nah.

»Ich sag doch, ich will nicht gesehen werden. Ich mach das an der Polizei vorbei, verstehst du? Ein geheimes Treffen an einem geheimen Ort nach Dienstschluss der ermittelnden Kriminalkommissare.«

»Hmm ...«

Johnny guckte auf die Uhr. Es wurde Zeit, das Gespräch zu beenden. Er hatte mit Eta noch einiges zu bereden. Und dann das Treffen mit Alf ... Dieser Tag würde einer der bedeutendsten in seinem Leben werden.

»Hör zu, Püppi, ich muss Schluss machen, ich hab noch viel zu tun. Du hörst jetzt auf, dir Sorgen zu machen, und heute Abend komme ich bei euch vorbei.«

Isa schwieg. Er hörte sie atmen. »Daddy?«

»Ja?«

»Wo trefft ihr euch genau?«

Johnny lachte. »Das werde ich dir gerade auf die Nase binden. Nachher komme ich da an, und du bist eher da als Alf und ich.«

»Nein, ganz bestimmt nicht«, sagte Isa verärgert. »Aber wenn was passiert ... Ich muss doch wissen, wo ich dich finden kann.«

Er gab nach. »Wir treffen uns in der Nähe des Restaurants Südkap. In dem Wald südlich davon.«

»Sag mir eine Zeit, zu der ich die Polizei anrufen soll, wenn du bis dahin nicht hier bist.«

Er überlegte. »Pass auf, wir machen das so. Ich treffe mich mit Alf um halb neun. Gegen neun ruf ich dich an. Sollten wir länger brauchen, melde ich mich um halb zehn noch mal. Aber ich denke, dass wir bis dahin die Dinge geregelt haben. Ich mach es kurz und knapp. Um zehn Uhr herum sollte ich bei euch sein. Wenn ihr dann ein Steak und ein Bier für mich übrig habt, esse ich noch einen Happen mit euch. Ist das ein Wort?«

»Okay«, sagte Isa wenig überzeugt.

»Kopf hoch, Püppchen. Bevor die Sonne wieder aufgeht, ist der Albtraum vorbei. Das verspreche ich dir.«

»Okay.«

Na also. Da klang doch ein Lächeln durch.

Johnny beendete das Gespräch. Er notierte:

21.00 Uhr Anruf Isa

21.30 Uhr / 22 Uhr Essen bei Isa und Alex

Er warf den Kugelschreiber auf den Tisch und rief Eta an. »Sorry, ich hatte ein Gespräch mit Isa. Das konnte ich nicht unterbrechen.«

»Schon klar. Ich wollte dich auch nur informieren, dass alles seinen Gang geht.«

Das hatte er erwartet. Eta war perfekt im Organisieren. »Verstehe«, sagte er säuerlich. »Du willst sagen, ihr habt festgestellt, dass ich völlig überflüssig bin.«

»Du weißt, wie ich das meine. Du brauchst dir keine Sorgen zu machen. Wir sind ein eingespieltes Team. Den Bruder des Kommissars habe ich auch mit eingespannt. Er hat sich gleich an Norwin gehängt. Wie es aussieht, haben die beiden sich gesucht und gefunden.«

»Der Norwin und der Bruder vom Knudsen?«

»Warum nicht?«

»Norwin, dieser Eigenbrötler, arbeitet doch am liebsten alleine.«

»Da irrst du dich«, sagte Eta. »Er findet es ganz in Ordnung, Unterstützung zu haben. Für einen alleine ist es auch viel zu anstrengend, all die Kartons zu schleppen.« Sie lachte verstohlen. »Der Okko Knudsen hat auch einen etwas schrägen Lebenslauf. Ich glaube, der ist nur knapp am Knast vorbeigeschrammt.«

Johnny nahm wieder den Stift zur Hand. Er spürte die Nervosität in sich, die ihn immer vor einem großen Event überkam. »Du fährst dann am Abend, wie besprochen, der Reihe nach die Veranstaltungsorte ab?«

»Mach ich«, sagte Eta. Papier raschelte. »Die Checklisten liegen schon bereit.«

»Gut. Du fängst bitte in List an. Anschließend fährst du nach Kampen und zum Schluss prüfst du in Westerland, ob alles korrekt aufgebaut ist.«

»So hatte ich das auch geplant. Es wird sicher weit nach Mitternacht werden, bis ich nach Hause komme.«

»Das weiß ich. Ich melde mich zwischendurch noch mal. Mach's gut, mein Schatz.« Er streckte den Arm aus, fuhr mit dem Finger über die Kanten seines Monitors und wartete einen Augenblick. »Eta?«

»Ja?«

»Ich liebe dich«, sagte er kaum hörbar.

»Ich dich auch.«

Johnny schmunzelte. Er wollte noch etwas sagen.

Doch Eta hatte aufgelegt.

Er legte das Handy weg, da klingelte es wieder auf dem Festnetztelefon. »Quadt«, meldete er sich.

»Hauptkommissar Knudsen. Moin, Herr Quadt. Ich weiß, Sie haben jetzt alle Hände voll zu tun, und ich störe Sie höchst ungern bei Ihren Vorbereitungen.«

Johnny hob den Kopf. »Sie haben sicher ein dringendes Anliegen, wenn Sie es trotzdem wagen.«

»Das habe ich«, sagte Knudsen seelenruhig.

List, Kampen, Westerland schrieb Johnny auf die untere Hälfte des Zettels. Die Uhrzeiten würde er später notieren. »Darf ich erfahren, worum es sich handelt?«

»Es geht um die Zugangsdaten Ihrer Mitarbeiter zu den IT-Systemen Ihres Unternehmens«, fuhr Knudsen fort. Er machte eine Pause.

Johnny wurde ungeduldig. »Was ist damit? Wollten Sie nicht herausfinden, wer an der Uhr gedreht hat?«

»Sie haben nur einen einzigen Systemadministrator, wie wir den Unterlagen entnehmen konnten, die Sie uns überlassen haben.«

»Das ist richtig. Franco Sturlese hat alles im Griff. Einen zweiten brauchen wir nicht.«

Der Kommissar warf jemandem, der bei ihm im Raum war, ein paar Worte zu. Dann sprach er wieder in den Hörer. »Herr Quadt, wie ist denn das bei Ihnen geregelt, wenn Herr Sturlese im Urlaub ist? Sie müssen doch jemanden haben, der Ihre Systeme wieder ans Laufen kriegt, wenn sie abgestürzt sind oder wenn Sie mal einen Stromausfall hatten.«

»Ach so, ja. Eine Vertretung hat Franco natürlich.«

»Und die wäre wer?«

»Norwin Rojahn.«

Die Antwort brachte den Kommissar zum Schweigen. Es dauerte, bis er sich wieder zu Wort meldete. »Der steht aber nur als ganz normaler Anwender auf der Liste. Hat er Administratorberechtigung?«

Johnny strich sich die eigenwillige Haarsträhne aus der Stirn. »Da müssen Sie bitte Herrn Sturlese fragen, wie er das geregelt hat. Das ist alleine sein Bereich.«

»Hat Herr Rojahn denn überhaupt die passende Ausbildung, um so tief in technische Systeme einzusteigen?«, fragte Knudsen.

Johnny lachte. »Für manches ist der Knast schon gut. Norwin hat während der Zeit, die er gesessen hat, eine Ausbildung in Informatik absolviert. Er hat sie nicht abgeschlossen, aber mit Computern umgehen, das kann er.«

Knudsen gab unartikulierte Laute von sich. Johnny stellte sich vor, wie er sich dabei die Haare raufte.

»Er hat aber nicht etwa auch gelernt«, fragte Knudsen, »die elektronischen Schlösser von Tresoren zu knacken?«

14

»Na, du Spanner?«

Okko zuckte zusammen. Dabei kannte er die Stimme in seinem Rücken nur zu gut. Der, dem sie gehörte, sollte bloß nicht so tun, als hätte er selbst noch nie heimlich aus einem Versteck heraus in ein Fenster gespäht.

Er wandte sich um und bedachte den Mann, der sich hinter ihn gehockt und eine Pranke auf seine Schulter geschlagen hatte, mit einem giftigen Blick. »Pssst.« Beherzt langte er in Fliegenfischers graumelierte Mähne und zog den Kopf des Inselreporters nach unten.

Friedrich entzog sich dem Griff, indem er seinen Oberkörper wegdrehte, soweit das in dieser gebückten Haltung möglich war. »Was treibst du denn hier? Holst du dir Anregung in anderer Leute Schlafzimmer?«

»Du musst gerade lästern! Ich befinde mich in einer Informationsbeschaffungsphase zwischen den Arbeitseinheiten intelligente Gesprächsführung und verantwortungsvolles Ordnungsmanagement.«

»Hä?« Friedrich schüttelte seinen Kopf wie ein zotteliger Ungarischer Hirtenhund, der gerade den Nordseewellen entsprungen war.

Okko deutete mit dem Finger auf das Haus von Johnny Quadt, das in dem Garten schräg vor ihm lag. Über einen schmalen Trampelpfad, der von brusthohen Hecken aus Wildrosen gesäumt war, war er vorhin auf allen vieren die Düne hinaufgekrochen bis ungefähr anderthalb Meter unterhalb des Dünenkamms. Der Pfad musste der illegale Privatweg sein, über den Quadt und seine Familie sich unter Missachtung des Dünenschutzes einen schnellen Zugang zum Strand verschafft hatten. Einer wie Quadt konnte sich das leisten, ohne für diesen Frevel an der Natur Konsequenzen von Seiten der Kommunalverwaltung befürchten zu müssen.

»Wie lange hockst du schon hier?«, fragte EffEff.

»So lange, wie dein alter Knastkumpel Norwin da drin ist.« Okko deutete mit dem Kopf auf das Haus.

Ein Zimmer im ersten Stock war erleuchtet, und in dem Raum lief Johnny Quadt auf und ab. Norwin stand mit dem Rücken zum Fenster, die Handballen auf die Fensterbank gestützt.

Johnny redete unermüdlich auf ihn ein. Eine Hand steckte in der Hosentasche, mit der anderen zerhackte er gnadenlos die Luft. Sein Gesicht war das eines Dozenten, der einem überaus begriffsstutzigen Studenten verzweifelt die banalsten wissenschaftlichen Theorien einbläuen will.

»Um was geht's denn da?«, fragte Friedrich.

»Hab ich dem Norwin etwa ein Mikrofon in der Hose versteckt?« Okko tippte sich an die Stirn. »Der Chef hat ihn vorhin angerufen und in seine Privatgemächer gebeten. Der denkt mal wieder, ohne ihn geht es nicht. Dabei hat er eine Frau, die das alles alleine wuppt. Die Eta.« Er lächelte Friedrich verträumt an. »Tolles Weib.«

Friedrich robbte sich etwas näher an Okko heran. »Was hast du für einen Eindruck? Verträgt der Norwin sich mit dem Chef?«

Okko heftete seine Blicke starr auf das, was sich in dem erleuchteten Raum abspielte. »Guck dir die beiden an. Sieht das nach einem harmonischen Arbeitsverhältnis aus?« Er warf Friedrich einen kurzen Blick zu.

Der zuckte mit den Schultern. »Nicht wirklich. Was sagt Norwin denn so, wenn ihr zusammenarbeitet?«

Okko ahmte Norwins Stimme nach. »Die Kisten mit der Tontechnik kommen auf den Wagen da drüben und die mit der Lichttechnik auf den da hinten. Und pass auf, dass du nichts fallen lässt.«

Friedrich versetzte Okko einen Fausthieb in die Rippen, der ihn aus dem Gleichgewicht warf. »Hey, komm, ich hab dich nicht ohne Grund hierhin vermittelt. Du bist mir Informationen schuldig.«

»Die verschaff ich dir gerade. Was meinst du, warum ich hier auf der Düne rumhänge?« Okko rappelte sich auf und ging wieder in die Hocke. Er wischte sich mit dem Ärmel seines Sweatshirts über den Mund. »Ich glaub, du hattest recht. Norwin plant was Geschäftliches mit dem Leefmann.«

Friedrich krallte sich an Okkos Arm. »Sicher?«

»Ziemlich sicher.« Warum hatte Friedrich ihm diesen Job vermittelt, wenn er ihm doch nicht zutraute, Dinge in Erfahrung zu bringen? Einen Attentäter zu überführen brauchte seine Zeit. Wer sollte das besser wissen als der Bruder eines Kriminalhauptkommissars der Mordkommission?

»Du hast was rausgefunden? So schnell?«

Okko hörte ein verstecktes Lob aus Friedrichs Worten heraus. »Natürlich hab ich was rausgefunden.« Er ließ den Reporter genüsslich zappeln. Mit zusammengekniffen Augen stierte er auf das Fenster. »Guck mal, jetzt bleibt der Quadt auf einmal ganz ruhig stehen. Nu' guckt er richtig friedlich. Noch zwei Sekunden, dann streichelt er dem Norwin die Wange, pass auf.«

Plötzlich hob Norwin die Hände, schubste Johnny Quadt von sich weg und stürmte aus dem Zimmer. Quadt blieb wie erstarrt stehen und sah ihm hinterher.

Friedrich machte den Hals lang.

Okko legte eine Hand auf seinen Kopf und drückte ihn wieder hinunter. »Geh in Deckung, Mann. Wir bleiben noch einen Augenblick hier, bis der Quadt sich an seinen Schreibtisch gesetzt hat und auf den Bildschirm stiert. Dann muss ich wieder an die Arbeit.«

Der Reporter schielte zu dem erleuchteten Fenster hinüber. »Wie kommst du darauf, dass Norwin was mit dem Leefmann plant? Hat er dir das erzählt?«

Okko nickte mit offenem Mund. Er wollte zu reden beginnen. Doch das Diensthandy, das Eta ihm ausgehändigt hatte, damit er sich mit den Kollegen verständigen konnte, meldete den Eingang einer SMS.

Friedrich stupste ihn mit dem Ellenbogen an. »Ich würde den Ton noch ein bisschen lauter stellen, damit der Quadt da oben in seinem Arbeitszimmer auch mitbekommt, dass er von jemandem hinter seiner Gartenhecke beobachtet wird.«

Unbeeindruckt von Fliegenfischers ironischer Bemerkung las Okko den Text auf dem Display. »Norwin erwartet mich in fünf Minuten am Lkw. Ich muss los.«

Friedrich hielt ihn am Ärmel fest. »Erst sagst du mir, was du über den Norwin und den Leefmann weißt.«

Okko zog die Nase hoch. »Der Norwin wird nicht beim Quadt bleiben. Er hat nur einen befristeten Vertrag. Der Quadt nutzt ihn ganz schön aus. Norwin schuftet wie ein Ochse, aber wenn er nach einer Festanstellung fragt, jammert der Chef rum, dass der Leefmann ihm das Geschäft versaut und er nicht weiß, ob er sich bald überhaupt noch Leute leisten kann.«

»Dann wäre es doch das Gescheiteste«, sagte Friedrich, »Norwin würde sich beim Leefmann bewerben.«

»Hat er schon getan. Aber ...«

»Aber was?«

Noch nie in seinem Leben hatte Okko sich so bedeutend gefühlt wie in diesem Augenblick. Sein inneres Kino spulte eine Schlagzeile ab:

Bruder des Hauptkommissars schnappt Attentäter auf Sylt

Friedrichs Gesicht kam seinem ganz nah, und die Blicke des Reporters bohrten sich in seine Augen, dass es brannte. »Sag es mir endlich«, zischte er.

Okko wischte sich Haare, die eine Windböe ihm in die Stirn geweht hatte, mit dem Ärmel aus dem Gesicht. »Soweit ich die Sache durchschaue, stellt der Leefmann Bedingungen.«

Friedrichs Augen blitzten auf. »Das heißt, Norwin muss ihm einen Gefallen tun, damit er den Job bekommt?«

»So sieht das aus.«

»Etwa einen mörderischen Gefallen?«

»Was sonst?« Okko stapfte den Pfad hinunter.

Weiter hinten am Strand rief jemand seinen Namen.

»Ich komme!« Er warf die Fäuste in die Luft. »Jetzt geht das hier richtig los. Morgen steigt die Party, und ich bin mit dabei. Der Countdown läuft. Jippiiiiie!« Er rannte los, ohne sich weiter um Friedrich zu scheren.

Okko war sich bewusst, dass seine Worte nicht ganz dem entsprachen, was er bisher aus Norwin herausbekommen hatte. Aber was er seinem Freund, dem Inselreporter, gerade anvertraut hatte, war sicher nah dran an der Wahrheit, und es würde nicht mehr lange dauern, dann würde Norwin ihm die Wahrheit offenbaren, die reine Wahrheit und nichts als die Wahrheit.

15

Jetzt wurde es ernst. Johnny spürte das Verlangen, einen Whiskey zu trinken oder etwas anderes in sich hinein zu kippen, das seine Nervosität in die Schranken verwies. Zum fünften Mal innerhalb der letzten zwei Minuten schob er den Ärmel seines Sommerpullis zurück, um einen Blick auf die Armbanduhr zu werfen.

Worauf wartete er noch? Entschlüsse waren dazu da, umgesetzt zu werden.

Er ließ den Computer laufen, das Licht eingeschaltet. Das noch halb volle Glas Bitter Lemon blieb auf dem Schreibtisch stehen. Ein letztes Mal, bevor er ging, sah er sich im Raum um. An diesem Tag würde er Weichen stellen. Nachher, wenn er zurückkehrte, würde sein Lebensgefühl ein anderes sein.

Er marschierte aus seinem Arbeitszimmer und stolzierte mit hoch erhobenem Haupt die Treppe hinab wie der einzige und alleinige König von Sylt. Ein Alf Leefmann musste doch zu packen sein.

Die Brieftasche steckte in der Hosentasche. Im Vorbeigehen nahm Johnny den Autoschlüssel von der Ablage im Flur. Er öffnete die Haustür. Draußen war Stille.

Er trat hinaus. Der Bewegungsmelder war eingeschaltet, doch das Licht vorm Eingang sprang nicht an.

Johnny kehrte ins Haus zurück, schloss die Tür, ging zum Sekretär und schrieb eine Notiz auf einen Zettel: *LED in der Außenbeleuchtung auswechseln*

Er nahm eine Taschenlampe, öffnete die Haustür erneut und leuchtete zur Garage hinüber. »Amanda, öffne das Garagentor«, sprach er in das Mikrofon, das seine Worte zu der digitalen Assistentin weiterleitete.

Amanda gehorchte.

Johnny huschte ins Auto. Er fuhr bis zur Grenze seines Grundstücks, guckte nach links und rechts und bog in die Straße Richtung Süden ein.

Nun ging es immer geradeaus.

Wie oft war er diese Strecke in seinem Leben schon gefahren? Er kannte jede Düne. Jeden Parkplatz. Jedes Haus, das an der Straße lag. Jeden Fußweg, der ans Wasser führte. Jedes Restaurant am Strand. Und doch kam ihm jetzt alles so fremd und unwirklich vor.

Er dachte an Eta. Sie war jetzt bei dem Team in List. Vorhin hatte er sie angerufen. Hatte ihr gebeichtet, dass er sich auf den Weg zu einem Treffen mit Alf machen würde. Dass er eine Aussprache für unumgänglich hielt.

Natürlich hatte sie ihn für verrückt erklärt, für leichtsinnig. Aber sie war schlau genug, um zu wissen, dass das Schimpfen nichts half. Wenn er einen Plan hatte, hatte er einen Plan, und nichts und niemand konnte ihn daran hindern, den umzusetzen.

Er hatte sie gebeten, ihn unterwegs nicht anzurufen. Beim Gespräch mit Alf wollte er nicht gestört werden. Er würde sich melden, hatte er ihr zugesagt, so wie er es Isa versprochen hatte.

Rantum hatte er gerade hinter sich gelassen. Nun ging es auf Hörnum zu. In der Abenddämmerung zeigte der Himmel dieses Licht, das Frieden und Ruhe über das Wattenmeer legte. Doch in Johnnys Seele herrschten Aufruhr und Anspannung.

Das Handy klingelte, und Isas Nummer blinkte auf dem Display auf. Gleich darauf verstummte das Telefon wieder. Das war das gewohnte Zeichen, mit dem sie ihn bat: Ruf mich zurück, wenn du kannst.

Er tat ihr den Gefallen. »Was gibt's denn, Püppi?«

»Ich wollte nur sagen, dass wir beim Grillen sind. Wenn du es eher schaffst als geplant ... Wo bist du denn jetzt genau?«

»Isa, ich bin auf dem Weg nach Hörnum. Es dauert noch, bis ich bei euch bin. Mach dir keine Gedanken, ja? Bis nachher.«

Resolut drückte er das Gespräch weg. Für Sentimentalitäten war jetzt nicht der richtige Augenblick. Was er brauchte, war höchste Konzentration.

Hörnum war erreicht. Seinen Wagen stellte er auf einem Parkplatz im Norden des Ortes ab, unweit von Häusern mit Ferienwohnungen. Die wenigen Menschen, die ihm auf dem Weg von hier durch den Ort begegnen würden, waren Urlauber. Sie kannten weder ihn, noch wussten sie, was ihm gestern widerfahren war. Er würde den Treffpunkt unbehelligt erreichen.

Er nahm nicht den üblichen Weg, der ihn zum Hafen geführt hätte und von dort über die Promenade am Restaurant vorbei in den Wald. Er wählte die Route durch den Ort, über den Odde Wai am nördlichen Fuß der Dünen entlang bis zu der Lichtung mitten im Holz.

Eltern mit einem vor Müdigkeit jammernden Kind kamen ihm entgegen. Sie beachteten ihn nicht. Ebenso wenig ein Paar, das sich knutschenderweise durch die Landschaft schob. Eine ältere Dame mit Hund grüßte ihn freundlich. Er kannte sie nicht, sie musste ihn wohl mit jemandem verwechseln. Oder sie suchte nur einen Menschen, mit dem sie sich unterhalten konnte.

Am Waldrand blieb er stehen, lehnte sich gegen einen Baum und rief Eta an. Die Verbindung war schlecht, als lägen Welten zwischen ihnen. »Wie weit seid ihr?«

»Ich mache mich gleich auf den Weg nach Kampen. In List läuft alles wie geplant. Die Bühnen stehen, die Anlagen sind installiert. Die Lichtschau wird bombastisch werden. Jetzt ist es noch zu hell, um die ganze Dimension zu erkennen. Wenn wir in Westerland fertig sind, will ich noch einmal jeden Standort abfahren und bei einem letzten Test prüfen, wie es im Dunkeln wirkt.«

Wie eifrig Eta bei der Sache war! »Übernimm dich nicht«, sagte Johnny. »Du brauchst deinen Schlaf. Wenn du erst um drei oder vier Uhr früh ins Bett kommst, hältst du bei der Eröffnungsfeier morgen Abend nicht durch. Außerdem ist die Lichtschau nicht mehr so spannend, wenn du heute schon alles gesehen hast.«

»Stimmt auch wieder. Eine kleine Überraschung sollte ich mir gönnen, als Lohn für all den Aufwand. Und wenn dein Gespräch mit Alf wirklich etwas bringt, hoffe ich, dass die Welt morgen anders aussieht und wir die ›Sommernachtsträume‹ gemeinsam eröffnen können.«

»Das ist mein Ziel«, sagte Johnny. »Deshalb treffe ich mich mit ihm.«

Etas Stimme wurde weich. »Ich kann mir überhaupt nicht vorstellen, wie das möglich sein soll, diese Veranstaltung ohne deine Anwesenheit zu eröffnen.«

»Dazu soll es auch nicht kommen. Du, ich muss Schluss machen. Ich will auf keinen Fall zu spät zum Treffpunkt kommen. Nicht, dass Alf sofort wieder geht und dann behauptet, ich wäre nicht da gewesen.«

Eta lachte müde. »Das würde er nicht machen. Du meldest dich nachher noch mal?«

»Auf jeden Fall. Bis später.«

Er umschloss das Smartphone mit beiden Händen. Die Hände hielt er vor der Brust gefaltet wie zum Gebet. Er lehnte den Kopf gegen den Baumstamm, schloss die Augen und atmete tief in den Bauch hinein.

Sein Herz beruhigte sich. Er setzte seinen Weg fort bis kurz vor der Bank, an der er sich mit Alf treffen wollte. Dort suchte er Deckung hinter Bäumen.

Schweiß stand ihm auf der Stirn. Ein Tropfen rollte in die rechte Augenbraue. Er zog ein Päckchen Papiertaschentücher aus der Hosentasche und zupfte ein Tuch heraus. Mit zitternder Hand schob er das Päckchen wieder zurück. Seine fahrigen Finger pflückten das Tuch auseinander und tupften damit über die Stirn. Ungehalten schob er die eigenwillige Strähne zur Seite, die auf der feuchten Haut klebte. Er zerknüllte das Tuch und ließ es achtlos auf den Boden fallen.

Sein Herz schlug in der Dämmerung wie die Pauke eines Bühnenorchesters. Er atmete durch. Und wartete.

Irgendwo in seiner Nähe knackte Holz. Das Geräusch ängstigte ihn. Niemand war zu sehen. Möwen kreischten. Im Hafen tutete ein Schiff.

Johnny wartete weiter. Er wartete, bis er meinte, lang genug gewartet zu haben. Alf würde nicht erscheinen.

Auf demselben Weg, den er gekommen war, ging er zum Auto zurück. Er verfiel in ein schnelleres Tempo als auf dem Hinweg.

Er konnte nicht sagen, was ihn trieb. Es fühlte sich an wie zwei große Hände, die gegen seinen Rücken drückten und ihn so schnell vor sich her schoben, wie seine Beine allein ihn niemals hätten forttragen können.

Er blickte sich nicht um. Sein Herz raste.

Niemand begegnete ihm mehr auf dem Weg zum Wagen. Keine Familien mit Kindern, keine Liebespaare und keine Damen mit Hunden.

Am Parkplatz angekommen, flüchtete er sich ins Auto und verschloss die Türen. Er lehnte den Kopf an und wartete, bis sein Herz sich beruhigte. Dann rief er Isa an. »Püppchen, ich komme gleich.«

»Oh fein, Daddy. Es ist ganz viel Salat übrig, und Alex legt jetzt ein großes Steak für dich auf den Grill.«

»Mir reicht ein kleines. Ich hab nicht viel Hunger.«

Einen Moment herrschte Stille. Dann fragte Isa: »Wie war es mit Alf? Ist alles okay bei Dir, Dad?«

Waren es seine Worte, die sie beunruhigt hatten, oder war es die Stimme, die seinen Zustand verriet?

Johnny riss sich zusammen. »Er ist nicht gekommen.«

»Oh.«

»Komm, Isa. Ist egal. Ich krieg ihn schon zu packen. Irgendwie. Bis gleich, Püppi, ich fahre jetzt los.«

Der Motor sprang an wie von Geisterhand gestartet. Johnny war so in Gedanken, dass er mechanisch agierte, ohne sich dessen bewusst zu sein. Er erinnerte sich daran, dass er auch Eta anrufen wollte, und wählte ihre Nummer aus den Kontakten aus.

»Da bist du ja schon. Das ging aber schnell. Ist alles gut gelaufen zwischen euch?«

Im Hintergrund ertönte Schlagermusik, die sie morgen spielen würden. Für Kampen war eine Retro-Party geplant. Johnny erinnerte sich an die Zeiten, zu denen er glücklich und voller Träume gewesen war. Das war, als seine Zukunft noch vor ihm lag. »Nichts ist gelaufen.«

»Was soll das heißen?«

»Er war nicht da, der feige Hund.«

Stille in der Leitung. Dann ein verzagtes: »Und nun?«

Johnnys Gesicht wurde hart. »Ich werde bei der Eröffnungsfeier dabei sein. Komme, was wolle.«

»Ach, Johnny!« Eta seufzte tief. Sie war den Tränen nah, er hörte es an ihrem Atem.

Aus der Ferne rief jemand ihren Namen.

Sie hielt die Hand übers Smartphone und rief etwas zurück. Dann wandte sie sich wieder an ihn. »Lass uns später weiterreden. Unsere Leute rufen nach mir.«

Johnny drückte auf die rote Taste.

Er erreichte die Ortsgrenze von Rantum, fuhr durch das Dorf, bog links ab und hielt vor dem Haus der Brinkmanns.

Isa riss die Tür auf. Übermütig winkte sie ihm zu. Die desolate Situation, in der ihr Vater sich befand, schien sie vergessen zu haben. Oder verdrängt. Oder mit Weißwein weggespült.

Er winkte ihr müde zurück, ließ das Seitenfenster herunter und hielt sein Smartphone hinaus, um ihr zu zeigen, dass er noch ein Telefonat erledigen müsse.

Sie nickte, zog sich zurück und lehnte die Tür an.

Noch einmal rief er Eta an. »Du bist in Westerland?«

»Ja. Und alles, wirklich alles läuft nach Plan.«

Es lag so viel Begeisterung in ihrer Stimme. Wenn sie inmitten des Teams eine große Veranstaltung organisieren konnte, war sie in ihrem Element.

»Eigentlich wäre mir lieber, etwas würde heute noch schiefgehen«, sagte Johnny.

»Warum das?«

»Weil es die Generalprobe ist. Wenn heute nichts schiefläuft, dann wird das bei der Eröffnung passieren.«

»Och, Johnny, du alter Schwarzmaler!«

16

Eta resignierte. Johnny konnte sich einfach nicht freuen, nicht unbeschwert sein. Er war einer dieser Menschen, die nicht in die Kategorie der Lebenskünstler fielen.

Sie starrte auf das Smartphone. Sollte sie ihn noch einmal anrufen? Ihm gut zureden, dass schon nichts schiefgehen würde?

»Eta? Kommst du noch mal gucken?« Es war eine neu eingestellte Praktikantin, die nach ihr rief.

Eta eilte zu ihr und ließ sich geduldig erklären, was anlag. Es gab ein Problem mit der Steuerung einer der Lichtanlagen. Der Praktikantin, einer Studentin, die zum ersten Mal an der Vorbereitung einer so großen Veranstaltung mitwirkte, stand die Panik in den Augen.

Eta legte den Arm um sie. »Keine Sorge, das kriegen wir hin.« Sie rief Franco an, der noch in List war, und bat ihn, zusammen mit Norwin nach Westerland zu kommen. Bisher hatten die beiden noch jedes technische Problem gelöst.

»Wir müssen hier noch zwei Kleinigkeiten fertigstellen, danach kommen wir. Ich schätze, wir sind in einer halben Stunde da«, sagte Franco.

»Okay, ich warte hier auf euch.« Eta atmete auf. Was wären sie ohne die Einsatzbereitschaft ihrer Mitarbeiter?

Bald waren die Vorbereitungen abgeschlossen. Heute Nacht würde sie ruhig schlafen können. Die Luft war angenehm kühl. Eta sehnte sich nach dem erholsamen Schlaf bei Temperaturen von zwölf oder vierzehn Grad.

Sie schlenderte zur Brüstung der Kurpromenade, stützte sich darauf und blickte über die See. Was für eine herrliche, sternenklare Nacht.

Plötzlich spürte sie eine Hand im Rücken. Sie drehte sich um und erkannte das Gesicht von Millie Sturlese, Francos Frau.

Millie wirkte erschöpft, aber auch zufrieden. »Ich bin von Gastrozelt zu Gastrozelt gegangen«, erzählte sie. »Ich hab sämtliche Tische, Bänke und die Tresen blank gewischt. Jetzt kann ich nur hoffen, dass keine streunenden Hunde und Katzen über Nacht darin Party feiern.«

»Lass uns zusammen eine Kleinigkeit essen und die letzten Dinge für morgen besprechen«, sagte Eta.

In einem der Zelte, die sie aufgebaut hatten, standen kalte Getränke, Thermoskannen mit Kaffee und Platten mit belegten Brötchen für die Mitarbeiter bereit.

Eta und Millie bedienten sich davon und nahmen auf Barhockern an einem Bistrotisch Platz.

Millie guckte traurig. »Das sind die ersten ›Sylter Sommernachtsträume‹, die nicht von Johnny eröffnet werden.«

Als sie Millies Worte hörte, meinte Eta, eine scharfe Klinge würde durch ihren Bauch gezogen. »Da bin ich mir nicht so sicher«, sagte sie. »Ich fürchte, er wird sich die Zeremonie nicht nehmen lassen.«

»Aber kann er das denn, nach dem, was gestern geschehen ist? Ich meine, er müsste doch Polizeischutz bekommen, wenn er sich nach diesen Attentaten raustrauen wollte.«

Eta teilte Millies Meinung, aber sie verstand auch Johnnys Argumentation, wonach Alf ihn nicht wirklich umbringen wollte. Sie überlegte, wie sie Millie die Situation erklären könnte, ohne allzu viel von Johnnys Gedanken und Plänen zu verraten. Niemand sollte sich auf sein Erscheinen morgen Abend vorbereiten können.

Da entdeckte sie Alf. Er schlenderte auf das Zelt zu, in dem sie saßen. Durch die geöffnete Plane sah er direkt in Etas Gesicht. Ihre Blicke trafen sich.

Seine Miene war ernst, vielleicht sogar traurig, und doch in gewisser Weise amüsiert. Ein Hauch von einem Lächeln umspielte seine Lippen.

Er nickte ihr zu.

Sie senkte den Blick.

Warum hatte er nicht mit Johnny geredet?

»Ist was?« Millie, die mit dem Rücken zum Eingang des Zeltes saß, drehte den Kopf. »War da jemand?«

Alf war weitergegangen. Von ihren Plätzen aus war er nicht mehr zu sehen. »Nein«, sagte Eta. »Da war niemand. Ich habe nur geträumt.«

Sie trank ihr Mineralwasser aus und rutschte vom Barhocker. Franco und Norwin kamen die Kurpromenade entlang. Eta verabschiedete sich von Millie und führte die beiden Mitarbeiter zu der Praktikantin, damit sie ihnen das Problem erklärte.

Während sie zusammenstanden, rief Johnny sie wieder an. »Ich bin auf dem Weg nach Hause«, sagte er. »Hast du noch viel zu tun?«

»Eigentlich nicht. Aber in Westerland ist ein kleines technisches Problem aufgetreten.«

»Verflucht. Warum muss es immer etwas geben, das nicht funktioniert? Kann nicht ein einziges Mal alles reibungslos verlaufen?«

Eta stöhnte innerlich auf. »Vorhin hast du dir noch gewünscht, dass bei der Generalprobe etwas schiefläuft. Betrachte dieses Problem einfach als das, was du dir herbeigesehnt hast. Norwin und Franco sind hier und kümmern sich. Die kriegen das in den Griff.«

»Wenn du meinst. Bleibst du da, bis alles funktioniert?«

»Natürlich. Ich hab dir doch versprochen, dass ich erst nach Hause komme, wenn alle Arbeiten abgeschlossen sind.«

»Hm, was meinst du, wie lange das noch dauern wird? Ich hoffe, nicht bis drei Uhr morgens.«

Eta sah seine nörgelige Miene vor sich. Sie warf einen flehentlichen Blick in den Sternenhimmel. Wann würde der Tag kommen, an dem Johnny Quadt einmal rundum zufrieden war?

»Johnny, hör zu. Ich muss heute Abend gedanklich an drei Veranstaltungsorten gleichzeitig sein. Ich soll die Vorbereitungen bis zum Schluss betreuen, und trotzdem erwartest du, dass ich zum selben Zeitpunkt zu Hause bin wie du, damit du dich nicht so einsam und alleine fühlst. Ich vollbringe wirklich gerne Wunder, das weißt du. Aber meinst du nicht, dass das jetzt ein bisschen schwierig umzusetzen ist?«

»Schon gut. Ich will nicht drängeln. Ich bin nur müde und wollte wissen, wie lange du noch brauchen wirst.«

Eta guckte auf die Uhr und beschloss, ihm irgendeine Zeitspanne zu nennen. »Eine Stunde.«

»Na gut. Eine Stunde.«

Oder zwei, dachte Eta. Oder auch drei. Nein, so lange würde es nicht dauern. Es ging auf Mitternacht zu. In List waren sie fertig, in Kampen ebenfalls. In Westerland war nun einmal mehr zu tun. Doch auch hier hatten die meisten Mitarbeiter ihren Job erfüllt und verabschiedeten sich nach und nach.

Franco stand zusammen mit Norwin an der großen Bühne und winkte sie zu sich heran.

Sie ging zu den beiden.

»Wir müssen nur ein Kabel austauschen und ein anderes umstecken«, sagte Franco, und Norwin erklärte ihr die Ursache des Problems.

Es war ihr zu technisch, so tief steckte sie nicht in der Materie. Doch sie hörte ihm zu. »Wo ist eigentlich Okko Knudsen?«, fragte sie, als er mit seinen Ausführungen fertig war.

Norwin stellte sich auf Zehenspitzen und drehte sich nach allen Seiten um. »Er war in List. Wir haben ihn mit hierher gebracht. Weiß nicht, wo er jetzt steckt.«

»Da hinten steht er«, sagte Franco und streckte den Arm in Richtung des Aufgangs zur Friedrichstraße aus.

Jetzt sah Eta ihn auch. Er stand mit einem größeren, hageren Mann mit graumeliertem Haar zusammen, der einen dieser Jeansanzüge trug, die vor Jahrzehnten modern gewesen waren. Dass es die noch zu kaufen gab! Ob er sich den eigens zugelegt hatte, um an der Retro-Party in Kampen teilzunehmen?

»Das ist doch der Fliegenfischer«, sagte Franco. »Der Inselreporter.«

»Aha«, sagte Eta. »Schön, dass ich den auch mal sehe. Mit Journalisten sollte man sich gut halten. Ob ich ihn auf eine Cola einlade, damit er über unsere Eröffnungsfeier was Nettes schreibt?«

»Ich glaube, mit Cola kannst du den nur locken, wenn was Hochprozentiges untergemischt ist.«

»Egal.« Eta machte Okko ein Zeichen.

Okko zuckte fragend mit den Schultern.

Daraufhin wedelte sie mit beiden Armen, um ihm zu bedeuten, dass er zu ihr kommen und Friedrich Fliegenfischer mitbringen möge.

Okko packte Friedrich am Arm, erklärte ihm etwas, und sie setzten sich in Bewegung.

Eta stellte sich dem Reporter vor und musterte sein verknittertes Gesicht. »Sie sind also der berühmte Friedrich Fliegenfischer.«

Mit großer Geste reichte EffEff ihr die Hand und versuchte sich nach alter Kavaliersmanier an einem Zwischending aus Diener und Handkuss.

»Darf ich Sie zu unserer Eröffnungsfeier einladen?«, fragte Eta. »Sie sind bei uns ein gern gesehener Gast.«

Fliegenfischer drückte die Brust heraus. »Da kann ich nicht Nein sagen.«

»Das ist aber riskant, diesen Mann einzuladen.« Okko zwinkerte Eta verstohlen zu. »So viel, wie der an einem Abend trinkt, können wir gar nicht ranschleppen.«

Eta schmunzelte. »Dann werden wir eben noch ein paar Brauereipferde engagieren.«

Fliegenfischer war offenbar bestrebt, von dem Thema abzulenken. »Darf ich denn schon mal ein Foto von Ihnen machen?« Er holte seine Kamera hervor. »Heute eins in Arbeitsklamotten und morgen eins im Partydress? Sie wissen schon: vorher – nachher.« Er wies auf eins der Gastrozelte, vor dem sie posieren sollte.

Sie zog Okko mit sich. »Wenn schon ein Foto in Aktion, dann bitte mit einem der Männer, die geholfen haben, das hier alles aufzubauen.«

Okko stellte sich notgedrungen neben sie. Sie hakte sich bei ihm unter und lächelte fröhlich, während er verkniffen in die Linse guckte.

»Huhu, Okko, Kuckuck«, rief Friedrich, und das Blitzlicht leuchtete auf. »Super!« Der Reporter strahlte.

Eta löste sich lachend vom Bruder des Kommissars.

Plötzlich standen Franco und Norwin hinter ihr. »Problem gelöst. Für heute sind wir fertig.«

Sie verabschiedeten sich voneinander. Norwin und Franco begleiteten Okko und Fliegenfischer zur Friedrichstraße. Eta sah ihnen hinterher. Sicher würden die Männer noch gemeinsam etwas trinken gehen, falls sie eine geöffnete Kneipe fanden.

Sie selbst schlug die andere Richtung ein.

Es war unerwartet spät geworden. Seit ihrem letzten Telefonat mit Johnny waren mehr als zwei Stunden vergangen. Johnny würde jetzt entweder am Computer sitzen und arbeiten oder im Bett liegen und schlafen.

Langsam schlenderte Eta durch die Nacht. In den Minuten, bis sie zu Hause eintraf, gehörte die Welt ihr ganz allein. Die Kurpromenade lag jetzt völlig verlassen da. Es herrschte eine seltsame Atmosphäre. Der Wind hatte sich gelegt. Es war Niedrigwasser. Die See plätscherte leise in winzigen, flachen Wellen an den Strand.

Die feuchte Luft umhüllte die Haut wie zarter Nebel. Eta atmete tief ein, bis ihre Lungenflügel voller Aerosole waren, die ins Blut übergingen und ihren Körper durchströmten. Nahrung für die Seele nannte sie das.

Sie fühlte sich so satt und glücklich, wie es nur in Momenten wie diesem möglich war.

Bevor sie die Kurpromenade verließ, blieb sie noch einmal an der Brüstung stehen und verharrte einige Augenblicke. Weit hinten auf See blinkten die Lichter des Offshore-Windparks Butendiek. Sie stellte sich vor, es wären die Lampions von Schiffen, auf denen menschenscheue Meeresgeister Partys feierten.

Zum Abschied winkte sie den Geistern zu. Dann wandte sie sich zur Landseite um und stapfte über den schmalen Pfad die Düne hinauf. Im Arbeitszimmer und im Schlafzimmer war kein Licht zu sehen. Auch das Wohnzimmer lag im Dunkeln da. Johnny hatte sich offenbar schlafen gelegt.

Sie verstand, dass er nach der Enttäuschung über Alfs Weigerung, mit ihm zu reden, nicht auf sie gewartet hatte. So war er nun mal. Wenn etwas nicht so lief, wie er wollte, zog er sich in den Schlaf zurück.

An der Hecke entlang schlich sie zur Straßenseite des Grundstücks. Durch das Tor in der Mauer betrat sie den Vorplatz des Hauses. Zögerlich beschritt sie den Weg, der an den Garagen vorbei zur Haustür führte. Das Licht sprang nicht an, der Eingangsbereich blieb im Dunkeln. Morgen würde sie Johnny sagen, dass er nach der Lampe sehen musste.

Im fahlen Licht des Halbmonds setzte sie vorsichtig einen Schritt vor den anderen. Wie unsicher die Dunkelheit einen Menschen machte, auch dort, wo man zu Hause war und jeden Quadratzentimeter Boden kannte.

Mit der Fußspitze tastete sie nach der Stufe vor dem Eingang. Sie holte den Schlüsselbund aus ihrer Handtasche und suchte den Schlüssel für die Haustür heraus.

Jetzt galt es, besonders leise zu sein. Auf keinen Fall wollte sie Johnny wecken.

Sie schob den Schlüssel ins Schloss.

Was hatte Johnny wohl vor? Ob er es wirklich wagen würde, die Eröffnungsrede selbst zu halten?

Ein kaum hörbares ›Plopp‹ ertönte hinter ihr.

Eta wollte sich nach dem Geräusch umsehen. Doch ehe das gelang, sank sie zu Boden.

Die Antwort auf ihre Fragen würde sie nie erhalten.

17

Kuno kannte diese ausdruckslosen Gesichter von Angehörigen Ermordeter. Gesichter, in denen Verzweiflung, Ungläubigkeit und Wut standen und die dennoch von einer unendlich tiefen Leere erfüllt waren. Er meinte sogar, wenn er durch die belebten Straßen einer Großstadt ginge, könnte er auf Anhieb sagen, wer von den Menschen, die ihm dort begegneten, kürzlich einen Angehörigen oder einen engen Freund von einer Sekunde zur anderen durch Mord oder Unfall verloren hatte. Nicht nach längerer Krankheit, nach Wochen oder Tagen der inneren Vorbereitung, sondern von jetzt auf gleich. Das Wort ›unfassbar‹ stand ihnen ins Gesicht geschrieben.

Johnny Quadt saß Arne und ihm gegenüber. Er sah sie nicht an, sprach kein Wort, rührte sich nicht. Er hockte da in diesem Pyjama von Joop!, der so gar nicht zu seinem Gesicht und seiner gesamten altbackenen Erscheinung passen wollte, der ihn aber wahrscheinlich in dem Hochgefühl wiegte, jede Nacht zu seinem persönlichen Event machen zu können, wenn er es nur wollte.

Quadt kauerte auf dem Stuhl und wirkte erbärmlich.

Auch Kuno hatte heute schon im Schlafanzug gesteckt. Quadts Anruf hatte Bente und ihn aus den Träumen gerissen. Er konnte sich nicht mehr an den genauen Wortlaut erinnern, mit dem Johnny ihm stockend geschildert hatte, was geschehen war. Auch wusste er nicht mehr, was er selbst dem Mann geantwortet hatte, nachdem er den Sinn seiner Worte begriffen hatte. Doch den Anblick der toten Eta Smid würde er nie vergessen.

»Warum?«, hatte Arne ihn im Auto auf dem Weg hierher gefragt. »Warum Eta Smid?«

»Wer, zum Teufel?«, hatte Kuno erwidert. »Wer, wer, wer?«

Dieselben Fragen versuchte er, in Johnnys Augen zu finden. Es waren die Fragen, die nach solch einer Tat von den Angehörigen gestellt wurden. Immer.

Doch Johnny Quadt brauchte nicht zu fragen. Er wusste, wer und warum. »Ich habe mich geirrt«, fing er auf einmal an zu reden. »Alf wollte mich nicht nur fertigmachen, er wollte mich töten. Das war von Anfang an sein Plan.« Seine leeren, verlorenen Blicke schweiften zu Kuno und Arne. »Eta hat den Schuss abbekommen, der mir gegolten hat. Hier: meine Lebensuhr.« Er hob sein Smartphone hoch. Die App stand wieder auf null.

Kein Zweifel: Quadt hatte sich an Leefmann festgebissen. Dass nur ein einziger Mensch als Täter infrage kam, gab es so gut wie nie. Jedenfalls hatte Kuno das noch nicht erlebt. Im kriminellen Milieu natürlich, aber nicht bei einem Tötungsdelikt im bürgerlichen Umfeld. Doch es würde schwierig werden, Johnny Quadt dazu zu bewegen, mit ihnen über andere Möglichkeiten nachzudenken als über einen Mörder namens Alf Leefmann.

Kuno seufzte. »Herr Quadt, lassen Sie uns noch einmal rekapitulieren. Sie sagten vorhin am Telefon, Sie hätten das Haus verlassen. Trotz unserer Warnungen.«

Quadts Augen blitzten aggressiv auf. »Daraus, dass ich mich mit Alf Leefmann verabredet habe, werden Sie mir jetzt aber keinen Vorwurf machen.« Er hob eine Faust zum Mund und kaute auf dem Daumennagel.

Die Ermittler warteten darauf, dass er weitersprach. Sie warteten auf eine Erklärung für sein Handeln, die er ihnen nur geben würde, wenn sie ihn nicht danach fragten. Dieser Mann benahm sich wie ein verstocktes Kind.

Quadt ließ die Hand in den Schoß fallen. »Ich hatte nicht damit gerechnet, dass Alf so weit gehen würde. Wirklich nicht.«

»Dass er wie weit gehen würde?«, fragte Arne.

Quadt zeigte zur Haustür. »Dass er wirklich schießen würde.«

»Sie lassen sich für nichts auf der Welt von dem Gedanken abbringen, dass Leefmann der Täter ist?«

»Nein. Auch nicht, wenn Sie mich noch hundert Mal danach fragen.«

»Warum«, fragte Kuno nachdrücklich, »warum haben Sie sich mit Alf Leefmann verabredet? Das war doch ein unglaublicher Leichtsinn.«

Quadts Gesicht wurde starr wie eine Maske. Er verweigerte den Ermittlern den Blickkontakt und betete seine Antwort herunter. »Auch auf diese Frage werden Sie immer dieselbe Antwort von mir hören. Ich war zu der festen Überzeugung gelangt, er wollte mich nicht töten. Die beiden Anschläge waren bloß Imponiergehabe, dachte ich. Alf wollte einen Nervenkrieg anzetteln. Mich fertigmachen. Er wollte erreichen, dass ich mich aus dem Geschäft zurückziehe und ihm die Organisation der ›Sylter Sommernachtsträume‹ überlasse.«

Kuno glaubte nicht, dass Alf Leefmann Eta Smid mit Johnny Quadt verwechselt haben könnte. Dafür kannte Leefmann die beiden zu gut. Und wer zu so einer Tat fähig war, würde nicht drauflos schießen, ohne sicher zu sein, dass er die Person traf, die er töten wollte.

»Die beiden Anschläge von gestern haben eindeutig Ihnen gegolten«, sagte Kuno. »Der Attentäter wusste genau, wann Sie sich wo aufhielten. Warum dann jetzt der Schuss auf Frau Smid?«

Quadt jaulte auf wie ein verletzter Welpe. »Ich sagte doch gerade, Alf hat Eta nicht erschießen wollen. Er wollte mich töten. Es war eine Verwechslung.«

Sie drehten sich im Kreis. So würden sie nicht weiterkommen. Kuno verlor die Geduld. Doch mit Rücksicht auf den Mann, der gerade seine Partnerin verloren hatte, beherrschte er sich schnell wieder.

Auf einmal wurde Quadt gesprächig. »Ich wollte mit Alf reden, um einen Kompromiss zu finden. Ich wollte ihm vorschlagen, dass wir die ›Sommernachtsträume‹ abwechselnd ausrichten, ein Jahr er, ein Jahr ich. Durch seine Beziehungen hätten wir eine entsprechende Anpassung der Ausschreibungen erwirken können.«

»Es fällt zwar nicht in unser Ressort«, sagte Arne. »Aber solche Absprachen sind illegal. Das wissen Sie.«

Quadt winkte ab. »Was wissen Sie schon von unserem Geschäft? Jedenfalls war das die Absicht, in der ich mich mit Alf verabredet hatte.« Quadt machte eine Pause, um dann verärgert fortzufahren: »Aber er kam nicht. Er hat mich versetzt. Ich war pünktlich am Treffpunkt, sogar überpünktlich. Ich war ja neugierig. Doch wer nicht kam, war Alf Leefmann.«

Kuno wurde nachdenklich. »Einfach so, ohne Sie über sein Ausbleiben zu informieren?«

»Einfach so.«

»Wo wollten Sie ihn treffen?«

Quadt beschrieb ihm den Ort. Kuno kannte die Stelle nicht. Arne dagegen wusste, wo das war. »Das ist doch mitten im Wald, und es war schon dämmerig. Kann es sein, dass er Sie einfach nicht gesehen hat?«

»Das halte ich für ausgeschlossen. Ich habe zwar nicht auf der Bank gesessen. Vorsichtshalber habe ich mich etwas in Deckung gehalten. Im letzten Moment kamen mir natürlich doch leise Zweifel. Deshalb hatte ich die Bank und den Weg dahin im Blick. Ich wollte frühzeitig erkennen können, ob Alf eine Waffe bei sich trug. Aber er ist wirklich nicht erschienen.«

»Haben Sie ihn nicht angerufen, um zu hören, ob er auf dem Weg ist und sich nur ein bisschen verspätet?«, fragte Arne.

»Laufe ich hinter Alf Leefmann her? Es gibt keine Staus auf Sylt. Wenn er es nicht schafft, pünktlich zu einer Verabredung nach Hörnum zu kommen, frage ich ihn nicht, wie lange ich bitteschön noch warten darf.«

Das klang plausibel, und es passte zur Persönlichkeit von Johnny Quadt. Er hatte Alf Leefmann eine Chance gegeben. Die hatte sein Kontrahent nicht genutzt. Damit war das Thema für Quadt erledigt.

»Wie lange haben Sie über die verabredete Zeit hinaus gewartet?«, fragte Kuno.

»Rund zwanzig Minuten. Etwas mehr vielleicht. Jedenfalls nicht mehr als eine halbe Stunde.«

»Und Leefmann ist Ihnen auch auf Ihrem Rückweg nicht mit seinem Wagen begegnet?«

Quadt zuckte mit den Achseln. »Darauf habe ich nicht geachtet. Um die Zeit war es auch schon zu dunkel, um die entgegenkommenden Autos genauer erkennen zu können.«

»Sie sind dann direkt nach Hause gefahren?«, fragte Arne.

»Nein, ich bin nach Rantum gefahren, zu meiner Tochter und ihrem Freund. Wir haben auf der Terrasse gesessen und zu Abend gegessen. Alex hat Steaks gegrillt.«

»Wo war Frau Smid während all der Zeit?«

»In List, Kampen und Westerland, an den Standorten unserer Veranstaltung. Wir hatten heute die Generalproben für die ...« Er stockte und schlug die Hände vors Gesicht. »Mein Gott, was soll nun aus den ›Sylter Sommernachtsträumen‹ werden?«

Kuno wurde aus diesem Mann nicht schlau. Dachte Johnny Quadt gerade darüber nach, ob er die Veranstaltung wegen des Todesfalls aus Gründen der Pietät kurzfristig absagen sollte? Oder machte er sich Gedanken darüber, wie er es schaffen konnte, den Event ohne Eta Smid durchzuziehen?

»Um wie viel Uhr waren Sie wieder in Ihrem Haus?«, fragte er.

Quadt zog die Nase hoch. »Das war gegen elf. Ich bin ins Arbeitszimmer gegangen, habe meinen Computer runtergefahren, mich ins Bett gelegt, noch etwas gelesen und dann das Licht ausgemacht.«

»Wann und wie haben Sie festgestellt, dass Frau Smid nicht nach Hause gekommen ist?«

Quadt hob die Hände, als könnte er die Frage nicht verstehen. »Ja, mein Gott, ich musste mal zur Toilette.« Er spielte mit der Haarsträhne auf seiner Stirn. »Ich bin um zwanzig nach drei aufgewacht und habe natürlich gemerkt, dass Eta nicht neben mir lag. Das heißt, zuerst fiel mir ein, dass ich bei ihrer Rückkehr nicht wach geworden bin. Sie hätte ja das Licht angemacht, wäre ins Bad gegangen. Ich hätte Geräusche gehört. Gleich in der ersten Sekunde nach dem Wachwerden wurde mir klar, dass ich all das nicht wahrgenommen hatte. Als ich mich umdrehte, war ihr Bett leer.«

»Was haben Sie da gedacht?«

Etwas schien Johnny zu bedrücken. Er blickte auf seine Hände und verschränkte sie. »Das Licht unten vor dem Eingang ist defekt. Ich habe es bemerkt, als ich das Haus verlassen habe, um mich mit Alf zu treffen.« Er stand auf, ging in den Flur und kam mit einem Zettel zurück, den er den Ermittlern vorzeigte. »Hier, sehen Sie. Ich habe mir sofort notiert, dass ich eine neue LED einbauen muss.« Er setzte sich wieder hin. »Als ich das leere Bett und die Uhrzeit sah, war mein erster Gedanke, dass Eta im Dunkeln gestolpert und hingefallen sein muss. Deshalb bin ich ins Gästezimmer rüber und habe aus dem Fenster geguckt.« Er schluckte und war nicht fähig, weiterzusprechen.

»Da haben Sie Frau Smid unten liegen sehen.«

Quadt nickte. Tränen stiegen ihm in die Augen.

Endlich!

»Dann sind Sie nach unten gegangen?«

Wieder nickte er. »Zuerst habe ich von da oben ihren Namen gerufen. Sie hat nicht reagiert. Ich dachte, sie ist ohnmächtig. Ich bin runtergelaufen, habe die Tür aufgerissen. Und da sah ich, was passiert war. All das Blut.« Er blinzelte, hielt sich die Hand vor den Mund und stierte fassungslos ins Leere. »Ich habe das Licht im Flur eingeschaltet. Dieses Gesicht in dem grellen Licht. Die weit aufgerissenen Augen. Das Blut. Das werde ich nie vergessen.«

Jetzt fielen Kuno die Worte wieder ein, mit denen Quadt ihn aus dem Schlaf geschreckt hatte: »Eta ist tot. Tot. Sie liegt tot vor dem Haus. Alles ist voll Blut. Sie lebt nicht mehr.«

Kuno räusperte sich. »Einen Schuss haben Sie nicht gehört, entnehme ich Ihren Worten.«

Quadt schüttelte den Kopf. »Ich schlafe zum Garten raus. Hätte es einen üblichen Schuss gegeben, dann hätte ich den auch auf der Seite des Hauses gehört. Aber er hat wohl wieder den Schalldämpfer benutzt.«

Das musste so sein, denn sonst wären Quadt und die Bewohner in den umliegenden Häusern mit Sicherheit aus dem Schlaf hochgeschreckt.

»Wann haben Sie Frau Smid das letzte Mal gesprochen?«, fragte Arne.

Quadt wischte sich Tränen von der Wange. Er tippte auf seinem Smartphone herum, hielt das Gerät etwas von sich weg und las mit blinzelnden Lidern. Dann blickte er auf. »Um dreiundzwanzig Uhr. Da war sie noch mit den Vorbereitungen in Westerland zugange.«

»Sie selbst haben nach der Rückkehr von Ihrer Tochter das Haus nicht mehr verlassen?«

Quadt schüttelte den Kopf.

Mit einem stummen Blick verständigte Kuno sich mit Arne. Dann wandte er sich an Quadt. »Herr Zander und ich werden Sie jetzt einen Augenblick alleine lassen. Die Kollegen von der Spurensicherung sind ja hier. Die werden weiter ihre Arbeit machen. Wir beide kommen in einer halben Stunde wieder hierher zurück.«

Quadt erhob sich ebenfalls, blieb jedoch vor seinem Sessel stehen und starrte sorgenvoll in Richtung der Haustür. Sicher dachte er an die Leiche, die vor dem Eingang lag.

Kuno zeigte auf die Terrassentür. »Dürfen wir hier hinausgehen?«

Quadt öffnete die Tür und ließ die Kommissare gehen, ohne die Frage zu äußern, die in seinem Gesicht zu lesen war.

An der Haltung, in der Arne neben ihm um das Haus herum lief, erkannte Kuno, dass es auch im Kopf seines Kollegen auf Hochtouren arbeitete. »Hast du auch so ein merkwürdiges Gefühl?«, fragte er.

Arne legte fröstelnd die Arme um seinen Oberkörper. »Bevor ich was dazu sage, lass uns erst mal den Leefmann aus dem Bett klingeln.«

An der Vorderseite von Quadts Haus trafen sie auf die Kriminaltechniker, die intensiv nach Spuren suchten. »So, wie es aussieht«, sagte der Chef des Teams, »muss der Täter sich hinter den Sträuchern versteckt haben, die neben der Garage stehen. Wir vermuten, er hat dort auf die Rückkehr von Frau Smid gewartet, ist von ihr unbemerkt hinter den Büschen hervorgetreten, als sie mit dem Rücken zu ihm vor der Tür stand, und hat geschossen. Der Tod ist schätzungsweise zwischen null und zwei Uhr eingetreten, meint der Rechtsmediziner.«

»Das passt zu den Zeitangaben von Quadt«, sagte Kuno. »Wir befragen jetzt einen Mann, den Quadt beschuldigt, und kommen danach hierher zurück.«

Arne chauffierte den Wagen zu Alf Leefmanns Haus und parkte auf dessen Grundstück. Er drückte so oft auf die Türklingel, bis im ersten Stock ein schwaches Licht eingeschaltet und ein Fenster aufgerissen wurde. Leefmann steckte seinen Kopf hindurch. »Sind Sie wahnsinnig?« Dann erkannte er die Kommissare. »Was wollen Sie denn hier um diese Zeit?«

»Bitte öffnen Sie uns«, sagte Kuno. »Es ist dringend.«

Alf wartete einen Augenblick.

Kuno wurde misstrauisch. Dachte der Mann darüber nach, durch welches Loch in seinem Haus er vor ihnen fliehen konnte?

»Moment.« Leefmann schloss das Fenster und polterte die Treppe hinunter. Er riss die Tür auf und stand im Schlafanzug vor ihnen. »Heute ohne Bademantel«, sagte er und winkte die Ermittler herein. Er fuhr sich mit der Hand durch das wirre Haar. Dann zeigte er in die Küche. »Da lang. Sie kennen sich ja aus.«

»Sie hatten heute Abend ein Rendezvous mit Herrn Quadt, das Sie nicht eingehalten haben«, sagte Kuno, noch bevor er sich auf einen der Stühle setzte.

Leefmann kniff die Augen zusammen. »Entschuldigung, aber was sagten Sie, wer die Verabredung nicht eingehalten hat?«

»Wie sieht denn Ihre Version aus?«, fragte Arne.

Alf war auf einmal putzmunter. »Wieso fragen Sie um diese Uhrzeit nach solchem Kinderkram? Es geht auf fünf Uhr morgens zu, ist Ihnen das klar?«

»Ist es«, sagte Kuno. »Kommen wir auf das Rendezvous zurück. Warum ist es nicht zustande gekommen?«

»Das sollten Sie besser meinen lieben Freund Johnny fragen. Warum lässt er mich nach Hörnum fahren, bittet mich ausdrücklich darum, pünktlich zu sein, und taucht dann selbst nicht auf?«

»Er ist nicht gekommen?« Arne guckte ungläubig.

»Habe ich das nicht deutlich genug zum Ausdruck gebracht?«

»Prüfen wir doch mal die Eckdaten«, sagte Kuno. »Um wie viel Uhr wollten Sie sich wo treffen?«

»Um neun bei der Bank an der kleinen Lichtung im Wald südlich vom Restaurant Südkap. Verwechslung ausgeschlossen. Johnnys Ansage war klar und deutlich.«

Kuno wandte sich an Arne. »Der Ort stimmt. Was für eine Uhrzeit hatte Herr Quadt uns genannt?«

»Keine«, antwortete Arne. »Wir haben ihn noch nicht danach gefragt.«

Kuno tippte sich an die Stirn. »Stimmt ja. So was Blödes. Das holen wir gleich nach. Herr Leefmann, wie lange haben Sie an dem Treffpunkt gewartet?«

Alf überlegte. »So ungefähr fünfzehn, zwanzig Minuten. Dann bin ich nach Hause zurück.«

»Haben Sie danach noch etwas unternommen?«

»Nicht so richtig. An dem Abend hatte ich ja eine Verabredung, die mit Johnny. Sonst hätte ich mich mit Freunden oder Geschäftspartnern getroffen, wie immer am Freitagabend.«

»Daran hat Sie nur das Treffen mit Quadt gehindert?«

»Klar. Ich hatte ja keine Ahnung, wie lange wir miteinander sprechen würden.« Alf lächelte, aber aus seinem Gesicht sprach eine gewisse Enttäuschung. »Rein theoretisch hätte es sein können, dass wir nach der Aussprache zusammen irgendwohin gegangen wären, um Versöhnung zu feiern nach all den unschönen Jahren.«

»Haben Sie Zeugen dafür, wo Sie den Rest dieses Abends verbracht haben?«, fragte Kuno

»Wofür, bitte, brauche ich die? Und nein, ich habe keine.«

Kuno sah Leefmann lange an. »Es ist etwas Furchtbares passiert. – Eta Smid ist erschossen worden.«

»Nein!« Die Eröffnung traf Alf sichtlich ins Mark. Mit einem Schlag traten ihm Tränen in die Augen. Er schlug sich entsetzt die Hand vor den Mund. »Wann?«, fragte er.

»Heute Nacht, irgendwann zwischen Mitternacht und den frühen Morgenstunden, als sie von den Vorbereitungen für die ›Sommernachtsträume‹ zurückkam.

»Ich hab sie im Vorbeigehen auf der Kurpromenade gesehen, in einem der Zelte, die sie aufgebaut hatten.«

»Um wie viel Uhr war das?«

»Weiß ich nicht mehr. Auf jeden Fall deutlich vor Mitternacht. Gegen halb elf oder elf.«

»War sie alleine?«

Leefmann schüttelte den Kopf. »Sie saß mit einer Mitarbeiterin an einem Bistrotisch.«

»Aber in dem Zeitraum, in dem die Tat sich ereignet hat, haben Sie niemanden mehr getroffen?«

»Nein, niemanden.« Leefmann brach die Stimme weg.

Kuno wunderte sich über den Gefühlsausbruch. »Der Tod von Frau Smid geht Ihnen sehr nah.«

Leefmann senkte die Stimme. »Sie war eine klasse Frau, eine tolle Kollegin. So warmherzig und offen. Wie geschaffen für den Job, den sie machte.«

»Hatten Sie direkt miteinander zu tun? Ich dachte, Sie waren Konkurrenten?«

Leefmann grübelte. Kuno merkte ihm an, dass er Angst hatte, etwas Falsches zu sagen.

»Manchmal«, sagte Leefmann, »wenn wir uns zufällig über den Weg gelaufen sind und Johnny nicht dabei war, haben wir Ideen miteinander ausgetauscht. Mit ihr konnte man über alles reden, sie hatte überhaupt keine Konkurrenzangst. Ganz im Gegenteil, sie war eher der Typ fürs Miteinander.« Er lächelte versonnen. »Johnny durfte von unseren konspirativen Zufallstreffen natürlich nichts erfahren.«

»Waren Ihre Zusammenkünfte immer zufälliger Art?«, fragte Kuno.

Leefmann nickte. »Da fällt mir was ein.« Er hob den Kopf. »Sie haben doch nach Leuten gefragt, die mich gesehen haben könnten, nachdem ich von dem Treffen mit Johnny, das nicht stattgefunden hat, nach Westerland zurückgekehrt bin.«

»Ist Ihnen doch jemand eingefallen?«

»Nicht direkt. Mich hat niemand gesehen. Aber als ich von meinem Spaziergang auf der Kurpromenade zurückkam, habe ich mich noch eine Zeit lang per Whats-App mit einer Frau unterhalten, die ich im Internet kennengelernt habe.« Er stand auf und holte sein Smartphone. »Das bleibt doch unter uns, oder?«

»Klar«, sagte Arne.

Leefmann hockte sich wieder zwischen die Stühle, auf denen die Ermittler saßen, und öffnete seine Whats-App-Kommunikation mit besagter Dame.

Kuno ließ sich das Mobilgerät aushändigen, überflog die Chat-Einträge und prüfte die Uhrzeiten. »Ziemliche Ausdauer haben Sie beide da bewiesen. Rein zeitlich betrachtet, meine ich.« Er schmunzelte verhalten, als er Leefmanns Handy auf den Tisch legte.

»Mir wird ganz schlecht bei dem Gedanken, dass ich munter mit dieser Frau herumgeflirtet habe, während nur wenige hundert Meter weiter Eta starb.« Leefmann zupfte an den Ärmeln seines Schlafanzugs. Seine Blicke schweiften unruhig umher.

»Sie haben noch was auf dem Herzen«, sagte Kuno.

Leefmann nahm sein Smartphone wieder zur Hand und wischte mit dem Daumen über das Display, ohne sich eine der Anwendungen, die sich dabei öffneten, anzusehen. Schließlich knallte er das Gerät auf den Tisch. »Es wird jetzt so aussehen, als wollte ich mich dafür revanchieren, dass Johnny den Verdacht ständig auf mich lenkt.«

»Reden Sie ruhig weiter, Herr Leefmann«, sagte Kuno.

Leefmanns Blicke fixierten ihn. »Wissen Sie, dass Johnnys Tochter eine ausgezeichnete Schützin ist?«

»Isa Quadt? Wo hat sie das Schießen denn gelernt?«

»Sie hängt ständig an Papas Hosenbeinen. Das war schon so, als sie noch Windeln trug. Sie hat ihren Vater jahrelang zum Schießtraining begleitet. Mit vierzehn hat sie die erste scharfe Waffe in die Hand bekommen. Es gibt Leute, die behaupten, mit sechzehn hat sie bereits genauer gezielt als der Herr Papa.«

»Interessant«, sagte Arne.

Das war es in der Tat. Kuno konnte sich zwar nicht vorstellen, dass es Isa gewesen war, die eine Drohne auf ihren Vater gejagt hatte. Aber sie wäre nicht das erste Töchterchen, das die neue Lebensgefährtin des Vaters zur Hölle wünschte.

In Kuno erhärtete sich ein Gedanke, der so abenteuerlich war, dass er meinte, ihn nicht fassen zu dürfen.

»Es war wohl ein Fehler, mein Wissen laut auszusprechen.« Leefmann nahm sein Smartphone wieder auf und suchte nach einer Hosentasche, in die er es stecken konnte. Dann wurde ihm bewusst, dass er eine Schlafanzughose trug, die keine Taschen hatte.

»Das sehen wir anders«, sagte Arne. »Für uns ist jeder Hinweis wertvoll.«

Kuno stimmte ihm zu. »Okay, Herr Leefmann. Entschuldigen Sie bitte unseren ruppigen Weckton vorhin. Wir lassen Sie jetzt wieder schlafen. Aber wir werden uns sicher noch mal in der Angelegenheit sprechen.«

Die Ermittler verabschiedeten sich von Leefmann. »Legen Sie sich noch eine Runde aufs Ohr«, sagte Arne.

Leefmann guckte ihn traurig an. »Nach der Nachricht, die Sie mir überbracht haben, ist an Schlaf nicht mehr zu denken.« Er schloss die Tür hinter ihnen.

»Das gilt wohl auch für uns«, sagte Kuno zu Arne, als sie ins Auto stiegen. Er legte den Sicherheitsgurt an. »Wir müssen am Ball bleiben, auch wenn heute Samstag ist. Ich glaube nicht, dass Leefmann der Täter ist.«

»Wobei der Chat, den er uns gezeigt hat, kein Alibi ist. Das Handy kann er einer vertrauten Person mit dem Auftrag in die Hand gedrückt haben, in seinem Namen mit der Dame zu flirten. Das ist ja die Crux beim Internet. Du kommunizierst mit jemandem und weißt nicht, mit wem eigentlich.«

»Klar. Der Mensch am anderen Ende kann Rotkäppchen sein, aber auch der böse Wolf, der sich als Rotkäppchen ausgibt.« Kuno drehte sich auf dem Beifahrersitz so abrupt zu Arne um, dass der auf die Bremse trat. »Ich hab eine Idee. Quadts Tochter könnte die Waffe aus dem Tresor ihres Vaters geklaut haben. Was hältst du von dieser Überlegung?«

Arne guckte nach vorn und gab wieder Gas. »Gar nicht so abwegig. Wenn sie so eng mit ihrem Vater verbandelt ist, dürfte sie den Tresorcode gekannt haben.«

Kuno war mit einem Mal hellwach. »Sie wusste, dass das Haus ihres Vaters während des Events, den er in List veranstaltete, stundenlang verwaist war.«

»Letzten Donnerstag kann sie an ihrem Vater vorbeigezielt haben, um den Eindruck zu erwecken, dass es jemand auf ihn abgesehen hat. Und in Wahrheit hatte sie es auf Eta Smid abgesehen, weil die ihr nicht ins Konzept passte. Schon gar nicht jetzt, wo der Papa vorhatte, sich scheiden zu lassen, um Frau Smid zu heiraten.«

»Genau das war mein Gedanke«, sagte Kuno. »Sie wusste vermutlich auch genau, wann ihr Vater sich wo aufhielt. Wenn man all diese Fakten zusammennimmt, wird ein Schuh draus.«

Arne hielt vor Johnny Quadts Haus an.

Die Kollegen von der Spurensicherung waren noch bei der Arbeit. Der Sarg mit der Leiche von Eta Smid wurde gerade in einen Wagen geschoben, um zur Gerichtsmedizin transportiert zu werden.

»Damit es rund wird«, sagte Arne, als der Leichenwagen sich in Bewegung setzte, »hat Isa ihren Alex mit eingespannt. Der Ärmste musste eine Falschaussage machen, weil er sonst riskierte, seine Freundin, die er vergöttert, zu verlieren.«

»Aber die Drohne«, sagte Kuno. »Wie passt die da hinein? Wem gehörte sie, und wer hat sie bedient?«

»Womöglich gehörte sie Isa Quadt oder Alex Brinkmann. In diesen Kreisen muss man so was haben.«

Kuno öffnete die Wagentür, blieb aber noch sitzen. »Bei all dem bleibt noch die große Frage: Warum hat Johnny Quadt Alf Leefmann zu einem Treffen beordert, zu dem er dann selbst nicht erschienen ist?«

»Die Frage ist zuerst einmal«, belehrte Arne ihn, »was wirklich schiefgelaufen ist. Jeder von beiden beschuldigt den anderen, nicht gekommen zu sein. Hat der Quadt dem Leefmann in der Aufregung eine falsche Zeit genannt? Oder war der Leefmann über Quadts Anruf so überrascht, dass er die Uhrzeit nur halb mitbekommen hat? Passiert nicht selten, dass jemand für halb vier zum Tee einlädt und der Gast versteht vier Uhr.«

»Weißt du was?«, sagte Kuno. »Das ist mir ein bisschen zu verquer so früh am Morgen. Und dann auch noch ohne Frühstück.« Er drückte die Beifahrertür auf und stieg aus.

Johnny Quadt stand in der Tür. Mit versteinertem Gesicht blickte er dem Leichenwagen hinterher, der die Straße hinuntergerollt war und gerade um die Ecke bog.

Kuno machte ihm ein Zeichen und rief ihm zu: »Wir kommen wieder hinten rum rein.«

Die Terrassentür stand offen. Das Wohnzimmer war erfüllt von frischer, belebender Seeluft, die nicht zu den dramatischen Ereignissen dieses Tages passte.

Sie setzten sich an den Esstisch. Eine leere Kaffeetasse stand darauf. Quadt bot ihnen nichts zu trinken an.

»Herr Quadt, ich muss Ihnen eine Frage stellen, die Ihnen auf den ersten Blick dumm vorkommen mag.«

Quadt blickte Kuno unverwandt an.

»Sind Sie sicher, dass Sie gestern Abend zum richtigen Zeitpunkt am verabredeten Ort waren?«

Quadt spitzte die Lippen. »Ehrlich gesagt, diese Frage kommt mir auch auf den zweiten Blick dumm vor.«

»Um welche Uhrzeit wollten Sie Herrn Leefmann treffen?«, fragte Arne.

»Um halb neun.«

»Sehen Sie, da haben wir den Irrtum. Herr Leefmann sagt, Sie hätten ihm neun Uhr genannt. Er war um neun Uhr abends da. Da waren Sie wohl schon wieder weg. Sonst wären Sie sich begegnet.«

Quadt schlug mit den flachen Händen auf die Armlehnen seines Stuhls. »Das ist doch gelogen.«

Kuno beugte sich zu ihm vor. »Bei all der Aufregung, die Sie hatten, wäre es aus unserer Sicht verständlich, wenn Sie beim Telefonat mit Herrn Leefmann ein Wort verschluckt hätten.«

»Hab ich aber nicht. Leider habe ich das Gespräch nicht aufgezeichnet. Aber selbst wenn ich das getan hätte, dürfte ich den Mitschnitt ja nur dann als Beweis verwenden, wenn ich Alfs Erlaubnis hätte. Die hätte er mir nicht erteilt.« Beleidigt guckte er zur Seite.

»Sie waren also zur angegebenen Zeit an dem Ort, den Sie Leefmann genannt haben?«

Aufgebracht zeigte Quadt zur Haustür. »Falls Sie Zweifel daran haben, dass ich bei der Bank auf der Lichtung war, schicken Sie Ihre Leute von der Spurensicherung hin. Oder besser, ich führe sie direkt zu der Stelle, an der ich gestanden und geduldig auf Alf gewartet habe. Sie werden da ein Papiertaschentuch finden. Damit hab ich mir den Schweiß aus dem Gesicht gewischt. Ich war nämlich ziemlich aufgeregt, so ganz allein im Wald. Ich musste schließlich mit allem rechnen.«

»Dieses Papiertuch haben Sie da, wo Sie gewartet haben, in einen Abfalleimer geworfen?«

Johnny senkte schuldbewusst den Kopf. »Ich habe es einfach auf den Boden fallen lassen.«

Arne sprang auf und lief zur Tür. Er sprach ein paar Worte mit den Kollegen von der Spurensicherung und kehrte wieder zurück.

Kuno wartete, bis er sich wieder hingesetzt hatte. Er wartete noch einige Sekunden, da er nicht sicher war, ob Quadt sich noch einmal dazu äußern wollte. Doch der blieb stumm. »Herr Quadt«, sagte Kuno. »Ganz was anderes. Hat Ihre Tochter Isa Zugang zum Tresor?«

»Zu welchem Tresor?«

»Zu dem«, sagte Kuno mit erzwungener Engelsgeduld, »aus dem Ihnen die Waffe gestohlen wurde. Kennt Ihre Tochter den Code für das elektronische Schloss?«

Quadts Lippen zuckten nervös. »Ich muss doch sehr bitten, Herr Hauptkommissar. Heute Nacht wurde meine Lebensgefährtin vor meiner Haustür erschossen, und Sie versuchen, meine Tochter in den Dreck zu ziehen?« Mit dramatisch aufgerissenen Augen schlug er sich vor die Brust. »Meine Tochter?«

»Entschuldigen Sie bitte«, sagte Arne. »Es geht hier lediglich um die Frage, ob Ihre Tochter den Code kannte. Nicht darum, ob sie jemanden erschossen hat.«

»Soweit ich mich erinnere, habe ich Ihnen bereits mitgeteilt, dass niemand in meiner Familie wusste, aus welchen Ziffern sich der Code zusammensetzte.«

Jetzt hätte Kunos Nerven ein großer Schluck Tee zur Stärkung gutgetan. »Kommen wir noch mal auf Ihre Lebensuhr zu sprechen.« Er wies mit dem Kopf auf Quadts Smartphone. »Dass die App auf null steht, wissen wir bereits. Wie sieht es mit der Uhr im Büro aus?«

»Kann ich im Moment nicht sagen. Sie dürfte aber auch auf null stehen. Ich werde Franco nachher fragen.«

»Das übernehmen wir«, sagte Arne.

»Oder so.« Quadt lehnte sich ergeben zurück.

Kuno fühlte sich erleichtert, das Gespräch mit ihm für diesen Morgen beenden zu können. »Ich denke, Sie brauchen jetzt eine Weile, um das Geschehene zu verarbeiten. Wir melden uns im Laufe des Tages wieder.«

»Ja, aber was passiert denn jetzt mit Eta?«, fragte Quadt. »Ich meine, wann kann ich sie beerdigen?«

»Das hängt von der Gerichtsmedizin ab. Sie erhalten Bescheid, wenn es soweit ist.«

Wieder verließen die Ermittler das Haus durch die Terrassentür. Sie verständigten sich kurz mit den Kriminaltechnikern, die ebenfalls dabei waren, den Tatort zu verlassen. »Heute Vormittag werden Taucher noch mal nach der Drohne suchen«, informierte einer der Männer die beiden Kommissare. »Wenn dann nichts gefunden wird, müssen wir die Suche für gescheitert erklären.«

»Wir drücken den Tauchern und uns selbst die Daumen«, sagte Kuno. Bevor er in den Wagen stieg, warf er noch einmal einen Blick auf das Haus.

Arne steckte den Schlüssel ins Zündschloss. »Wenn seine Tochter ihm mal unbemerkt über die Schulter geguckt hat, als er am Tresor war?«, überlegte er. »Ein paar Ziffern kann man sich doch merken.« Er startete den Motor und gab Gas.

»Um noch einen obendrauf zu legen«, sagte Kuno. »Ich frage mich, ob Anke Quadt mit ihrer Tochter unter einer Decke steckt. Machen Mutter und Tochter gemeinsame Sache, um die Scheidung zu verhindern?

Arne rieb sich die Stirn. »Ich weiß es nicht. Ich weiß nur eins. Wir werden heute mehr Gespräche zu führen haben, als uns Zeit zur Verfügung steht.«

Kuno lehnte den Kopf zurück und machte es sich auf dem Sitz bequem. »Dann hat es wenigstens einen Sinn, dass wir so viel früher aufgestanden sind als üblich.«

»Von der Seite kann man das auch betrachten.«

»Lass uns zur Wache fahren und einen Plan machen, in welcher Reihenfolge wir bei den Befragungen vorgehen«, schlug Kuno vor.

»Ohne Frühstück halte ich nicht mehr lange durch.«

Kuno griff zum Smartphone. »Ich frag Bente, ob sie uns belegte Brötchen bringen kann.«

Arne sah erstaunt zu ihm hinüber. »So weit ist es schon mit euch?«

18

An diesem Samstagmorgen war die Wache spärlicher besetzt als unter der Woche. Allerdings hatten heute und morgen mehr Kollegen Dienst als sonst. Die Eröffnung der ›Sylter Sommernachtsträume‹ lockte zwangsläufig Taschendiebe an, und nach übermäßigem Alkoholgenuss war abends und in der Nacht mit den üblichen Pöbeleien und Schlägereien zu rechnen.

Kuno blieb abrupt stehen, als Arne und er die Warteecke auf dem Flur im ersten Stock passierten. Okko hockte dort auf einem Stuhl. Er sah übernächtigt und ziemlich fertig aus. Diesen Gesichtsausdruck kannte Kuno bei seinem Bruder nur, wenn der in einer einzigen Nacht einen ganzen Kasten Bier geleert hatte.

Doch als Okko beim Anblick des Hauptkommissars vom Stuhl aufsprang, verfügte er sichtlich über Standfestigkeit. Das war der beste Beweis dafür, dass sein Blutalkoholpegel sich derzeit auf einem historisch niedrigen Stand befand. Was war geschehen?

Okko verharrte so windschief und doch wie festgewurzelt auf dem Flur, als gehörte er zur Skulpturengruppe der ›Reisenden Riesen im Wind‹, die seit vielen Jahren auf dem Bahnhofsvorplatz von Westerland Neuankömmlinge amüsierte. Nur dass er nicht so grün angestrichen war und sein Gesicht nicht verkehrt herum saß.

Kuno machte seinem Bruder ein Zeichen, ihm und Arne ins Büro zu folgen. »Auch einen Tee?«

Okko nickte stumm.

Während Kuno das Getränk zubereitete, ohne das ihm der Einstieg in den Tag undenkbar erschien, beobachtete er seinen Bruder aus dem Augenwinkel.

Arne übernahm die Aufgabe, die beiden Computer einzuschalten und einige Unterlagen durchzublättern, die sie gestern erhalten, aber noch nicht gesichtet hatten.

Kuno verteilte Becher auf dem Tisch, schenkte Tee ein und setzte sich zu Okko und Arne. »Nu' red schon, Bruderherz, warum bist du so blass um die Nase?«

»Der Friedrich hat gesagt ...« Okko stockte. Er zog die Oberlippe zwischen die Zähne und zog die Nase hoch. »Stimmt es, dass die Eta tot ist? Ermordet?«

Kuno hätte sich denken können, dass Friedrich Fliegenfischer über den Tod der Eta Smid bereits informiert sein würde, bevor der Mordfall sich überhaupt ereignet hatte. Er hatte bisher bloß keinen Gedanken daran verschwendet. Daher trafen Okkos Worte seinen Magen wie ein unvorhergesehener Boxhieb.

»Was hat unser tüchtiger Inselreporter damit zu tun?« Kuno gab sich redliche Mühe, die Aggression, die ihn gerade überfiel, aus seinem Tonfall herauszufiltern.

Okko ging seinerseits in eine Angriffsposition über. Seine Augenbrauen schnellten hoch, er hob die Nasenspitze und zeigte mit dem Finger auf seinen Bruder. »Du hast gewollt, dass ich mir einen Job suche. Jetzt habe ich einen, und dann ist es auch wieder nicht recht.«

Arne trommelte mit den Fingern auf die Tischplatte. »Zur Sache, bitte, Okko. Was hat der Friedrich mit dem Mord an Eta Smid zu tun?«

»Gar nichts natürlich. Er hat nur so am Rande davon erfahren. Er ist nämlich zufällig mit einem Mitarbeiter von dem Bestattungsinstitut befreundet, bei dem der Quadt am frühen Morgen angerufen hat.«

Arne nickte. »Zufällig. Ah ja. Und der Bestatter hatte nichts Besseres zu tun, als Friedrich zu informieren.«

»Dafür kann der Friedrich nichts«, sagte Okko. »Aber darum geht's jetzt gar nicht. Weshalb ich hier bin, ist nämlich ...« Er atmete tief durch, und sein Gesicht drückte ernsthafte Besorgnis aus.

Kuno beugte sich vertraulich zu ihm hinüber. »Was ist los, Okko? Erzähl.«

Okko erwiderte seinen tiefen Blick. »Ich mag den Norwin sehr. Wirklich. Er ist ein ganz toller Kumpel. Er zeigt mir alles, erklärt mir, was zu tun ist. Er hat eine mordsmäßige Geduld mit mir und schleppt die schwersten Kisten rum, obwohl ich die eigentlich tragen sollte.«

Kuno stoppte seinen Bruder per Handzeichen. »Aber? Wo ist der Haken?«

Okko hob den Kopf und wurde so amtlich, wie Kuno ihn noch nie erlebt hatte. »Ich habe ihn gestern mit Franco reden gehört. Und jetzt weiß ich nicht, wie ich das, was er gesagt hat, einordnen soll.«

»Was hat er denn gesagt? Originalwortlaut, wenn's geht.« Kuno zog einen Block zu sich heran und nahm einen Stift zur Hand. Ungeduldig tippte er mit der Spitze des Kugelschreibers auf das Papier.

In dem Moment klopfte es.

»Herein«, rief Arne.

Eine strahlende Bente erschien im Raum. Auf dem Arm balancierte sie einen großen Teller, der mit Alufolie abgedeckt war. »Frühstück«, sagte sie und stellte den Teller auf dem Tisch ab.

Bei dem Anblick knurrte Arnes Magen, als wollte er sich höchstpersönlich bei der Spenderin bedanken.

Kuno stand auf. »Mensch, Bente, du bist echt ein Schatz.« Er umarmte sie und gab ihr einen Kuss, der keinen Zweifel an der Art ihrer Beziehung ließ.

Okko machte große Augen. Wann hatte er seinen Bruder das letzte Mal küssenderweise erlebt?

Arne übernahm die undankbare Aufgabe, Bente darüber aufzuklären, dass Kuno und er sich trotz des Samstagmorgens und der familiär anmutenden Situation mitten in einem dienstlichen Gespräch befanden.

»Ich will auch nicht weiter stören«, sagte Bente. »Wir sehen uns heute Abend.« Sie zwinkerte Kuno zu, verließ den Raum und schloss die Tür hinter sich.

Okko pfiff leise durch die Zähne. »Donnerwetter. Ist das deine Schlafgelegenheit? Von der hast du mir nie was erzählt.«

»Es gibt auch nichts zu erzählen. Anders als bei dir. Nun rede. Was war gestern mit Norwin und Franco?«

»Okay. Also.« Okko holte tief Luft und faltete die Hände auf dem Tisch. Die Erinnerung an den Abend schien ihn höchste Konzentration zu kosten. »Gestern Abend in List, auf dem großen Parkplatz beim Erlebniszentrum Naturgewalten. Da stand ein Wagen mit Kisten, die noch ausgepackt werden mussten. Es war schon ziemlich dunkel. Norwin war irgendwohin gegangen, ich wusste nicht, wo er gerade war. Aber ich sollte auf ihn warten, hatte er gesagt. Mir wurde es mit der Zeit ein bisschen langweilig. Also bin ich rumgelaufen. Zu dem Gebäude vom Erlebniszentrum. Hab geguckt, was für Vorträge da angekündigt wurden und so. Plötzlich höre ich um die Ecke, zur Seeseite hin, Norwins Stimme.«

»Hast du auch verstanden, was er gesagt hat?«, fragte Arne.

Okko spitzte die Lippen und nickte. »›Johnny macht mich platt‹, hat er gesagt. ›Du musst mir helfen. Bitte. Sonst bin ich auf dem direkten Weg in den Knast.‹«

Kuno stockte der Atem. »Das hat er gesagt?«

Okko nickte. »So wahr ich hier sitze. Ich würde es sogar unter Eid aussagen.«

»Zu wem hat er das gesagt. Zu Franco?«

Wieder nickte Okko. »Zu Franco.«

»Wie ist das dann weitergegangen? Hast du noch mehr gehört?«

Okko schüttelte den Kopf. »Nö. Mir wurde das unheimlich. Ich hab gemacht, dass ich von dem Gebäude wegkam. Bin zurück zum Wagen und hab so getan, als hätte ich die ganze Zeit schön brav da gewartet.«

»Danke, Okko.« Kuno trank den Rest Tee aus seinem Becher und deutete mit dem Kopf auf den Teller mit den belegten Brötchen. »Nimm dir was mit, Arne. Für unterwegs. Wir fahren zu Norwin.«

»Den findet ihr heute nicht zu Hause«, sagte Okko. »Er und Franco sind den ganzen Vormittag im Büro, den Dateien für die Eröffnungsfeier den letzten Schliff verpassen. Musikprogramm, Slideshows als Hintergrund für die Bühnen und so was.«

»Das machen sie zusammen?«, fragte Arne.

»Klar. Franco und Norwin sind die Systemexperten in dem Laden.« Mit der Rolle, die ihm in diesem Gespräch zukam, wuchs Okko sichtlich über sich hinaus. Er lehnte sich zurück, schob die Hände in die Hosentaschen und guckte Kuno und Arne abwechselnd an, als wartete er nur darauf, ihnen auf Nachfrage noch weitere sachdienliche Hinweise geben zu können.

Kuno klappte zwei Brötchenhälften mit Käse zusammen. Auf eine nochmalige auffordernde Geste hin bediente Arne sich ebenfalls und stand auf.

Okko folgte ihnen zur Tür. »Kuno?«

Kuno blieb stehen. »Ja?«

»Der Quadt und der Norwin haben sich am Abend gestritten, beim Quadt im Arbeitszimmer. Ich hab das zufällig beobachtet.«

»Weißt du, worum es dabei ging?«

Okko schüttelte traurig den Kopf.

Kuno ging weiter.

Wieder ertönte Okkos Stimme. »Kuno?«

»Ja-ha.« Kuno drehte sich zu ihm um stellte fest, dass das Gesicht seines Bruders wieder den unsicheren Ausdruck angenommen hatte, der ihm so vertraut war.

»Ihr verratet aber nicht, woher ihr das alles wisst? Die schmeißen mich sonst sofort raus.«

Kuno schluckte. Es hätte nicht viel gefehlt, und er hätte seinen Bruder an sich gedrückt. Doch für diese Geste waren sie sich zu fremd. Er beschränkte sich darauf, Okko die Hand auf die Schulter zu legen und sie dort länger ruhen zu lassen als üblich. »Keine Sorge, mein Bruder.«

Sie begleiteten Okko bis vor die Eingangstür der Wache. »Wir sehen uns später«, sagte Kuno und knuffte seinen Bruder gegen den Arm.

Die Straßen von Westerland waren voll mit Autos von Touristen, deren Urlaub an diesem Samstag zu Ende ging und die als Erste den nächsten Sylt Shuttle erreichen wollten. Wer hatte schon Lust, zwei Stunden sinnlose Zeit in der Warteschlange zu vergeuden?

Rasant und dennoch vorsichtig schlängelte Arne sich durch die schmalen Straßen Westerlands bis zum Bürohaus von Johnny Quadt. Die Eingangstür zum Gebäude war verschlossen. Auf das Klingeln reagierte niemand. Kuno und Arne gingen um das Haus herum. Durch ein

Fenster sahen sie Norwin und einen weiteren Mann, bei dem es sich um Franco Sturlese handeln durfte. Die beiden saßen nebeneinander vor einem Monitor und hatten die Köpfe zusammengesteckt.

Arne pochte mit der Faust gegen die Fensterscheibe.

Die zwei Kollegen schraken zusammen.

Kuno gab ihnen mit einer Geste zu verstehen, dass sie Arne und ihn hereinlassen sollten.

Der Mann, der vermutlich Franco war, stand auf und öffnete ihnen die Tür. Er wirkte betont cool. Seiner Körpersprache nach glaubte er wohl, ihnen mit seiner schmächtigen Gestalt den Zutritt versperren zu können.

»Sie sind Franco Sturlese?«, fragte Kuno.

Er und Arne zeigten ihre Dienstausweise vor.

Franco wich einen Schritt zurück und hielt den Blick gesenkt. »Herr Quadt ist nicht hier.«

»Bei dem waren wir heute schon«, sagte Arne. »Wir wollen zu Ihnen und Herrn Rojahn.« Er drängte sich an Franco vorbei.

Kuno folgte ihm.

»Jetzt dürfen Sie die Tür gerne wieder schließen«, rief Arne dem Systemadministrator über die Schulter zu und steuerte das Zimmer von Johnny Quadt an.

Kuno lief in die Richtung, in der das Büro von Franco und Norwin liegen musste.

Norwin blickte unsicher zu ihm auf, als er den Raum betrat. Franco blieb hinter ihm im Türrahmen stehen.

Kuno lächelte Norwin unverbindlich an. »Wir beide kennen uns ja schon, zumindest vom Sehen.«

Norwin zuckte mit den Schultern.

»Sie erinnern sich an unsere Begegnung am Donnerstagabend auf der Terrasse?«

»Ach so, ja. Das war aber nur kurz. Ich kann mir Gesichter nicht so gut merken.«

Kuno wandte sich an Franco. »Setzen Sie sich doch.«

Franco nahm wieder auf dem Stuhl neben Norwin Platz. Den beiden Mitarbeitern von Johnny Quadt war sichtlich unwohl zumute.

»Sie wissen, was heute Nacht passiert ist?«, fragte Kuno streng.

Norwin saß regungslos da.

Franco nickte. »Johnny hat mich früh am Morgen angerufen.«

Plötzlich tauchte Arne im Raum auf. Er wartete, bis er die volle Aufmerksamkeit der drei Männer hatte. »Die Lebensuhr in Johnny Quadts Büro steht auf null.«

»Wir haben sie noch nicht wieder auf die richtige Zeit zurückgesetzt«, sagte Franco. »An die Software gehen wir nicht ohne Johnnys Erlaubnis ran.«

»Das klingt jetzt aber ein bisschen merkwürdig für meine Ohren«, sagte Kuno. »Irgendjemand muss sie ja verstellt haben, und zwar drei Mal hintereinander innerhalb von zwei Tagen.«

Franco machte ein besserwisserisches Gesicht. »Da waren Hacker am Werk.«

Kuno schüttelte resolut den Kopf. »Irrtum. Das weitere Gespräch führen wir getrennt mit Ihnen beiden durch. Herr Rojahn, Sie setzen sich jetzt bitte in den Besprechungsraum und rühren sich nicht. Wir rufen Sie, wenn wir mit Ihnen reden wollen.«

So schnell wie am Donnerstagabend, als er nur darauf wartete, die Flucht aus Alf Leefmanns Garten ergreifen zu können, erhob Norwin sich und wieselte aus dem Raum.

Arne schloss die Tür hinter ihm. Die Ermittler setzten sich zu Franco an den Schreibtisch.

Franco schloss die Anwendungen auf dem Monitor.

Kuno deutete auf den Bildschirm. »Als Systemadministrator haben Sie Zugriff auf alle Systeme, auch auf die Lebensuhr.«

Franco schluckte. »Ich weiß nicht, ob ich mit Ihnen alleine reden will. Ich glaube, ich möchte lieber einen Anwalt dabeihaben.«

Kuno nickte langsam. »Kann ich verstehen. Ist auch Ihr gutes Recht. Und wenn Sie was zu verbergen haben, ist ein Anwalt keine schlechte Lösung. Wir müssten Sie in dem Fall allerdings sofort mit aufs Präsidium nehmen, und Sie müssten bitte mehr Zeit einplanen. Bis sich am Samstag ein Anwalt findet, das kann dauern.«

Arne schob seinen Oberkörper über den Schreibtisch auf Franco zu. »Was mein Chef damit sagen will, ist: Die ›Sommernachtsträume‹ können Sie in dem Fall vergessen. Aber für unsere Kollegen von der Schutzpolizei ist das nur gut. Die haben dann deutlich weniger Stress.«

Arne stand auf, auch Kuno erhob sich. Arne hielt die Bürotür auf. »Wenn Sie uns bitte folgen würden.«

Franco ruderte zurück. »Moment, ganz so hab ich das nicht gemeint. Also, ich beantworte Ihnen gerne Ihre Fragen, wenn ich das kann. Aber ich weiß ja noch gar nicht, worum es überhaupt geht.«

»Na also«, sagte Kuno.

Arne und er setzten sich wieder hin.

»Ich schlage vor, wir fangen einfach an, und Sie entscheiden selbst, wie viel Sie uns hier und heute sagen wollen und was Sie lieber im Beisein Ihres Anwalts auf der Wache preisgeben. Okay?«

Franco nickte. Seine Kieferknochen mahlten, als er auf die erste Frage wartete, die Kuno ihm stellen würde.

»Fangen wir der Einfachheit halber mit Ihren Alibis an. Wo waren Sie am Donnerstagfrüh?«

»Sie meinen, als auf Johnny geschossen wurde? Da war ich zu Hause. Meine Frau kann das bezeugen. Millie und ich sind am Morgen zusammen hierher gefahren.«

»Und in der Nacht von Mittwoch auf Donnerstag?«

Franco guckte irritiert. »Ich war die ganze Nacht zu Hause. Fragen Sie Millie. Wir schlafen im selben Zimmer im Doppelbett.«

Das Telefon auf Francos Schreibtisch klingelte. »Der Chef«, flüsterte Franco den Ermittlern zu. Als sie ihm zunickten, nahm er den Hörer ab. »Ja, Johnny?«

Offenbar hatte Quadt nach dem Stand seiner Lebensuhr im Büro gefragt.

»Die steht auf null«, sagte Franco. Voller Anspannung hörte er seinem Chef weiter zu. »Mach ich sofort. – Ja, okay.« Er legte wieder auf. »Ich soll die Uhr wieder stellen.«

»Später«, sagte Kuno. »Jetzt sind wir erst mal dran. Wo waren Sie am Donnerstagabend in der Zeit von achtzehn bis einundzwanzig Uhr?«

»Als Johnny von der Drohne angegriffen wurde?«

Kuno nickte.

Franco stützte das Gesicht in die Hände und rieb sich die Augen. Dann blickte er wieder auf. »Entschuldigung. Die letzten Tage waren so chaotisch, dass ich bald nicht mehr weiß, wann welcher Tag war. Also, vorgestern hab ich bis ungefähr neunzehn Uhr im Büro gesessen. Dann hat Millie mich abgeholt. Sie kam direkt von Anke Quadt hierher, und wir sind nach Hause gefahren.«

Kuno ließ die Worte auf sich wirken. »Ihre Frau kam von Anke Quadt?«

»Ja klar. Millie hilft tagsüber ein paar Stunden bei Anke im Café aus. Sie kellnert und räumt die Küche auf. Abends macht sie hier im Büro sauber. Normalerweise kommt sie erst um zwanzig Uhr hierher. Aber an diesem Donnerstag wollte sie lieber mit mir zusammen nach Hause fahren. Nach dem, was morgens vorgefallen war, war es ihr zu unheimlich, so spät abends ganz alleine hier im Haus zu sein. Deshalb hat sie das Reinemachen auf den Freitagmorgen verschoben.«

Kuno machte sich Notizen. Natürlich würde Millie ihrem Mann jedes Alibi bestätigen. Doch die Zeitangaben, die Franco machte, schienen stimmig zu sein. Später würde er diese Daten gemeinsam mit Arne noch einmal mit den Tatzeiten abgleichen.

Kuno blickte wieder auf. »Kommen wir zum wichtigsten Alibi, Herr Sturlese. In der Nacht von gestern auf heute, zwischen dreiundzwanzig und drei Uhr, wo waren Sie da?«

Franco guckte verständnislos. »Wir haben den ganzen Abend über mit dem Team die ›Sommernachtsträume‹ vorbereitet. Fragen Sie Ihren Bruder, der war dabei. Zuletzt waren wir in Westerland, bis weit nach Mitternacht. Dann sind wir alle nach Hause gegangen.«

»Jeder für sich allein?«, fragte Kuno.

Franco zuckte mit den Schultern. »Ich ja. Ich bin direkt nach Hause. Gegen eins oder halb zwei nachts war ich da. Fragen Sie Millie.«

»Hat Sie auf dem Weg nach Hause jemand gesehen?«

Franco dachte nach. »Nein, ich glaube nicht. Zumindest niemand, den ich kenne.«

Eine klaffende Lücke im Alibi von Franco Sturlese! Kunos Blicke hefteten sich auf Francos Gesicht. »In der Nacht von Mittwoch auf Donnerstag wurde die Software der Lebensuhr manipuliert. Nach unserer Kenntnis sind Sie der Einzige hier im Haus, der Zugriff auf alle Systeme hat. Und unsere IT-Experten haben anhand der Netzwerkprotokolle festgestellt, dass nur Sie angemeldet gewesen sein können, als die Lebensuhr von Johnny Quadt auf null gesetzt wurde.«

Franco hob protestierend das Kinn. »Das ist ein Irrtum. Es stimmt, ich hab Zugang zu allen Systemen. Aber ich bin nicht der Einzige.«

»Zumindest eins ist erwiesen«, sagte Arne. »Jemand, der sich mit den Zugangsdaten des Systemadministrators angemeldet hat, hat die Uhr verstellt.«

Franco wurde sichtlich nervös. Er hatte Mühe, ruhig auf seinem Stuhl sitzen zu bleiben. »Sie waren also diejenigen, für die ich die Netzwerkprotokolle ausdrucken sollte.«

Kuno erwiderte nichts darauf.

Das Schweigen, das im Raum herrschte, begann zu schmerzen.

»Herr Sturlese«, sagte Kuno schließlich, »ich fasse mal zusammen. Sie haben Alibis, die Ihnen niemand anders als Ihre Frau bestätigen kann. In dem Zeitraum, in dem der Mord an Eta Smid verübt wurde, weist Ihr Alibi eine eklatante Lücke auf. Und die Lebensuhr von Johnny Quadt wurde jeweils kurze Zeit vor den beiden Attentaten von jemandem auf null gesetzt, der sich als Administrator beim System angemeldet hat. Wie sich das vor dem Mord an Eta Smid verhielt, wissen wir noch nicht. Ich fürchte aber, es sieht nicht viel anders aus. Sie sitzen doch direkt an der Datenquelle. Sie können mir bestimmt Auskunft darüber geben, bevor wir wieder unsere Spezialisten draufgucken lassen.«

Franco wurde blass und schwieg.

Er war es nicht, dachte Kuno. Die Indizien sind zu offensichtlich. Ein Mann wie Franco Sturlese, der ein kompliziertes Netzwerk von IT-Systemen verwaltet, ist detailverliebt, bestens strukturiert und organisiert. Dem würden solche Fehler nicht unterlaufen. Er würde ein Verbrechen so genau planen und so umsichtig begehen, dass es, wenn überhaupt, nur mit penibelster Kleinarbeit gelingen könnte, ihm einen Fehler nachzuweisen.

Noch immer schwieg Franco.

Sie würden ihn in die Enge treiben müssen, um mehr aus ihm herauszubekommen.

Kuno sah ihn eindringlich an. »Hab ich recht? Sie waren angemeldet. Sie waren zu den fraglichen Zeitpunkten der einzige Nutzer im System.«

Franco ließ seine Fingerknöchel knacken und sah mit glasigen Augen an den Ermittlern vorbei. »Ich war es nicht. Ich habe die Uhr nicht verstellt.«

»Wer außer Ihnen kann es gewesen sein? Ihre Vertretung ist Norwin Rojahn, wie Herr Quadt uns gesagt hat.«

»Das stimmt.«

»Ihr Kollege hat aber doch andere Zugangsdaten als Sie?«, fragte Arne.

Franco schüttelte den Kopf.

Arne lachte. »Das wollen Sie uns jetzt nicht ernsthaft weismachen.«

Franco schob sich auf seinem Bürostuhl zurück, schlug die Beine übereinander und verschränkte die Arme. Einige Male atmete er scharf ein. »Es gibt nur einen Benutzernamen und ein Passwort für den Zugang des Systemadministrators.«

Das war für Kuno, der zwar kein Experte in diesen Dingen war, aber doch einiges über Computer wusste, schwer zu glauben. »Das bedeutet, niemand kann nachvollziehen, ob gerade Franco Sturlese oder Norwin Rojahn als Administrator beim System angemeldet ist?«

»So ist es.«

Kuno wartete auf eine Erklärung.

»Johnny Quadt hat seine Ansprüche«, sagte Franco und verzog den Mund. »Wenn er meint, dass er bis in den späten Abend einen IT-Experten braucht, weil er eine neue Software installiert und getestet haben möchte, hat der Systemadministrator gefälligst hier zu sitzen. Er selbst macht es sich zu Hause in seinem feudalen Arbeitszimmer bequem, während ich hier herumhängen und darauf warten darf, dass er um Hilfe ruft.«

Kuno lächelte ihn an. »Sie möchten stattdessen aber viel lieber bei Ihrer Millie sein.«

»Erraten.« Jetzt lächelte auch Franco und die Anspannung wich aus seinem Gesicht. »Johnny telefoniert nicht gerne mit seinen Leuten. Wenn er sich meldet, macht er das per Mail, und er nutzt eine Überwachungs-Software. Damit kann er sich auf unsere Bildschirme schalten und sehen, wer gerade was auf dem Computer macht.«

»Er kann nicht sehen, wer vor dem Computer sitzt, aber er kann feststellen, ob vom Computer des Systemadministrators aus gearbeitet wird oder von dem von Norwin Rojahn oder irgendeinem anderen Mitarbeiter?«

»Genau. Daher sitzt Norwin an meinem Computer, wenn er mich heimlich vertritt, und er nutzt dieselben

Zugangsdaten wie ich, wenn er sich an meiner Stelle als Systemadministrator anmeldet.«

Arne griff sich ans Kinn. »Das würde bedeuten: Wenn nicht Sie die Lebensuhr verstellt haben, müsste Norwin Rojahn das gewesen sein.«

Franco zog den Kopf zwischen die Schultern. »Dazu kann ich nichts sagen. Vielleicht ist jemand in unser System eingebrochen und hat die Zugangsdaten der Mitarbeiter gehackt. Inzwischen hab ich die Daten der ganzen Belegschaft geändert. Es kann nicht anders sein, als dass jemand von außerhalb ...«

Kuno unterbrach ihn mit einer ungeduldigen Geste. »Es hat niemand von außen auf Ihr System zugegriffen.«

Franco schnaubte. »Woher wollen Sie das wissen?«

»Das haben unsere Spezialisten festgestellt«, sagte Arne. »Nach welchem der beiden Attentate haben Sie die Daten geändert?«

»Nach dem ersten. Am Donnerstagabend hab ich sie für alle Mitarbeiter neu vergeben. Johnny wollte das so.«

Kuno rechnete nach. Unmittelbar vor oder nach dieser Änderung musste die Uhr zum zweiten Mal verstellt worden sein. Er sah Franco prüfend an. »Haben Sie Norwin Rojahn die neuen Daten sofort mitgeteilt?«

Franco senkte den Blick und nickte.

»Norwin ist Ihr Freund«, sagte Kuno tonlos.

Franco rührte sich nicht.

»Das wär's für den Moment, Herr Sturlese. Danke.« Kuno wandte sich an Arne. »Rufst du bitte Herrn Rojahn rein?«

»Was mach ich denn jetzt?« Franco wirkte mit einem Mal kläglich wie ein Verräter.

»Sie gehen am besten nach Hause.«

»Ich muss noch die Lebensuhr auf den richtigen Zeitpunkt stellen.«

»Nee«, sagte Kuno. »Das lassen Sie jetzt mal sein. Ich habe den Eindruck, solange diese Uhr läuft, fordert sie zu Attentaten heraus. Falls Herr Quadt Ihnen eine Rüge erteilt, weil Sie sie auf null gelassen haben, bestellen Sie ihm einen schönen Gruß von mir.«

Franco lächelte erleichtert. Er huschte aus dem Büro.

Kuno konnte sich vorstellen, dass ihm eine Begegnung mit Norwin zu diesem Zeitpunkt denkbar unangenehm gewesen wäre.

Arne brachte Norwin herein.

Norwin setzte sich auf den Stuhl, auf dem er vorhin schon gesessen hatte. Er schob die Fingerspitzen in die Hosentaschen und sah gelangweilt vor sich hin, als beträfe die Anwesenheit der Ermittler ihn nicht.

Kuno versuchte vergeblich, seinen Blick aufzufangen. »Zunächst einmal hätten wir gerne Ihre Alibis.« Wie vorhin im Gespräch mit Franco zählte er die Tatzeiten der beiden Attentate und des Mordes auf.

Norwin sprach ein paar Worte. Er redete so leise, dass weder Kuno noch Arne ihn verstehen konnten.

Kuno hob die Stimme. »Wie bitte?«

Endlich guckte Norwin ihn an. Sein Gesicht war verschlossen, ein Augenlid zuckte. »Donnerstagfrüh hab ich noch im Bett gelegen, am Abend hab ich Fernsehen geguckt. Fragen Sie mich bitte nicht, was lief. Ich hab rumgezappt und nicht richtig hingeguckt. Mir sind tausend Dinge durch den Kopf gegangen.«

Arne rückte seinen Stuhl an den von Norwin heran. »Das kann ich mir vorstellen.« Sein Tonfall klang provokant. Doch so, wie Norwin sich gab, durfte der sich nicht wundern, dass er den Kommissaren, wenn nicht verdächtig, so doch zumindest auffällig erschien.

Norwin reagierte nicht sofort. Dann plötzlich brauste er auf. »Wollen Sie mir was unterstellen?«

Arne blieb ungewöhnlich ruhig. »Wo waren Sie letzte Nacht zwischen dreiundzwanzig und drei Uhr?«

»Wir haben den ganzen langen Abend über die ›Sommernachtsträume‹ vorbereitet, bis in die Nacht hinein.«

Arne ließ Norwin nicht aus den Augen. »Aber nicht bis drei Uhr morgens.«

Norwin zuckte mit den Schultern. »Bis halb eins, eins. So um den Dreh. Ich hab Zeugen dafür. Franco dürfte Ihnen das auch gesagt haben.«

Arne nickte. »Hat er. Aber wo waren Sie danach, in der Zeit von eins bis drei?«

»Zu Hause.«

»Zeugen?«

»Keine.« Norwin presste die Lippen aufeinander.

Wieder machte sich Stille breit.

»Am Donnerstagabend, nach dem Drohnenattentat auf Johnny Quadt, waren Sie bei Alf Leefmann«, sagte Kuno.

Norwin nickte, gab jedoch nicht die erhoffte Erklärung dazu ab.

»Was wollten Sie bei ihm?«

Außer einem Schulterzucken zeigte Norwin keine Regung.

»Herr Rojahn, je mehr Sie schweigen, desto stärker bringen Sie sich selbst in Verdacht. Ist Ihnen das klar?«

Norwin stützte die Ellenbogen auf den Tisch und fuhr sich mit den Fingern durch die Haare. Dann lehnte er sich zurück. Seine Blicke schweiften aus dem Fenster.

»Ich will in der Branche bleiben, aber weg von Johnny. Ich hab mich bei Alf Leefmann beworben.«

»Warum wollen Sie wechseln?«, fragte Kuno.

Wütend ließ Norwin beide Fäuste auf die Tischplatte donnern wie auf Bongos. »Weil Johnny mir einen unbefristeten Vertrag verweigert. Er verlangt alles von mir und lockt mich mit großen Versprechungen. Aber wenn ich mit ihm über eine Festanstellung reden will, weicht er aus. Dann sieht er auf einmal keine Perspektive mehr.« Er verzog das Gesicht theatralisch, als wollte er Johnny Quadt nachäffen, wenn der ihm seine Argumente darlegte.

»Das macht Sie wütend«, sagte Kuno leise.

»Und wie.« Wieder ballte Norwin die Fäuste.

Aufmerksam beobachtete Kuno die Körpersprache seines Gegenübers. »Es macht Sie so wütend«, sagte er langsam, »dass Sie Rachegelüste verspüren?«

Norwin riss die Augen auf. »Nein, verdammt noch mal.« Erneut sauste seine Faust auf den Tisch. Er wollte weiterreden, doch dann erkannte er offenbar, wie erregt er war und wie sein Gebaren auf die Kripobeamten wirken musste. Wie über sich selbst erschrocken, stierte er auf seine Hände und blieb stumm.

Norwin Rojahn hatte ein Motiv. Er hatte Zugriff auf das System. Er hatte keine oder nur lückenhafte Alibis. Und er wusste mit Schusswaffen umzugehen.

»Wo waren Sie am einundzwanzigsten Juli abends?«

Norwin zog die Augenbrauen zusammen. »Am einundzwanzigsten Juli? Was für ein Wochentag war das?«

Kuno und Arne schwiegen.

Norwin legte sein Smartphone auf den Tisch und öffnete den Planer. »Ein Samstag. Da hatte ich frei.«

»Sie haben nicht zu dem Team gehört, das Quadts Veranstaltung in List vorbereitet hat?«, fragte Kuno.

Norwin überlegte. »Ach, die Sache meinen Sie. Nein, an dem Abend hatte ich frei. Für den Event wurden nicht alle Mitarbeiter gebraucht.« Noch immer verriet er nicht, wie er den Abend verbracht hatte.

»Hatten Sie eine Verabredung?«, fragte Kuno. »Haben Sie sich mit Freunden getroffen, wie man das am Samstagabend so macht?«

Norwin zuckte die Achseln. »Vielleicht mit 'nem Mädchen. In meinem Planer steht nichts dazu.«

Arne setzte dieses provokante Lächeln auf, mit dem er schon manch einen verstockten Verdächtigen zur Weißglut gebracht hatte. »Sie haben nicht zufällig einen Spaziergang zum Haus von Johnny Quadt gemacht, um zu gucken, ob da alles in Ordnung war?«

Norwin guckte irritiert. »Warum sollte ich?«

Kuno registrierte seine wachsende Unsicherheit. »Sie haben in der Vergangenheit unter Beweis gestellt«, sagte er, »dass Sie mit einem Revolver schießen können.«

Norwins Gesicht verzog sich vor Zorn. »Nur weil ich vor Jahren mal von der Spur abgekommen bin, wollen Sie mir unterjubeln, dass ich jetzt geschossen habe? Erst auf Johnny und dann auf Eta?« Er suchte Kunos Blick. Seine Stimme wurde leise. »Ich sag jetzt nichts mehr, nicht ohne Anwalt. Aber ich würde gerne mal wissen: Was hat das alles mit dem einundzwanzigsten Juli zu tun?«

»Nichts weiter. War nur so eine Frage. Aber es könnte nicht schaden, wenn Ihnen noch einfallen würde, was Sie an dem Abend unternommen haben, und wenn Sie uns einen Nachweis dafür präsentieren könnten.«

»Ich denk noch mal drüber nach«, sagte Norwin.

Kuno betrachtete ihn skeptisch. Wie wertvoll würde das nachgereichte Alibi eines Freundes von Norwin oder irgendeines Mädchens sein?

Arne klopfte auf die Tischplatte, als wollte er Norwin aus tiefen Gedanken zurückholen. »Kennen Sie sich eigentlich mit Drohnen aus?«

Wie in Zeitlupe wandte Norwin ihm sein Gesicht zu. »Ohne Anwalt sag ich nichts mehr.«

Was ging in diesem Mann vor? Wie weit war er in seinem Frust über Johnny Quadts Sturheit in Sachen Festanstellung gegangen? Hatte er die Anschläge auf Johnny verübt? Hatte er in seiner Wut versehentlich auf Eta Smid geschossen? Hatte er in der Nacht zum Samstag womöglich unter Alkoholeinfluss gestanden? Doch der Aufbau der Zelte, Bühnen und Veranstaltungstechnik erforderte höchste Konzentration, und wenn selbst Okko bei diesen Arbeiten nüchtern geblieben war ...

»Herr Rojahn«, sagte Kuno. »Wir werden Sie jetzt zur Wache mitnehmen und einen Anwalt für Sie bestellen. Unsere Kollegen werden dann einen kleinen Test mit Ihnen machen.«

Norwin schreckte hoch. »Was für einen Test?«

»Unsere Kriminaltechniker werden prüfen, ob Sie Schmauchspuren an den Händen haben.«

Kunos Smartphone klingelte. Es war ein Kollege von der Wache, der anrief. »Moment«, sagte Kuno zu Arne und Norwin, »bin gleich wieder da.« Er verließ den Raum und suchte das Besprechungszimmer auf. »Knudsen hier. Was gibt es denn?«

»Moin Kuno, wir haben eine Erfolgsmeldung. Die Taucher haben die Drohne gefunden.«

»Das ist nicht wahr!«

Der Kollege lachte. »Sie ist auf dem Weg hierher. Kommt und guckt sie euch an.«

»Machen wir. Dauert allerdings noch ein bisschen. Wir beenden gerade ein Gespräch und haben noch eins in Hörnum vor uns. Aber du rufst genau zum richtigen Zeitpunkt an. Schick doch bitte zwei Kollegen her. Sie sollen einen Verdächtigen zur Wache bringen.«

Er besprach mit dem Beamten das weitere Vorgehen und kehrte zu Arne und Norwin zurück.

19

Es dauerte nur wenige Minuten, bis die Beamten eintrafen, die Norwin mitnahmen. »Ein Anwalt für Sie ist unterwegs«, sagte eine Polizistin, als sie den Verdächtigen zum Streifenwagen führte.

Die Ermittler stiegen in ihren zivilen Dienstwagen. Erst jetzt, als Norwin außer Hörweite war, informierte Kuno seinen Kollegen über den Fund der Drohne.

»Willst du trotzdem zuerst nach Hörnum fahren und mit Anke Quadt sprechen?«, fragte Arne.

»Auf jeden Fall. Es dauert sowieso noch eine Zeit, bis die Kriminaltechniker herausgefunden haben, ob die Daten auf dem Fluggerät lesbar sind. Bis dahin willst du doch nicht tatenlos im Büro herumhängen?«

Arne guckte enttäuscht. »Zugesehen hätte ich den Leuten von der KTU schon gerne.« Er bog in Richtung Hörnum ab. »Ich bin gespannt, was das Gespräch mit Anke Quadt bringt. Ein Stück Kuchen dazu wäre auch nicht zu verachten. Wenn sie schon ein Café hat ...«

Bei der Aussicht auf einen Tee mit Kuchen lehnte Kuno sich genüsslich auf seinem Sitz zurück. »Lass uns mal scharf nachdenken. Wir wissen jetzt: Die Frau von Franco Sturlese arbeitet nicht nur für Johnny, sondern auch für Anke Quadt. Ich frage mich, ob Millie Sturlese als Tresorcode-Übermittlerin fungiert haben könnte.«

»Als Tresorcode-Übermittlerin?«

»Was bist du heute fantasielos!« Kuno guckte Arne mit gespielter Entrüstung an. »Ich überlege: Hat Anke Quadt den Code für den Tresor womöglich Millie Sturlese verraten? Die könnte ihn ihrem Mann oder auch Norwin Rojahn weitergeflüstert haben.«

»Ah, verstehe«, sagte Arne. »Kein uninteressanter Gedanke.«

Kuno konnte förmlich sehen, wie ein Ticker aus Gedankenfetzen über Arnes Stirn zu flimmern begann.

Als sie Rantum hinter sich gelassen hatten, nickte Arne bedächtig. »Ich versteife mich immer mehr darauf, dass die Attentate und der Mord ein Gemeinschaftswerk aus Familienmitgliedern und Mitarbeitern waren.«

»Lass uns weiter drüber nachdenken, wenn wir das Gespräch mit Anke Quadt geführt haben«, sagte Kuno.

Er wandte den Kopf nach rechts. Es beeindruckte ihn immer wieder aufs Neue, wie endlos sich die Dünenkette an der Westseite dieser streckenweise handtuchschmalen Insel dahinzog.

Irgendwann würde er eine große Wanderung den ganzen Strand entlang unternehmen. Von Nord nach Süd. Oder lieber von Süd nach Nord? Je weiter man nach Norden kam, desto verlassener wirkte Sylt auf ihn. Auf Amrum war es dasselbe. Die Richtung gen Norden schien überall auf der nördlichen Welthalbkugel das Passende für Einsamkeitsfanatiker zu sein.

Arne zog ihn in den Alltag zurück. »Norwin hätte wirklich ein handfestes Motiv: Wut auf Quadt wegen der Weigerung, ihn fest anzustellen.«

»Hmm«, machte Kuno. Trotz des naheliegenden Verdachts wollte er sich noch alles offenhalten, bis sie die weiteren Gespräche geführt hatten. »Und jetzt sind wir auf dem Weg nach Hörnum, um festzustellen, ob da jemand sitzt, der ein ganz anderes Motiv haben könnte. Versteif dich nicht auf den erstbesten Verdächtigen.«

»Du bist witzig. Wie lange haben wir nach diesem Verdächtigen gesucht?«

»Zwei Tage. Guck lieber nach vorn. Da hinten sind Radfahrer, die die Straße überqueren wollen.«

»Schon verstanden. Ich halt die Klappe.«

Arnes Versprechen hielt nur so lange, wie das Smartphone in der Freisprechanlage stumm blieb. Mit dem ersten Klingeln des Gerätes, das ziemlich genau in Höhe des Parkplatzes ertönte, von dem aus der Weg zur berühmten Sansibar führte, wurde er wieder gesprächig. »Sieh an, schon wieder die Kollegen von der KTU.«

Bevor Kuno das Gespräch entgegennehmen konnte, hatte Arne auf die grüne Taste gedrückt. »Kripo Wattenmeer auf Mörderjagd«, sagte er. »Was habt ihr denn jetzt schon wieder Aufregendes zu berichten?«

Die Stimme einer Frau klang aus dem Lautsprecher. »Moin, Arne. Hört dein Kollege mit?«

»Ich habe noch nie erlebt, dass er nicht mithört.«

Die Frau lachte leise. »Dann spitzt mal die Ohren, ihr Mörderjäger. Wir haben das Projektil untersucht, das Eta Smid tödlich getroffen hat. Der Schuss hat übrigens einen Brustwirbel durchschlagen und das Herz getroffen. Sie war auf der Stelle tot. Aber darüber seid ihr vermutlich schon informiert.«

Kuno antwortete in Richtung des Mikrofons. »Den Bericht des Gerichtsmediziners werden wir erst Anfang nächster Woche erhalten. Aber was ist nun mit dem Projektil?« Er fieberte der Bestätigung seiner Vorahnung entgegen.

»Es wurde aus derselben Waffe abgefeuert wie das Projektil, mit dem vorgestern die schicke Golf-Trophäe von Johnny Quadt erlegt wurde.«

Die scheinbare Abgebrühtheit, die aus den Worten der Kollegin durchklang, half den Kriminaltechnikern, den rauen Berufsalltag zu bewältigen. Doch Kuno wusste, dass auch ihnen solche Fälle nahegingen.

»Es wurde also wieder mit der Waffe geschossen, die Johnny Quadt gestohlen wurde«, stellte er fest. »Ein Grund mehr, weiter danach zu fahnden, wer außer ihm den Code des Tresorschlosses gekannt hat.«

Arne konnte es mal wieder nicht abwarten. »Wie sieht es denn mit der Drohne aus? Könnt ihr die Daten lesen, die darauf gespeichert sind?«

»Geduld, mein Lieber. Der Hexenmeister, der sie entschlüsseln soll, sitzt noch am Frühstückstisch. Wenn ihr von eurem Ausflug nach Hörnum zurückkommt, sind wir hoffentlich ein Stück weiter, aber versprechen kann ich dir nichts. Du weißt, Meerwasser ist kein Feinwaschmittel für elektronische Chips.«

»Wir beeilen uns. Bis später, Süße.« Mit einer lässigen Geste drückte Arne auf die rote Taste.

Amüsiert zuckte Kuno mit einer Augenbraue. »»Mein Lieber‹, ›meine Süße‹ – hab ich da was verpasst?«

Arne schmunzelte. »Du solltest vielleicht öfter nach Sylt kommen. Jetzt, wo du diese kuschelige neue Schlafgelegenheit hast, bietet sich das sowieso an.«

Es wurde Zeit, das Thema zu wechseln. Kuno wandte sich von Arne ab und konzentrierte sich auf die Straße vor ihnen. »Ich finde, Okko hat sich bisher auf Sylt prima gemacht.«

»Weil er letzte Nacht nicht besoffen vor Bentes Tür gelegen und nach seinem großen Bruder gerufen hat?«

Wieder das falsche Thema.

Insgeheim hoffte Kuno darauf, dass Okko doch noch den Weg in ein geregeltes Leben finden würde. Der Aushilfsjob bei Johnny Quadt hatte ihn möglicherweise auf den Geschmack gebracht. »Nu geh mal langsam vom Gas runter«, sagte er. »Wir fahren auf Hörnum zu. Kennst du die Straße, in der das Café liegt?«

»Ich kenne sogar das Haus. Bin schon mal dran vorbei spaziert, als der Laden eröffnet wurde.«

Er hielt vor dem Gebäude an. Es gab einen kleinen Parkplatz, auf dem jedoch kein Auto stand. Draußen auf der Terrasse saßen zwei Frauen.

Kuno und Arne betraten das Café. Auch hier war nur ein Tisch besetzt. Eine Frau stand hinter dem Tresen und räumte Tassen von einem Tablett ins Regal.

»Hauptkommissar Knudsen und Kommissar Zander, Kripo Wattenmeer.« Kuno zeigte seinen Dienstausweis vor. »Wir würden gerne mit Anke Quadt sprechen.«

»Das bin ich.« Die Frau stellte die Tasse, die sie in der Hand hielt, auf das Tablett zurück und wischte sich mit den Händen über die Hüften. »Worum geht es?«

»Haben Sie einen Raum, in dem wir uns ungestört unterhalten können?«, fragte Kuno.

Anke überlegte kurz. »Kommen Sie.« Sie bat die Ermittler mit einem Wink, hinter den Tresen zu treten, und führte sie in einen kleinen Raum.

Ein junger Mann saß an einem Tisch, ein Notebook vor sich. Er guckte erschrocken auf, als Anke in Begleitung der Kommissare eintrat.

»Das ist mein Sohn Jimmy«, sagte Anke Quadt. »Jimmy, die Herren sind von der Kriminalpolizei. Sie wollen mit mir reden. Kannst du solange woanders weiterarbeiten?« Sie wandte sich an die Ermittler. »Mein Sohn hilft mir bei der Buchhaltung.«

Jimmy klappte das Notebook halb zu und schoss von seinem Stuhl hoch. »Kriminalpolizei?« Er sah Kuno, den er wohl aufgrund seines Alters und seines Auftretens als den höhergestellten Beamten erkannte, argwöhnisch an. »Was Schlimmes? Ich meine, hat es mit meinem Vater zu tun?«

»Auch. Mit den Attentaten auf Ihren Vater und mit dem Mord an Eta Smid. Wenn Sie so nett wären und sich nicht zu weit entfernen würden? Nach dem Gespräch mit Ihrer Mutter möchten wir uns auch mit Ihnen kurz unterhalten.«

Jimmy zuckte mit den Schultern. »Ich hab mit meinem Vater schon lange nichts mehr zu tun. Aber wenn Sie meinen?«

»Wir meinen.« Kuno nickte ihm aufmunternd zu.

»Ich setz mich an Tisch fünf und kümmere mich, wenn Gäste kommen«, sagte Jimmy zu seiner Mutter. Er drängte sich an Kuno vorbei aus dem Raum.

»Kann das offen bleiben?« Anke wies mit dem Kopf auf den geöffneten Fensterflügel.

Arne grinste. »Wenn Sie nicht rausspringen und fliehen.«

Das Café lag in einem Einzelhaus, umgeben von Heidefläche und Dünengras, und das Zimmer, in dem sie sich befanden, führte nach hinten hinaus. Mit Zuhörern war auf dieser Seite des Hauses nicht zu rechnen.

»Ist schon in Ordnung so«, sagte Kuno.

Anke schloss die Tür und setzte sich zu den Ermittlern. »Dieser Raum ist als Aufenthaltsraum für mich und meine Aushilfen gedacht. In meinem Bistro ist es nicht immer so leer wie jetzt.«

Ihre Mimik wirkte unsicher, während sie sprach, beinahe schon resigniert. Auch ihre Stimme drückte eher Hoffnungslosigkeit aus als Optimismus.

»Seit wann betreiben Sie das Café?«, fragte Kuno.

»Seit zwei Jahren.« Anke Quadt zuckte mit den Schultern, als wollte sie sich rechtfertigen. »Nach der Trennung von Johnny habe ich zuerst in einem Supermarkt gejobbt. Aber das Gehalt war mies. Da hab ich mir gedacht, warum soll ich mich nicht selbständig machen?« Ihre Blicke suchten nach Bestätigung.

»Sicher keine schlechte Idee.« Kuno fiel ein, dass er noch nie in seinem Leben über die Möglichkeit einer beruflichen Selbständigkeit nachgedacht hatte. Sein Berufswunsch hatte schon festgestanden, bevor er überhaupt eingeschult wurde, und seinen Traumjob konnte er nur im Staatsdienst ausüben. Als er bemerkte, welche Unsicherheit aus den Augen von Anke Quadt sprach, empfand er Dankbarkeit dafür, dass er solch eine existenzielle Entscheidung nie hatte treffen müssen. »Und, läuft das Café?«, fragte er.

»Nicht überragend, wie Sie sehen. Es hat keine gute Lage. Aber ich bin von dem Konzept überzeugt, und wenn es sich erst einmal herumgesprochen hat, werden auch mehr Gäste kommen.« Ihre Stimme wurde fester. Sie nickte Kuno zur Bestätigung ihrer eigenen Worte zu.

»Sie mussten sicher einen Kredit aufnehmen, um die Einrichtung finanzieren und die Mietkaution für die Räume hinterlegen zu können?«, fragte Arne.

»Zum Teil ja.«

Anke schien nicht gewillt, den Kommissaren die Details über ihre finanzielle Situation offenzulegen. Doch genau die interessierten sie brennend. Stand Johnny Quadts Ehefrau nach der Trennung von ihrem Mann ganz auf eigenen Füßen, oder war sie finanziell auf ihn angewiesen? Was würde die Scheidung für sie bedeuten?

Arne fragte unerbittlich nach. »Einen Teil haben also die Banken bewilligt. Und den anderen Batzen, wie haben Sie den beschafft?«

Anke verzog schnippisch den Mund. »Mein Fast-Ex-Ehemann hilft mir. Noch tut er das jedenfalls.«

»Aber nicht mehr lange?«, fragte Kuno.

Anke suchte eine Möglichkeit zur inneren Flucht. Kuno merkte es an ihrer Atmung, die plötzlich schneller ging, und an den Blicken, die nach innen gerichtet waren. Doch plötzlich wurde sie ruhiger und fragte: »Worauf wollen Sie hinaus?« Ihr Gesichtsausdruck verlor jede Patzigkeit, und der Tonfall ihrer Stimme ließ darauf schließen, dass sie bereit war, Klartext zu reden.

Kuno räusperte sich. »Tut mir leid, dass ich so indiskret sein muss, Frau Quadt, aber das ist jetzt wichtig.«

Er wurde durch ein Klopfen an der Tür unterbrochen. Jimmy steckte seinen Kopf durch den Türspalt. »Ein Gast fragt nach Pflaumenkuchen, Mutti. Haben wir schon welchen? In der Kühlung sehe ich keinen.«

Anke schüttelte den Kopf. »Noch nicht. Ab nächste Woche. Stachelbeere wäre wohl da, frisch gebacken, mit einer Schicht Vanillepudding auf dem Teig.«

»Okay, danke.« Er zog sich zurück und schloss die Tür.

Kuno setzte von neuem an. »Die Sache mit Ihrer Scheidung und der Hochzeit Ihres Mannes mit Eta Smid, die müssten wir leider etwas genauer beleuchten.«

Ankes Gesicht versteinerte. »Was gibt's da zu beleuchten? Die Hochzeit hat sich erledigt.«

»Für Eta Smid ja«, sagte Arne, »für uns nicht.«

Kuno sah seinen Kollegen tadelnd an und bat stumm darum, dieses Thema ihm allein zu überlassen.

Arne verstand. »Sorry«, sagte er kleinlaut. »Ist mir so rausgerutscht.«

»Sagen Sie, Frau Quadt.« Kuno suchte nach den passenden Worten. »Sie und Ihr Mann haben die Modalitäten doch so weit geregelt, dass der Scheidungsrichter die Scheidung nur noch aussprechen müsste, richtig?«

Anke nickte.

»Hat Ihr Mann in letzter Zeit mit Ihnen über einen Termin dafür gesprochen?«

Wortlos schüttelte sie den Kopf.

»War es nicht so, dass er und Frau Smid konkrete Heiratspläne hatten?«

»Da müssen Sie ihn fragen. Sie werden sicher verstehen, dass ich nicht darauf gedrängt habe.«

»Klar, natürlich.« Kuno zeichnete mit dem Finger die Maserung des Holztisches nach. Wie drückte er es am besten aus? »Kann es sein, dass diese Hochzeit in Wirklichkeit gar nicht geplant war, nicht von beiden Seiten?«

Mit einem Mal wurden die Gesichtszüge von Anke Quadt weich. Kuno hatte das Gefühl, diese zarte Person, die sich so zäh gab, könnte jeden Moment dahinschmelzen. Hatte er einen Knoten in ihrer Seele berührt, der nur darauf wartete, gelöst zu werden?

Mit leiser Stimme begann Anke, zu erzählen. »Zuerst war es die große Liebe zwischen Johnny und Eta. Es hätte nicht viel gefehlt, und er hätte sie vom Fleck weg zum Standesamt geführt, wenn wir nicht noch verheiratet gewesen wären.«

»Aber?«, fragte Kuno. »Wann kam der Sinneswandel, und wer hat ihn vollzogen?«

Anke stieß ein bitteres Lachen aus. »Als die erste Verliebtheit verflogen war, hat Eta gemerkt, wen sie sich da geangelt hatte. Zuerst war es nur diese verrückte Lebensuhr. Dann kam die elektronische Assistentin, die er sich ausgerechnet ins Schlafzimmer gestellt hat. Überall Steuerung und Überwachung. So was muss man aushalten können. Welche Frau will das schon?«

Kuno guckte ungläubig. »Er hat so einen Kasten, in den er reinspricht, und der handelt dann für ihn?«

»Amanda macht alles.« Anke nahm die Finger zu Hilfe und zählte auf: »Sie öffnet Türen und Fenster. Sie ruft seine Geschäftspartner an. Sie bestellt zwei Dutzend Joghurts, wenn der Kühlschrank leer ist. Sie schaltet die Waschmaschine ein. Gefühle zeigen kann sie wohl noch nicht. Aber es dauert sicher nicht mehr lange, dann zaubert Johnny einen Geist aus Amanda hervor, der ihm die Wange tätschelt, wenn er Liebeskummer hat.«

Kuno versuchte, sich die Situation vorzustellen. »Das alles wurde Frau Smid vermutlich mit der Zeit zu viel.«

»Es ging ihr nicht anders als mir.«

Kunos Bild von den Attentaten auf Johnny änderte sich schlagartig. »Stand die Beziehung mit Frau Smid zuletzt etwa auf der Kippe?« Während er auf Anke Quadts Antwort wartete, warf er Arne einen Blick zu.

Arne schien seine Gedanken zu teilen. Er blinzelte ihm kaum wahrnehmbar zu. Sichtlich unter Spannung stehend, kaute er auf der Unterlippe herum.

Anke faltete die Hände vor dem Mund zusammen. »Ich möchte mich eigentlich aus der Sache raushalten«, sagte sie schließlich. »Aber ich weiß, dass Eta ein heimliches Gespräch mit einem von Johnnys Mitarbeitern geführt hat.« Sie rang unverhohlen mit sich.

Kuno ließ ihr Zeit, sich zu sammeln. »Worum ging es da?«, fragte er, darauf bedacht, sie nicht zu bedrängen.

Anke schluckte. »Eta plante, sich selbständig zu machen. Sie wollte Johnny nicht mit den diesjährigen ›Sylter Sommernachtsträumen‹ im Stich lassen. Aber danach wollte sie sich von ihm abseilen.«

»Was auch eine private Trennung zur Folge gehabt hätte«, stellte Kuno fest.

Anke nickte. »Es muss für sie eine große Belastung gewesen sein, mit dieser unausgesprochenen Entscheidung noch bei ihm im Haus zu leben und so eng mit ihm zusammenzuarbeiten. Eta war eine leidensfähige Frau und viel zu rücksichtsvoll für diesen – Roboter.«

»Mit wem hat Eta Smid über ihre Pläne gesprochen?«

Anke zuckte mit den Schultern. Doch Kuno sah ihr an, dass sie den Namen wusste.

»War es Norwin Rojahn?«

Sie antwortete nicht. Also hatte er richtig getippt. Es war auch nicht schwer zu erraten gewesen.

Anke guckte besorgt. »Norwin hat einen befristeten Vertrag und weiß nicht, wie es mit ihm weitergehen wird. Eta hat ihm Mut gemacht. Sie hatte vor ...« Wieder verbarg sie das Gesicht hinter den Händen.

Kuno und Arne warteten geduldig, bis sie weiterreden konnte.

»Sie selbst hatte nicht das Geld, um Licht- und Tontechnik anzuschaffen. Daher wollte sie mit Alf Leefmann zusammenarbeiten. Sie wollte ein kleines Büro mieten und dann Kunden akquirieren und die Konzepte für die Veranstaltungen erstellen. Alf wollte ihr mit den Anlagen aushelfen. Am Anfang hätte sie kein Personal einstellen können. Aber sie hat mit Alf geredet, damit er sich Norwin anguckt und ihn übernimmt, wenn sein Vertrag bei Johnny ausläuft.«

In Kunos Kopf schwirrte es. Ein Film lief vor seinem geistigen Auge ab. Er sah, wie Eta Smid bei Johnny Quadt als Mitarbeiterin begann. Wie die beiden sich Hals über Kopf ineinander verliebten. Wie der ständige Blick auf die runterratternde Lebensuhr und die Kommunikation mit der elektronischen Assistentin die Liebe langsam töteten. Wie Eta neue Pläne schmiedete. Wie sie sich heimlich mit Alf traf. Wie sie Norwin Hoffnung machte und einen Weg für seine Zukunft aufzeigte.

Und Johnny Quadt? Wie hatte der von all dem Wind bekommen?

»Von wem haben Sie diese Informationen?«

Anke lächelte verzweifelt. »Von meiner Aushilfe, Millie Sturlese. Aber sagen Sie ihr bitte nie, dass Sie es von mir wissen. Sie hat es mir ganz im Vertrauen erzählt.«

Kuno nickte. »Versprochen. Aber wie ist Ihr Mann hinter all das gekommen?«

»Ich weiß es nicht. Vielleicht über seinen Systemadministrator? Franco ist mit Millie verheiratet und sie ist auch bei Johnny beschäftigt, das wissen Sie sicher. Allerdings ist Franco sehr verschwiegen, und er ist mit Norwin befreundet. Er verrät seine Freunde nicht.«

Arne verließ den Beobachterposten, den er in diesem Gespräch eingenommen hatte. »Könnte es sein, dass Ihr Mann Eta Smid und Alf Leefmann zufällig bei einem Treffen beobachtet hat?«

Anke zog die Stirn kraus und überlegte. »Denkbar wäre eher, dass er es über einen technischen Weg erfahren hat. Bei Johnny weiß man nie ... Kann sein, dass er irgendwo ein Mikrofon versteckt und Gespräche mitgehört hat. Er hat ja auch diese Überwachungs-Software, mit der er sich heimlich auf die Monitore seiner Mitarbeiter schleicht und sich anguckt, was sie gerade auf dem Computer machen. Welche Mails oder Angebote sie schreiben, was für Listen sie zusammenstellen. Es ist ein Zwang bei ihm. Er muss einfach alles kontrollieren.«

»Ja«, sagte Kuno, »selbst seine voraussichtliche Lebenszeit.« Der Tresor fiel ihm ein, das elektronische Schloss, die gestohlene Waffe. »Sagen Sie, Ihr Mann hat einen Tresor in seinem Wohnhaus. Hatte er den schon, als Sie noch zusammenlebten?«

»Ja, natürlich. Den hat er schon seit einer Ewigkeit.«

»Waren Sie über die Ziffernfolge für das elektronische Schloss informiert?«

Anke schüttelte den Kopf und lachte. »Nein. Daraus hat er immer ein Geheimnis gemacht. In dem Tresor hat er auch Datenträger mit geheimen geschäftlichen Informationen untergebracht, und die Sicherungskarte für die Schließanlage des Bürohauses liegt da drin.«

Arne hatte ihr intensiv zugehört und nur darauf gewartet, dass sie aufhörte, zu reden. »Es muss aber doch jemanden geben, der an den Tresor kommt, wenn Ihr Mann mal – sagen wir: außer Gefecht gesetzt wäre.«

»Dazu kann ich nichts sagen.«

Kuno vermutete eher, dass Anke nichts dazu sagen wollte. »Wie ist das mit Ihrer Tochter?«, fragte er geradeheraus. »Die arbeitet doch in der Firma Ihres Mannes mit. Sie möchte sie sogar mal übernehmen, soweit ich mich an das Gespräch mit ihr erinnere. Kennt sie den Code?«

Anke wurde blass. Auf einmal wirkte sie aggressiv wie eine Robbe, deren Junges gefährdet ist. »Lassen Sie meine Tochter aus dem Spiel. Sie hat genug darunter zu leiden, dass unsere Familie auseinandergebrochen ist.«

Eben drum, dachte Kuno. Doch es war klar, dass er von Anke Quadt in dieser Hinsicht nichts erfahren würde, was die Ermittlungen voranbringen könnte. Welche Mutter belastete ihre Tochter?

»Danke, Frau Quadt. Es war ausgesprochen interessant, was Sie uns berichtet haben. Wir würden uns nun gerne noch mit Ihrem Sohn unterhalten.«

Die Worte, mit denen Kuno das Gespräch beendete, schienen der Befragten zu vage zu sein. »Was machen Sie denn jetzt mit all dem, was ich Ihnen gesagt habe?«

»Wir denken in Ruhe darüber nach.« Kuno stand auf und öffnete die Tür. »Herr Quadt?«

Jimmy fühlte sich anscheinend nicht angesprochen. Zumindest reagierte er nicht auf diese Anrede.

Anke verließ den kleinen Aufenthaltsraum und ging auf ihren Sohn zu. »Jimmy, du bist gemeint.«

Jimmy blickte auf. »Ich? Ach so. Moment.«

Er tippte noch einmal auf der Tastatur des Laptops herum. Dann klappte er den Deckel zu, nahm das Gerät unter den Arm und ging damit zu Kuno und Arne. Konzentriert schob er das Notebook in eine Tasche, die er auf dem Fußboden gegen eine Wand lehnte.

»Bitte, nehmen Sie Platz.« Kuno zeigte auf den Stuhl, auf dem Anke gesessen hatte.

Jimmy fühlte sich sichtlich unwohl. Links von ihm saß Kuno, rechts Arne. Vor ihm war die Wand. Er wusste nicht, wohin er blicken sollte.

Kuno hatte seinen Stuhl so zurechtgerückt, dass er seitlich zum Tisch saß und Jimmy direkt ins Gesicht sehen konnte. »Sie und Ihr Vater haben nicht das beste Einvernehmen, soweit wir informiert sind.«

Jimmy verzog das Gesicht. »Soll ich ehrlich sein?«

Kuno machte eine auffordernde Geste. »Bitte, reden Sie munter drauflos.«

Der junge Mann stützte sich auf den Tisch und sah Kuno offen, fast feindselig ins Gesicht, als wäre er der verhasste Vater.

»Mein Dad ist persönlich nicht mein Fall. Und die Firma, die er aufgezogen hat, finde ich peinlich.«

»Inwiefern?«, fragte Arne.

Jimmy winkte ab. »Diese Lichtshows, diese technisch erzeugte Stimmung. Alles ist immer perfekt. Die ganze Welt ist eine Party. Das ist doch nicht echt. Ich an seiner Stelle würde was ganz anderes aufziehen.«

»Was denn?«, fragte Arne, der echtes Interesse zeigte.

Die Augen des Jungen fingen an, zu leuchten. »Musikveranstaltungen würde ich machen. Richtige Musik, mit der Hand gemacht, auf echten Instrumenten. Nicht dieses elektronische Gelumpe, bei dem jeder Ton synthetisch ist. Ich hab ein Konzept in der Schublade. Sobald ich das nötige Geld zusammenhabe, leg ich los.« Sein Finger zielte auf Arne. »Und dann kann mein Vater einpacken, darauf können Sie sich verlassen.«

Arne lächelte süffisant. »Das riecht nach richtig tollem Familienzusammenhalt. Damit machen Sie dann aber nicht nur Ihrem Vater Konkurrenz, sondern setzen auch die berufliche Zukunft Ihrer Schwester aufs Spiel.«

Jimmy schwenkte seine Schultern heftig in Arnes Richtung. »Wissen Sie, wie egal mir das ist?«

Kuno legte ihm eine Hand auf den Arm, um ihn dazu zu bringen, sich wieder ihm zuzuwenden. »Herr Quadt.«

Blitzschnell drehte Jimmy sich zur anderen Seite um. »Nennen Sie mich einfach Jimmy.«

»Sie mögen Ihren Nachnamen nicht?«

»Ich mag meinen Vater nicht. Wenn ich mal heirate, nehme ich den Namen meiner Frau an.«

Das hasserfüllte Gesicht des jungen Mannes ließ keinen Zweifel daran, dass er es ernst meinte. Kuno überlegte, ob es nicht an der Zeit war, seine Liste möglicher Täter um den Namen ›Jimmy Quadt‹ zu erweitern.

»Jimmy«, sagte er in der Hoffnung, einen Ton gefunden zu haben, der seinem ebenso kritischen wie empfindlichen Gegenüber genehm war. »Ihr Vater hat einen Tresor mit einem elektronischen Schloss. Wer aus Ihrer Familie kennt die Zahlenkombination?«

Die Frage brachte Jimmy aus dem Konzept. Er zögerte einen Moment zu lange. Kuno zweifelte nicht daran, dass der Sohn wusste, wer außer seinem Vater über den Code informiert war.

»Wer?« Kunos Tonfall klang bedrohlicher, als er es beabsichtigt hatte. Und er zeigte Wirkung.

»Fragen Sie Isa«, sagte Jimmy kleinlaut. »Sie sitzt ständig auf Papas Schoß, und wenn es einen Menschen gibt, der alles weiß, was im Leben unseres Vaters unter geheime Daten fällt, dann ist das sie.« Er lehnte sich zurück und grinste breit. »Vermutlich nutzt mein Vater dieselbe Kombination, die Isa für ihren eigenen Tresor verwendet. Würde mich wundern, wenn Papa und sein Töchterchen nicht auch dieses Geheimnis teilen.«

»Isa hat auch einen Tresor?« Arnes Worte waren mehr eine verwunderte Feststellung als eine Frage.

»Mir fällt gerade ein«, sagte Jimmy, ohne auf Arnes Bemerkung einzugehen. »Als wir noch nicht zerstritten waren, hat Isa mir mal erzählt, dass unser Vater ab und zu bei ihr im Tresor Sachen unterbringt. Wenn das so ist, können Sie davon ausgehen, dass beide denselben oder einen sehr ähnlichen Code verwenden.« Plötzlich zog er die Augenbrauen zusammen. »Wieso fragen Sie eigentlich danach?«

»Das erklären wir Ihnen später.« Kuno schlug dem Spross von Johnny Quadt auf die Schulter. »Danke, junger Mann. Dann dürfen Sie sich wieder der Buchhaltung widmen.«

Jimmy lächelte erleichtert. Er stand auf und schnappte sich die Notebooktasche.

Die Ermittler verabschiedeten sich von Jimmy und Anke Quadt.

Mit einem Mal hatte Kuno das gute Gefühl, den Fall bald geklärt zu haben. Der Gedanke löste solch einen Energieschub in ihm aus, dass er meinte, ohne Pause von hier bis nach England schwimmen zu können. Voller Schwung setzte er sich ins Auto.

Arne dagegen schlüpfte mit Leidensmiene auf den Fahrersitz und beklagte sich darüber, dass ihnen weder Kuchen noch Kaffee oder Tee angeboten worden war. »Und das in einem Café!« Er redete, als hätte Anke Quadt ein Verbrechen gegen die Staatsgewalt begangen.

»Junge, komm runter. Zum Kaffeetrinken bleibt uns später immer noch Zeit. Wir sind dem Mörder auf der Spur. Aber fahr erst mal ein Stück von hier weg. Wir müssen unsere Erkenntnisse nicht hier vorm Haus ausbreiten, auch wenn uns im Wagen niemand hört.«

»Wohin denn jetzt?«

»In Richtung Kriminaltechnik der Kripo Wattenmeer in Westerland auf Sylt. Dahin, wo die Drohne liegt, die heute Vormittag aus dem Meer gefischt wurde.«

Arne schlug sich vor die Stirn. »Mensch, die hab ich vor lauter Neuigkeiten fast vergessen.«

»Fast? Ich würde sagen, die ist Dir komplett aus dem Sichtfeld gepurzelt.«

»Ich ruf mal eben da an.« Arne streckte die Hand nach dem Handy in der Freisprechanlage aus.

Kuno schob den Arm weg. »Das machst du nicht. Wir sind gleich da. Jetzt ziehen wir unsere Schlüsse aus den Gesprächen mit Leefmann und Familie Quadt.«

Arne stöhnte. »Okay. Mach du den Anfang.«

Kuno schnaufte durch. »Johnny Quadt war zuletzt in einer denkbar blöden Situation. Sein Konkurrent Alf Leefmann hat private Beziehungen zur Gemeinde. Darüber nimmt er Einfluss auf die Ausschreibungen für die ›Sylter Sommernachtsträume‹ und versucht so, Quadt auszutricksen. Obendrein will Quadts Lebenspartnerin und Prokuristin Eta Smid sich nach der diesjährigen Veranstaltung geschäftlich von ihm trennen. Sie will sich in derselben Branche selbständig machen wie er und noch dazu mit Leefmann kooperieren.«

Arne fiel ihm ins Wort. »Die geschäftliche Trennung folgte aus der privaten Entscheidung, ihn als seine Lebensgefährtin zu verlassen. Den geplanten Hochzeitstermin samt Eheringen und Einladungskarten kann Quadt somit im Rantumbecken versenken. Privat und geschäftlich steht ihm eine Blamage bis auf die Knochen bevor.«

»Um die zu vermeiden«, sagte Kuno, »trifft er zwei Entscheidungen. Erstens, den Ruf von Alf Leefmann zu zerstören, sodass sein schärfster Kontrahent als möglicher Ausrichter der alljährlichen Strandparty für die Gemeinde untragbar wird. Zweitens, Eta Smid sterben zu lassen. Und damit niemandem auffällt, dass das eine unmittelbar mit dem anderen zu tun hat, legt er sich einen ganz perfiden Plan zurecht.«

»Die Attentate auf Johnny Quadt«, fuhr Arne fort, »hat Johnny Quadt höchstselbst organisiert, um Alf Leefmann diffamieren zu können. In der Folge konnte er den Mord an Eta Smid aussehen lassen wie einen Anschlag, der eigentlich ihm selbst gegolten hat und der Frau Smid nur versehentlich traf.«

Ein unbändiger Groll stieg in Kuno auf. »Quadt hat Leefmann nicht zum Zweck einer Aussprache nach Hörnum zitiert. Er wollte nur verhindern, dass Leefmann sich an dem Samstagabend mit Freunden verabredete und damit ein Alibi hätte vorweisen können.«

Arne geriet so in Rage, dass er die erlaubte Höchstgeschwindigkeit überschritt, ohne es zu merken. »Jetzt verstehe ich auch, warum Quadt bei dem Treffen abends im Wald nicht vor Angst gestorben ist.«

»Das defekte Außenlicht gestern Nacht«, sagte Kuno. »Der Quadt hat selbst dafür gesorgt, dass es nicht brannte. Die Notiz dazu war nur ein Scheinalibi.«

»Dasselbe gilt für das Papiertaschentuch, das er am Treffpunkt in Hörnum zu Boden hat fallen lassen.« Arne sah kurz zu Kuno hinüber. »Ich frage mich wirklich, wie lange er geübt hat, um dieses Drama in drei Akten glaubwürdig zu inszenieren.«

Kuno ballte die Hand zur Faust und trommelte damit gegen das Seitenfenster. »Noch spannender ist die Frage, wer die Scheinattentate und den Mord verübt hat.«

»Den Mord hat Johnny Quadt begangen.«

Kuno wiegte den Kopf hin und her. »Er selbst oder das Töchterchen als seine Unterstützerin. Vergiss nicht, Isa vergöttert ihren Vater. Ihre Beziehung zu Eta Smid dagegen hat sich nicht durch Herzlichkeit ausgezeichnet. Ich schätze, dass Isa die neue Frau an der Seite von

Johnny Quadt sogar dafür verantwortlich gemacht hat, dass die Ehe der Eltern endgültig zerbrach.«

»Das kann natürlich sein.« Arne löste den Arm vom Lenkrad und fuchtelte damit vor Kunos Nase herum. »Und Isa Quadt war mit ihrem Vater im Sportschützenverein. Laut Leefmann ist sie eine gute Schützin.«

»Aller Wahrscheinlichkeit nach kennt sie sogar den Zifferncode von Papas Tresor. Und ich wage zu behaupten, dass beide den Haustürschlüssel des jeweils anderen haben.«

»Aber wie weisen wir ihnen das nach?«, fragte Arne.

Sie erreichten eine der wenigen Ampeln auf der Insel und mussten halten.

Arne stieß einen Fluch aus. »Klar, wenn wir hier langfahren und es eilig haben, springt die Ampel auf Rot.«

»Das ist ein Wink des Schicksals«, tröstete Kuno ihn. »Wir sollen einen Moment innehalten. Ich weiß nicht, wie es dir geht, aber in meinem Schädel dreht sich alles.«

»Bei mir sieht es genauso aus. Mit Kaffee und Kuchen im Magen wäre das jetzt anders.«

»Kriegst du gleich.« Kuno zeigte auf die grüne Ampel. »Auf welche Farbe wartest du?«

Arne trat aufs Gaspedal. »Du meinst, Isa hat die Terrassentür eingeschlagen und die Waffe mitgenommen?«

»Möglich«, sagte Kuno. »Die Waffe könnte Quadt aber auch vorher schon beseitigt und bei seiner Tochter im Tresor deponiert haben. Isa musste sie nur noch auf seinen Ruf hin nehmen und schießen.«

Arne bremste ab und hielt am Straßenrand nicht weit von Westerland entfernt an. »Soll ich hier umdrehen und nach Rantum zurückfahren, damit wir Isa überraschen können?«

Das Handy schrillte durch den Fahrgastraum.

»Ist das nicht deine Freundin aus der KTU?«, fragte Kuno, als er die Durchwahl sah. Diesmal war er schneller damit, das Gespräch anzunehmen, als Arne.

»Moin, liebe Kollegin, Kuno Knudsen hier. Habt ihr wieder was Neues für uns?«

»Vor allem haben wir Glück gehabt. Einige der Daten auf dem Chip der Drohne konnten wir rekonstruieren.«

Kuno stockte der Atem. »Und?«

»Gestartet ist die Drohne von dem Grundstück, auf dem Norwin Rojahn wohnt. Wie das bei Leuten seiner Generation üblich ist, hat er sogar noch ein Selfie gemacht, bevor er das Gerät auf die Reise geschickt hat. War wohl als Gruß an Neptun gedacht, dem er das teure Stück am Ende zukommen lassen wollte.«

»Ihr seid sicher, dass es sein Gesicht ist?«

»Na klar. Er sitzt doch hier bei uns. Wir konnten das Bild auf dem Chip mit seinem Original-Konterfei abgleichen. Es besteht kein Zweifel.«

Kuno prustete los. »Dann kriegt sein Anwalt ordentlich was zu tun. Bei Herrn Rojahn ist jetzt eine Hausdurchsuchung angesagt. Klärt das bitte mit dem Staatsanwalt und schickt ein paar Leute in seine Wohnung, damit sie seine Kleidung abholen und auf Schmauchspuren untersuchen. Wir sind in ein paar Minuten bei euch. Bis gleich.«

Er beendete das Gespräch und rieb sich die Hände. »Komm, Arne, gib Gas und fahr nach Westerland.«

Arne verdrehte die Augen. »Welche der Taten klären wir denn jetzt zuerst auf?«

»Een bi een«, sagte Kuno. »Eins nach dem anderen.«

20

Kuno riss die Tür zum Verhörraum auf. Arne war ihm dicht auf den Fersen und knallte die Tür hinter sich zu.

Ein Mann im Anzug, ohne Krawatte, sprang von seinem Stuhl auf und hechtete auf sie zu. »Das beweist gar nichts«, rief er und zeigte auf einige ausgedruckte Blätter, die auf dem Tisch lagen.

»Auch ich bin sehr erfreut, Sie kennenzulernen.« Kuno lächelte den Mann an, reichte ihm höflich die Hand und nannte ihm seinen Dienstgrad und Namen.

Das Gesicht des Anwalts blieb ausdruckslos. »Rechtsanwalt Blauberger«, sagte er kurz angebunden.

Arne unterdrückte seine Anspannung geschickt und stellte sich dem Mann mit einer scheinbaren Gelassenheit vor, als hätten sie es mit einem Urlauber zu tun, der sich die Wache von Westerland mal von innen ansehen wollte. »Herrn Rojahn haben wir bereits kennengelernt, aber über seine spannenden Hobbys waren wir noch nicht informiert«, sagte er mit ironischem Unterton.

Er wandte sich an Norwin, der in sich zusammengesunken am Tisch saß und nicht den Eindruck erweckte, sich durch den Anwalt gut vertreten zu fühlen. »Im Klartext: Dass Sie schießen können, wussten wir. Dass Sie gerne mit Drohnen spielen, war uns neu.«

»Die Fotos besagen nichts.« Die Stimme des Anwalts donnerte durch den Raum. »Das ist eine reine Spielerei, nichts weiter.«

Kuno blieb unbeeindruckt. »Das dürfte ein Richter anders sehen. Im Übrigen darf ich Sie darüber aufklären, dass wir Ihrem Mandanten nicht vorwerfen, eine Straftat begangen zu haben.«

Blauberger schnappte nach Luft. »Worum, bitteschön, geht es dann?«

»Es geht um die Vortäuschung einer Straftat mit dem Ziel, die Hintergründe eines Kapitalverbrechens zu verschleiern.«

»Wie muss ich das konkret verstehen?«

»Bitte setzen Sie sich doch erst mal hin.« Kuno wies auf einen der Stühle, die zu beiden Seiten des Tisches standen.

Blauberger kam der Aufforderung nach. Fahrig wühlte er in einer Reihe von Unterlagen herum, die er auf dem Tisch verteilt hatte. »Sie werfen meinem Mandanten also vor, an einem Kapitalverbrechen beteiligt gewesen zu sein.«

Kuno lächelte den Anwalt süffisant an. »Wie lange sitzen Sie mit Herrn Rojahn hier schon zusammen?«

»Was tut das zur Sache?«

»Nun«, sagte Kuno. »Ich habe den Eindruck, Sie hatten noch nicht ausreichend Gelegenheit, sich mit Ihrem Mandanten über das zu unterhalten, was ihn hierhergeführt hat.«

Norwin rutschte auf seinem Stuhl hin und her. Er wich jedem Blickkontakt aus, und Kuno vermutete, dass er sich nicht zur Sache äußern würde. Nicht ohne Anwalt und auch nicht in dessen Gegenwart. Wahrscheinlich erinnerte er sich gerade an seine Jugend, die er zum Teil im Gefängnis verbracht hatte. Arne und er hatten es mit jemandem zu tun, der fürs ganze Leben abgehärtet und denkbar wenig zur Kooperation bereit war.

Kuno beugte sich über den Tisch, um wenigstens symbolisch etwas mehr Nähe zu Norwin herzustellen. »Herr Rojahn«, sagte er. »Möchten Sie sich zu dem Attentat auf Johnny Quadt äußern, das mit der Drohne verübt wurde, auf der wir diese Bilder gefunden haben?« Er tippte mit dem Finger auf die ausgedruckten Fotos.

Norwin stierte auf den Tisch. Eine Sekunde lang ließ er seine Blicke zu den Bildern schweifen. Dann betrachtete er wieder seine Hände. Er schüttelte den Kopf.

»Den ermittelten Daten nach müssen wir davon ausgehen, dass Sie die Drohne auf Johnny Quadt gelenkt haben, um ihn zu verletzen, während er sich im Garten seines Hauses aufhielt. Danach haben Sie das Fluggerät nach unseren Erkenntnissen im Meer versenkt.«

Norwin zuckte mit den Schultern, als gingen ihn die Beschuldigungen nichts an.

»Was Sie hier von sich geben«, sagte Blauberger, »ist keineswegs erwiesen, Herr Kommissar.«

»Herr Hauptkommissar«, sagte Kuno in Richtung des Anwalts. Dann wandte er sich wieder Norwin zu. »Herr Rojahn, bestreiten Sie die Vorwürfe? Möchten Sie sich zu der Sache äußern?«

Norwin schüttelte nochmals den Kopf. »Nicht jetzt«, sagte er leise.

»Wann dann?«, fragte Arne.

Eine Pause entstand. Selbst Blauberger fehlten die Worte. Er schien in Gedanken woanders zu sein. Auf dem Golfplatz vielleicht, bei einer Party oder beim Ponyreitturnier seiner Kinder.

Kuno legte die Fingerkuppen beider Hände gegeneinander. »Mein Vorschlag zur Güte.« Er sah Norwin und den Anwalt abwechselnd an. »Wir lassen Sie jetzt ein paar Stunden alleine. Sie besprechen sich in der Zeit, und nachher setzen wir uns noch einmal zusammen und versuchen es erneut miteinander.«

»Gute Idee«, meinte Blauberger und nickte den Ermittlern zu.

Norwin zeigte keine Regung.

Kuno lotste Arne in ihr gemeinsames Büro und schloss die Tür. »Jetzt schnell ein Tässchen Tee? Ich hab noch Kekse in der Schublade. Nach der kleinen Stärkung fahren wir zu Isa Quadt.«

Arne willigte ein. »Wir überraschen das Töchterchen aber, oder? Sonst ist die Waffe sicher gleich weg.«

Kuno nickte ihm über die Schulter zu, während er die Kanne mit den Teeblättern unter den Samowar hielt. »Die Adresse hast du, oder? Wir fahren erst zu Alex Brinkmann. Ich vermute, dass wir sie da eher antreffen als in ihrer eigenen Wohnung, solange seine Eltern noch im Urlaub sind.« Er stellte die Kanne auf den Tisch und holte eine Packung Kekse aus seiner Schublade.

»Moment, gib mal her.« Arne streckte den Arm nach den Keksen aus.

Kuno reichte sie ihm hinüber.

Arne begutachtete die Packung von allen Seiten, bis er endlich fand, was er suchte. »Mindesthaltbarkeitsdatum Dezember 2017.« Irritiert blinzelte er Kuno an.

»Nun hab dich nicht so. Besser als gegrillte Wattwürmer sind sie allemal.« Kuno riss die Packung auf und bewies seinem Kollegen, dass sich das Gebäck trotz des überschrittenen Verfallsdatums gefahrlos verzehren ließ.

Arne knabberte wie eine Maus an einem Keks. Er war zweifellos in schwere Gedanken versunken. »Wenn wir Isa Quadt bei Alex Brinkmann nicht antreffen?«

Kuno trank seinen Becher in einem Zug halb leer und griff nochmals zu den Keksen. »Was bist du heute für eine Spaßbremse! Komm, wir fahren jetzt.«

Diesmal lenkte er den Wagen. Den Weg zu Alex kannte er inzwischen. Immer geradeaus, in Rantum einmal rechts ab und gerade durch. Am Ende der Straße lag das Haus auf der linken Seite, nicht zu verfehlen.

Sie klingelten drei Mal, dann rief eine Stimme aus dem ersten Stock: »Was ist denn?« Im Fenster erschien das verschlafene Gesicht von Alex Brinkmann.

»Moin, Herr Brinkmann. Wir möchten zu Isa Quadt.«

Alex fuhr sich mit der Hand durch die Mähne. »Wir hatten letzte Nacht Party.«

»Das macht nichts«, rief Kuno nach oben. »Wir auch. Ich denke, wir haben ein gemeinsames Thema. Wenn Sie bitte die Tür öffnen und Isa Quadt zu uns runterschicken würden?«

Sie vernahmen ein Ächzen. Dann verschwand der Kopf von Isas Freund, das Fenster wurde geschlossen und kurz darauf die Tür geöffnet.

Vor ihnen stand Isa Quadt im Bademantel.

Kuno fühlte sich an seine erste Begegnung mit Alf Leefmann erinnert. »Tut mir leid, dass wir Ihnen Umstände machen, aber es ist dringend.«

Isas Augen wirkten verschlafen. Die Haare fielen ungekämmt über ihre Schultern. Sie hatte weder geduscht noch gefrühstückt. Die optimale Ausgangssituation, um sie davon überzeugen zu können, die Sache ganz schnell hinter sich zu bringen.

»Frau Quadt, wir müssen Sie bitten, mit uns in Ihre Wohnung zu fahren. Es dauert nicht lange, wir haben eine Kleinigkeit zu klären.«

»Hat das nicht Zeit bis später?«

»Würden Sie sich bitte etwas überziehen? Wir warten solange hier im Flur.«

Kuno und Arne traten ungebeten ein.

Isa huschte die Treppe hinauf.

»Worum geht es eigentlich?«, fragte Alex, der sich geistesgegenwärtig vor der Treppe aufgebaut hatte, als wollte er verhindern, dass die Kommissare Isa in den ersten Stock folgten.

»Das werden wir gleich unter sechs Augen mit Ihrer Freundin besprechen.«

»Ich darf nicht mitkommen?«, fragte Alex.

»Das wird gar nicht nötig sein.«

Sie verharrten schweigend im Flur. Oben wurden Türen geöffnet und geschlossen. Die Wasserspülung der Toilette wurde betätigt, ein Wasserhahn lief. Wieder klapperten Türen. Dann kam Isa angekleidet herunter.

Sie warf Alex einen stummen Schrei zu.

Er zuckte mit den Schultern. »Wird schon nichts Schlimmes sein.« Mit Blick auf die Ermittler fragte er: »Bringen Sie sie wieder hierher zurück, oder muss ich sie holen?«

Ohne sich zu der Frage zu äußern, warf Arne ein Päckchen Kaugummi in die Luft und fing es wieder auf.

Schweigend folgte Isa ihnen zum Wagen und kletterte auf den Rücksitz. »Bin ich jetzt verhaftet?«, fragte sie zaghaft.

»So schnell geht das nicht«, sagte Kuno.

Arne zeigte ihm, wo er langfahren musste, um Isas Wohnung zu erreichen, die ebenfalls in Rantum lag.

Isa schloss die Tür auf und ließ die Ermittler herein. Sie ging ins Wohnzimmer des winzigen Apartments mit Blick auf die Wattwiesen.

Kuno nahm mit den Augen Maß. In dieser kleinen Wohnung sollte es Platz für einen Tresor geben?

Isa kuschelte sich in eine Sofaecke.

Kuno überlegte, was wohl in ihr vorging. »Sie wissen, was letzte Nacht vorgefallen ist?«, fragte er sie.

Sie nickte, blieb jedoch stumm. Mit beiden Händen schob sie die Haare nach hinten und versuchte, sie zu verknoten. Sofort löste sich der Knoten und die Haare fielen ihr wieder ins Gesicht.

»Sie haben einen Tresor in Ihrer Wohnung«, sagte Kuno mit einer so festen Stimme, als würde er das Vorhandensein eines Geldschranks von nennenswerter Größe selbst angesichts des äußerst begrenzten Platzes keine Sekunde in Zweifel ziehen.

Erschrocken riss Isa Mund und Augen auf.

»Ihr Vater nutzt Ihren Tresor ebenfalls.«

»Mein Vater hat selbst einen Tresor.«

»Das ist uns bekannt. Wir wissen auch, dass Sie beide denselben Code für die elektronischen Schlösser verwenden.«

Isa schob ruckartig das Kinn vor. »Woher wissen Sie das?«

Volltreffer! Kuno schmunzelte zufrieden in sich hinein. Er hatte gleich geahnt, dass dieses Menschenkind ungeduscht und ohne Frühstück keinen großen mentalen Widerstand leisten würde.

»Wir wissen noch mehr. Zum Beispiel, dass Ihr Vater gelegentlich Wertgegenstände bei Ihnen unterbringt.«

Isa widersprach nicht. Sie schien auf dieser Feststellung herumzukauen. »Warum sind wir überhaupt hier?«

»Ihr Vater hat einen Schlüssel zu Ihrer Wohnung.«

Genervt blies die junge Frau die Backen auf.

»Frau Quadt«, sagte Kuno. »Wären Sie so nett, den Tresor für uns zu öffnen?«

Isa warf energisch ihre Mähne nach hinten. »Was geht Sie das an, was da drin ist?«

»Möglicherweise eine ganze Menge.« Kunos Stimme wurde amtlich. »Frau Quadt, es ist Gefahr im Verzug. Wir vermuten, dass sich eine Waffe in Ihrem Tresor befindet, die als Beweisstück im Mordfall Eta Smid dienen und jederzeit auf wundersame Weise verschwinden kann. Sie haben natürlich das Recht, uns den Blick in den Schrank zu verweigern. In dem Fall würde ich mir allerdings umgehend die telefonische Erlaubnis vom Staatsanwalt einholen und den Tresor notfalls gewaltsam öffnen lassen.«

Isa blieb störrisch sitzen. »Ich hab doch keine Waffe im Tresor.« Sie tippte sich an die Stirn.

Arne stand auf. »Davon lassen wir uns gerne überzeugen. Andernfalls ...« Er hob sein Handy und machte ein Gesicht, als wollte er sie schon jetzt um Entschuldigung dafür bitten, dass sie den Tresor gleich gegen ihren Willen öffnen lassen würden.

Wütend sprang Isa vom Sofa auf. Sie ging durch den Flur in die Küche und öffnete eine schmale Tür, die in einen winzigen Abstellraum führte.

Sieh da, dachte Kuno. Platz ist in der kleinsten Hütte. Selbst für einen Panzerschrank.

Isa ging in die Hocke und drückte nacheinander auf sechs Tasten. Mit jedem Druck piepste es einmal, nach der letzten Taste ertönte ein doppeltes Signal. Isa drehte an einem Griff und zog die Tür auf. Dann erhob sie sich wieder und zeigte unsicher in den kleinen Raum.

Arne bückte sich, guckte tief in den Schrank, steckte den Arm hinein und zog eine Schatulle heraus. Triumphierend hielt er sie in die Höhe. »Was ist da drin?«

»Familienschmuck«, sagte Isa mit brüchiger Stimme. Sie war den Tränen nah.

Kuno nahm die Kassette entgegen und versuchte, sie zu öffnen. »Die ist fest verschlossen. Wo ist der Schlüssel dazu?«

Isa presste die Lippen zusammen.

»Wo ist der Schlüssel?«, fragte Kuno nochmals. Als sie nicht reagierte, sagte er: »Wir können die Kassette auch aufbrechen. Werkzeug dafür haben wir im Wagen.«

Isa ging auf den Tresor zu. Kuno und Arne machten ihr Platz. Sie bückte sich, kramte in dem Schrank herum und holte ein kleines Etui hervor, das sie Kuno reichte.

Es lag nur ein einziger Schlüssel darin. Kuno steckte ihn in das Schloss der Schatulle und öffnete den Deckel. Er hielt erst Isa, dann Arne die geöffnete Kassette hin. »Schöner Familienschmuck.«

»Ein – Revolver?« Isa trat einen Schritt zurück.

Kunos Blicke bohrten sich in ihr Gesicht. »Das dürfte der Revolver Ihres Vaters sein, hab ich recht?«

Isa brachte kein Wort hervor.

»Wir werden die Waffe mitnehmen und untersuchen lassen. Wenn das die ist, die auf den Namen Ihres Vaters registriert ist ...« Er sah Isa streng an.

Ihre Lippen fingen an zu zittern. »Was ist dann?« Sie trat noch einen Schritt zurück.

Kuno schwieg.

Arne zog eine Asservatentüte aus seiner Tasche, faltete sie auseinander und schob die Schatulle hinein.

Kuno ging zum Tresor, bückte sich und prüfte, ob Munition darin war. Er fand keine. Was er sah, waren Geldscheine und ein Ordner mit Dokumenten. »Verschließen Sie den Tresor lieber wieder«, sagte er zu Isa.

Arne stellte sich dicht neben sie. »Wo waren Sie letzte Nacht zwischen dreiundzwanzig und drei Uhr?«

»Bis elf war mein Vater hier«, antwortete sie. »Danach haben wir mit Freunden Party gefeiert. Gegen vier sind wir ins Haus der Brinkmanns zurück.«

»Gegen vier«, sagte Kuno nachdenklich. »Sie waren immer mit Alex Brinkmann zusammen?«

»Ja.« Ihre Stimme war kaum hörbar.

»Sie haben nicht beim Aufbau für die ›Sylter Sommernachtsträume‹ geholfen?«, fragte Arne verwundert.

Isa senkte den Blick. Ihr Schweigen sprach Bände.

»Sie wollen die Firma doch mal übernehmen?«

»Ja, aber solange ...« Sie stockte. »Solange Eta da war, musste ich nicht dabei sein. Ich war einfach überflüssig.«

»Na«, meinte Arne mit unverhohlenem Sarkasmus, »ab jetzt werden Sie endlich wieder gebraucht.«

Sie verließen die Wohnung.

Kuno zog Arne beiseite. »Geh du schon mal mit Frau Quadt in den Wagen. Ich komme sofort nach.«

Während Arne sich mit Isa ins Auto setzte, blieb Kuno an der Haustür stehen. Er hatte zwei Telefonate zu führen.

Zuerst bat er die Kollegen auf der Wache, Beamte zum Haus von Johnny Quadt zu schicken, damit sie es unauffällig bewachten und darauf achteten, dass er nicht floh. Er rechnete damit, dass Isa ihren Vater anrief.

Anschließend rief er Johnny Quadt an und forderte ihn auf, in seinem Haus auf Arne und ihn zu warten. Sie würden sich gleich auf den Weg zu ihm machen.

Arne übernahm das Steuer.

Sie setzten Isa vor dem Haus der Brinkmanns ab und fuhren zur Wache, um die Waffe abzuliefern, damit deren Besitzer festgestellt werden konnte. Dann fuhren sie weiter zu Johnny Quadt.

»Erinnerst du dich, was Okko uns heute Morgen erzählt hat?«, fragte Kuno unterwegs.

»So verschlafen war ich nicht, dass ich das nicht mitbekommen hätte. Du meinst den Streit zwischen Quadt und Norwin, den Okko gestern Abend beobachtet hat.«

»Den meine ich. Und das Gespräch zwischen Norwin und Franco. Norwins Angst vor Quadt.«

»Du gehst davon aus, es war nicht Isa, die auf Eta geschossen hat, sondern Quadt selbst oder Norwin?«

Kuno war sicher, dass einer der beiden Männer die Tat begangen hatte. »Quadt hat Norwin mit irgendwas in der Hand. Ich möchte wissen, was das ist und ob es ausreicht, um Norwin so unter Druck zu setzen, dass er einen Menschen in Quadts Auftrag umbringen würde.«

Sie bogen in die Straße ein, in der Johnny Quadt wohnte. Unauffällig grüßten sie zwei Kollegen, die in einem zivilen Wagen am Straßenrand parkten. Die beiden, ein Mann und eine Frau, machten ihnen ein Zeichen, dass alles in Ordnung war.

Einen Müllsack in der Hand, öffnete Johnny Quadt die Tür, als sie auf sein Grundstück fuhren. Als wäre nichts passiert, ging er über die Türschwelle, auf der vor wenigen Stunden die Leiche von Eta Smid gelegen hatte. Er wirkte nicht erfreut, die Ermittler zu sehen.

»Moin, Herr Quadt. Schön, dass Sie auf uns gewartet haben.« Kuno zeigte auf das Licht am Eingang. »Funktioniert das wieder?«

Johnny blinzelte irritiert zu der Leuchte. »Ach, daran habe ich noch nicht gedacht. Aber Sie sind nicht hier, um das Licht an meinem Haus zu kontrollieren, oder?«

»Nein. Um ehrlich zu sein: Wir sind hier, weil wir vorhin eine Waffe gefunden haben.«

Quadt ging zum Müllcontainer, warf die Tüte hinein und schloss den Deckel. »Eine Waffe?« Er gab sich auffällig begriffsstutzig.

Arne hatte recht gehabt mit seiner Vermutung. Dieser Mann vollbrachte eine schauspielerische Leistung nach der anderen, und er musste lange geprobt haben, planbare Situationen genauso wie unvorhersehbare. Trotzdem war er ein lausiger Mime.

»Wir lassen gerade prüfen, ob es sich um die Waffe handelt, die Ihnen gestohlen wurde.«

Johnny wischte sich mit der Hand über den Mund. Er ging seitwärts, den Blick auf die Ermittler gerichtet, und machte nervöse Schritte auf das Haus zu. Es schien, als wollte er hinein flüchten und die Tür verrammeln.

Kuno und Arne folgten ihm schnell. »Interessiert es Sie gar nicht, wo wir die Waffe gefunden haben?«

»Doch, natürlich. Wo war sie denn?«

Kuno umfasste Quadts Oberarm. »Am besten ist, wir kommen mit zu Ihnen rein und unterhalten uns in Ruhe.« Er führte den Mann ins Haus.

Arne ging dicht hinter ihnen her und schloss die Tür, als sie den Flur betreten hatten.

Kuno kam sich vor, als wäre er der Hausherr, der den Gast Johnny Quadt ins Wohnzimmer geleitete. »Bitte, nehmen Sie Platz.«

Quadt setzte sich auf eine Stuhlkante und stützte die Hände auf die Knie. »Wo haben Sie die Waffe, von der Sie meinen, dass sie mir gehört, denn nun gefunden?«

»Sie werden es nicht glauben«, sagte Kuno. »Sie lag im Tresor Ihrer Tochter.«

Quadts scheinbar erstaunte Miene war die eines erbärmlichen Komikers. »Nein, das glaube ich wirklich nicht. Sie machen Witze. Machen Sie doch, oder?«

Kuno ging auf dieses Spiel nicht ein.

Arne bediente sich ungeniert an einer Karaffe mit Wasser, die neben einem Tablett mit Gläsern stand. Er schenkte auch Kuno ein Glas ein und schob es ihm zu. Während er aufreizend langsam in kleinen Schlucken trank, stierte er Quadt an. Schließlich setzte er das Glas ab. »Wir wissen jetzt«, sagte er, »warum Sie so mutig sein konnten, den gefährlichen Alf Leefmann zu einem Treffen spätabends im Wald bei Hörnum zu bitten.«

»Ach ja?« Auch Johnny schenkte sich Wasser ein und prostete Arne mit einem dreisten Lächeln auf den Lippen zu. Vermutlich war ihm längst klar, dass er verloren hatte, und er versuchte, seine Situation mit Überheblichkeit zu überspielen. »Erzählen Sie doch mal.«

»Sie hatten schlicht und ergreifend keinen Grund, Angst vor Leefmann zu haben. Es war genau umgekehrt. Denn nicht er war der Attentäter. Sie selbst haben die Anschläge auf Ihre Person organisiert. Als Event-Manager sind Sie ja groß in solchen Dingen. Sie haben das richtig toll inszeniert. Die arme Golf-Trophäe, die dran glauben musste. Die böse Drohne, die Sie verletzte und dann im Meer versank. Toll gemacht, aber leider nicht konsequent bis ins letzte Detail durchdacht. Ein paar Optimierungen wären da noch nötig gewesen.«

»Soso.« Quadt guckte scheinbar belustigt.

Kuno übernahm das Gespräch. »Die Sache mit der Uhrzeit zum Beispiel, zu der Sie Alf Leefmann nach Hörnum zitiert haben, damit er sich für den Abend nichts anderes vornimmt, die war schon was für verdammt Dumme. Sie laden ihn für neun Uhr ein, und dann haben Sie angeblich halb neun gesagt. Auf so was fällt kein nordfriesischer Kriminalkommissar rein.«

»Ah.« Quadt verzog das Gesicht zu einer höhnischen Fratze und kratzte sich gespielt hinter dem Ohr. »Ich entnehme Ihren Worten, dass Alf Leefmann aus dem Kreis der Verdächtigen herausgefallen ist. Wer, bitte, hat denn dann die Attentate auf mich verübt? Und wer den Mord an Eta Smid?«

»Deren Tod Sie ziemlich schnell überwunden haben, wie es aussieht«, sagte Kuno. »Was die Attentate betrifft, da ist Norwin Rojahn in unseren Fokus gerückt.«

Wieder gab Quadt sich überrascht. »Norwin? Wie kommen Sie auf den?«

»Ganz einfach«, sagte Arne. »Durch die Drohne. Die haben unsere Polizeitaucher nämlich inzwischen gefunden. Wir haben die Daten ausgewertet, und was meinen Sie, wer da ganz kokett mit der Kamera flirtet?«

Quadt griff sich ans Kinn und stierte ins Leere. »Norwin also. Das kann natürlich sein.«

»Wieso? Hatten Sie jetzt auf einmal doch Ärger mit ihm? Sie haben doch gesagt, das wäre nicht der Fall.«

»Ach was!«, sagte Quadt. »Wer bekommt mit dem nicht mal irgendwann Ärger? Der Mann ist schwierig. Sie wissen doch, er ist polizeibekannt.«

Kuno hatte genug von dem Theater, das Quadt abzog. »Womit haben Sie ihn unter Druck gesetzt?«

»Ich?« Quadt legte eine Hand auf seine Brust. »Ich habe ihn nicht unter Druck gesetzt. Warum sollte ich?«

»Warum? Damit er Ihre Pläne umsetzt.«

Johnnys Gesicht wurde spitz und sein Blick verdüsterte sich. Ihm schien endgültig aufzugehen, dass sie mehr über ihn wussten, als ihm lieb sein konnte. »Welche Pläne meinen Sie?«

»Die«, sagte Kuno, »mit denen Sie Eta Smid daran hindern wollten, sich von Ihnen zu trennen, ein Konkurrenzunternehmen zu Johnny Quadt Events zu gründen und mit Alf Leefmann zu kooperieren.«

Von einer Sekunde zur anderen war Quadt außer sich. Er schlug mit der Faust auf den Tisch. »Jetzt reicht es aber. Ohne Anwalt sage ich kein Wort mehr.«

Die Ermittler erhoben sich.

Kuno stellte sich vor Quadt auf, der im selben Moment in sich zusammensank. »Herr Quadt, wir nehmen Sie vorläufig fest wegen des dringenden Verdachts, Eta Smid ermordet und zwei Attentate vorgetäuscht zu haben, um von Ihrer Person als Mörder abzulenken.«

Hinter Johnny Quadts Stirn schien es zu rattern. Er zeigte zum Garten. »Ich will nur noch die Terrassentür schließen.« Seine Stimme klang rau.

Arne folgte ihm zur Tür. Draußen auf dem Tisch lag eine Gartenschere. Auf einer der Liegen befand sich ein Stück Material, das aussah, als ob es von einem Neoprenanzug stammte. Arne winkte Kuno herbei.

Der wandte sich an Quadt. »Was haben Sie da zerschnitten?«

Quadt verweigerte die Antwort.

Noch während sie ihn abführten, rief Arne auf der Wache an. »Schickt bitte ein paar Leute an die Adresse von Johnny Quadt, um den Inhalt des Müllcontainers zu untersuchen, speziell die Tüte, die zuoberst liegt.«

21

Rechtsanwalt Blauberger befand sich nicht mehr auf der Wache von Westerland. Kuno atmete erleichtert auf, als ein Kollege ihm verriet, dass der Strafverteidiger nach einem nicht allzu langen Gespräch mit dem Verdächtigen Norwin Rojahn das Haus verlassen hatte.

Arnes erste Amtshandlung nach der Rückkehr ins Büro war ein Telefonat mit seiner netten Kollegin von der Kriminaltechnik. Er ließ sich von ihr berichten, was sie zu der Waffe herausgefunden hatten, die bei Isa Quadt im Tresor gelegen hatte.

Kuno saß ihm mit großen Ohren gegenüber. Doch Arne unterhielt sich so geschickt, dass Kuno nicht heraushören konnte, was die Dame am anderen Ende der Leitung ihm erzählte.

Plötzlich verfiel Arne in einen schmuseweichen Tonfall. »Das wäre doch mal eine Idee. Wie wär's mit nächstem Samstag?«

Kuno suchte Blickkontakt mit ihm, um ihm zu verstehen zu geben, dass dies ein denkbar ungünstiger Zeitpunkt für ein Flirtgespräch war.

Doch Arne verweigerte sich. »Achtzehn Uhr bei dir vor der Tür?«, sagte er und hörte seiner Kollegin wieder zu. »Hm, klar. Das sehen wir dann. Kommt ja auch aufs Wetter an. Ich hätte da schon eine Idee.«

Kuno hüstelte unüberhörbar grantig.

»Oh, mein Chef ruft«, flötete Arne ins Telefon. »Ich muss Schluss machen. Wir hören uns im Laufe der Woche. Tschüssiii.« Er legte den Hörer auf und grinste Kuno an. »Eifersüchtig?«

»Auf Mörderjagd.«

»Hab ich nicht vergessen.« Arne klang leicht verschnupft.

»Was sagt denn die liebe Kollegin? Haben sie schon was rausgefunden?«

Arne steckte gedanklich noch in der bevorstehenden Verabredung mit der Dame seiner Träume.

Kuno half ihm auf die Sprünge. »Die Waffe aus Isa Quadts Tresor. Ist es die Tatwaffe?«

Arne griff sich verlegen an die Stirn. »Wo hab ich bloß meine Gedanken? Der Schlafmangel macht sich jetzt doch bemerkbar. Ja, der Revolver gehört Johnny Quadt. Es handelt sich eindeutig um die Waffe, aus der auf ihn und auf Eta Smid geschossen wurde.«

Mit der Antwort hatte Kuno gerechnet. Trotzdem fühlte er sich wie vor den Kopf geschlagen. Egal, ob Quadt selbst auf Eta Smid geschossen hatte oder Norwin Rojahn im Auftrag seines Chefs – sie hatten es mit einem Mord aus niedersten Beweggründen zu tun.

Eta Smid hatte sterben müssen, weil sie die Gefühlsarmut, die Johnny Quadt zu eigen war, nicht länger ertragen wollte. Weil sie sich genau wie Johnny Quadt ihren Traum vom eigenen Unternehmen erfüllen wollte. Weil sie sich einen Geschäftspartner gesucht hatte, den Quadt als seinen Erzfeind betrachtete. Und weil sie einem jungen Mann, der als Jugendlicher auf Abwege geraten war, eine berufliche Chance hatte geben wollen.

Hatte Quadt seinen Mitarbeiter unter Druck gesetzt? Hatte er Norwins Vergangenheit und seine Angst, auf Dauer ohne Job zu bleiben, für seine diabolischen Pläne benutzt? Kuno schüttelte sich. Er versuchte, das Bild zu verscheuchen, wie Norwin durch einen Eisblock wie Quadt wieder in die Mühlen der Justiz geriet.

»Wen nehmen wir uns zuerst vor?«, fragte Arne in Kunos Gedanken hinein. »Norwin Rojahn oder Johnny Quadt?«

Bevor Kuno antworten konnte, klingelte erneut das Telefon. Er stöhnte auf. »Nicht schon wieder. Kann man denn hier nicht mal samstags in Ruhe arbeiten?«

Arne schielte auf das Display und strahlte wie die Sonne am stahlblauen Himmel über Sylt. »Für mich. Nochmal die KTU.« Er nahm den Hörer ab.

Kuno grollte innerlich. Waren denn nun für alle Zeiten sämtliche Gespräche, die von den Kriminaltechnikern eingingen, für Arne gedacht? Genervt stützte er den Kopf in die Hände.

»Oh.« Arne schluckte. »Konntet ihr feststellen, ob die von gestern Nacht sind oder von Donnerstag?«

Hoffnung keimte in Kuno auf. Arnes Reaktion klang nicht so, als ob es nur um einen weiteren Flirt zwischen ihm und der Kollegin ging.

»Okay. Wir warten solange im Büro. Gibst du mir Bescheid, wenn ihr fertig seid?«

Arne beendete das Gespräch grußlos. »Schmauchspuren«, sagte er.

Kuno meinte, in Arnes Gesicht die gleiche Ernüchterung zu entdecken, die er selbst verspürte, als er dieses Wort vernahm. »An der Kleidung von Norwin Rojahn?«, vergewisserte er sich.

Arne nickte. »Sie können aber nicht genau feststellen, von welchem Tag die stammen. Sie gucken sich jetzt seine Hände an.« Er stand auf und ging zum Samowar.

Es war das erste Mal in ihrer Zusammenarbeit, dass Arne, der Kaffeetrinker, freiwillig einen Tee für sie beide zubereitete.

Kuno verharrte auf seinem Bürostuhl. Es tat richtig gut, sich mal betüddeln zu lassen.

Ihm graute vor dem Verhör von Norwin. Der Junge tat ihm leid. Es gab Menschen, die fanden den Weg ins Leben nicht. Okko war auch so einer, aber der war wenigstens nicht mit dem Gesetz in Konflikt geraten. Norwin hatte für sich eine Chance gesucht. Und dann war er an Johnny Quadt geraten.

Arne stellte ihm einen Teebecher hin. »Wenn du noch drei Sekunden länger so traurig guckst«, sagte er, »komm ich zu dir rum und nehm dich in den Arm.« Er schob ihm die Packung mit den Keksen hin, deren Mindesthaltbarkeitsdatum längst abgelaufen war. »Hier, stärk dich noch 'ne Runde. Und dann gucken wir, wie wir die Kuh vom Eis kriegen.«

»Die Kuh vom Eis?« Lustlos griff Kuno sich einen Keks. Die Dinger schmeckten wirklich nicht mehr wie frisch gebacken. Aber das war letztlich egal. Sie hatten den ganzen Tag noch keine richtige Mahlzeit zu sich genommen, und sie hatten noch ein Stück Arbeit vor sich, das Kraft von ihnen abverlangte.

Arne schenkte ihm den wohl treuesten Blick, den er in seiner Trickkiste für die Aufmunterung zermürbter, frustrierter, von der Menschheit enttäuschter Hauptkommissare zur Verfügung hatte. »Ich glaube nicht daran, dass Norwin Rojahn es war. Mag sein, dass die Attentate auf seine Kappe gehen, aber nicht der Mord.«

»Aber wie weisen wir Quadt die Tat nach?«

Die Bürotür öffnete sich einen Spalt. Ein Kollege der KTU steckte den Kopf in den Raum. »An den Händen sind keine Schmauchspuren zu finden. Die sind blitzsauber. Da hat er ganze Arbeit geleistet.«

»Okay. Danke.« Eine unendliche Müdigkeit überfiel Kuno. Er gähnte. Wie sollte er diesen Tag überstehen?

Arne erhob sich von seinem Stuhl. »Komm, jetzt reden wir mit Norwin.«

Kuno ließ sich von ihm mit einem unsichtbaren Lasso einfangen und in den Verhörraum bugsieren, in dem Norwin Rojahn auf sie wartete.

Norwin wirkte nicht wie ein Mandant, der seinen Rechtsbeistand vermisste. Er bestand auch nicht darauf, den Anwalt wieder herzubestellen. Stumm beobachtete er, wie Kuno und Arne sich ihm gegenüber hinsetzten.

Kuno hielt sich die Faust vor den Mund und räusperte sich. Er sprach die üblichen Daten in das Mikrofon und machte eine Pause, bevor er sich an Norwin wandte. »Saubere Hände, aber Schmauchspuren an der Kleidung. Da hat die Waschmaschine wohl versagt.«

Norwin zuckte schuldbewusst mit den Schultern. »Ich hab das T-Shirt in der Hektik einfach vergessen.«

»Wann haben Sie das getragen? Am Donnerstagmorgen, am Samstagabend oder an beiden Tagen?«

Die Antwort blieb aus.

Kunos Stimme wurde hart. »Sie wissen, dass die Anklage auf Mord lauten wird, wenn Sie nicht reden?«

Norwin hob den Kopf. »Johnny hat mich reingelegt.«

»Dann reden Sie endlich«, fauchte Arne ihn an. »Sie haben den Schuss auf Johnny Quadt abgegeben. Warum? Haben Sie auf eigene Faust gehandelt, oder hat Sie jemand dazu angestiftet?«

Norwin ließ den Kopf hängen. »Der Anwalt meint, ich soll nichts sagen.«

»Damit Sie wegen Mordes angeklagt werden?«, fragte Kuno. »Wollen Sie wegen Quadt in den Knast gehen?«

Norwin rieb sich über die Augen. Mit einem Mal sah er um Jahre gealtert aus. Seine Haut war fahl, die Augen wirkten leblos. Die Hände zitterten.

Kuno stand auf und holte eine Flasche Wasser und ein Glas von einem Tisch, der in der Ecke stand. »Reicht das oder brauchen Sie einen Kaffee?«

»Kaffee wäre nicht schlecht«, sagte Norwin, während er sich Wasser einschenkte.

Arne telefonierte und bat einen Kollegen, ihnen eine Thermoskanne mit Kaffee zu bringen.

In der Zeit hatte Norwin sich anscheinend dazu entschlossen, zu reden. »Johnny hat mich bei einer blöden Sache erwischt.«

Kuno aktivierte seine väterliche Seite. »Was für eine Sache war das?«

Norwin atmete tief durch. »Ich hatte so eine Kasse in meinem Büro. Da war ein bisschen Geld drin, das ich von Geschäftspartnern zugesteckt bekommen habe. Es war gar nicht mal viel.«

»Wofür haben Sie das Geld erhalten?«, fragte Arne.

Norwin richtete den Oberkörper auf und neigte den Kopf zur Seite. »Das war ja das Blöde. Ich habe es von Caterern bekommen.«

Kuno ahnte, worum es gegangen war. »Die haben dafür eine kleine Gegenleistung erwartet.«

Norwin biss sich auf die Lippen.

Kuno sprach seinen Gedanken aus: »Die wollten bei der Auftragsvergabe bevorzugt behandelt werden.«

Sein Gegenüber verschränkte die Hände und streckte die Arme auf dem Tisch aus. »Das Catering gehörte eigentlich gar nicht zu meinem Job, aber ich habe Johnny Tipps gegeben, wer gerade angesagt war, und er hat auf mich gehört. Es hat tatsächlich funktioniert. Wenn ich ihm gesagt habe, der Laden XY ist zurzeit top, dann hat er das Angebot von denen bevorzugt behandelt.«

»Aber er wusste nicht, dass Sie Geld für die Tipps erhielten.«

Norwin schüttelte den Kopf.

»Wie ist er dahintergekommen?«

Ein tiefes, verzweifeltes Stöhnen erfüllte den Raum. »Vor ein paar Wochen ist Johnny abends bei mir im Büro aufgetaucht, als ich gar nicht damit gerechnet hatte. Mir war nicht bewusst gewesen, dass er noch im Haus war. Ich hatte gerade nachgezählt, wie viel Knete ich in der Kasse hatte, und war dabei, die Kassette wieder in die Schreibtischschublade zu schieben und den Schreibtisch abzuschließen. Auf einmal stand er da. Er hatte noch einen Job für mich. Ich sollte nach Wenningstedt fahren, wo für einen Event was aufzubauen war und noch eine Hand gebraucht wurde.«

Kuno hatte das Bild vor Augen. Johnny, der Kontrolleur, der mitbekommen hatte, wie sein Mitarbeiter etwas in einer Schublade versteckte und den Schreibtisch abschließen wollte. »Er hat Ihren Schreibtisch durchwühlt, während Sie in Wenningstedt gearbeitet haben.«

Die Tür ging auf und ein Kollege brachte Kaffee.

Norwin schenkte sich einen Becher ein und umfasste ihn mit den Händen, als müsste er sich trotz der sommerlichen Temperaturen daran wärmen. »Am nächsten Tag hat er mich zur Rede gestellt.«

»Welche Konsequenzen hatte das?«, fragte Kuno.

»Drei Tage später hat er mich wieder zu sich ins Büro gerufen. Wir waren alleine. Trotzdem hat er die Tür verriegelt, und dann hat er mich so komisch angesehen.«

Norwins Stimme klang auf einmal entspannter. Es war, als ob er erleichtert wäre, die Geschichte loswerden zu können.

Kuno zwinkerte ihm zu. »Dann hat er Ihnen ein unmoralisches Angebot gemacht.«

»Er hat mir gedroht. Er hat gesagt, er bringt mich in den Knast wegen der schwarzen Kasse. Von Bestechlichkeit hat er geredet, von Steuerhinterziehung und dass mir das bei meiner Vergangenheit ein paar Jahre einbringen kann.«

»Sind Sie nicht auf die Idee gekommen, sich einen Anwalt zu nehmen?«, fragte Arne.

»Wovon hätte ich den denn bezahlen sollen? Und was hätte mir das genützt? Johnny hätte überall erzählt, was ich gemacht habe. Dann hätte ich in Nordfriesland, wo ich zu Hause bin, nie wieder einen Job gefunden.«

Kuno konnte seine Bedenken nachvollziehen. Der Mann hatte sich voll und ganz von Johnny Quadt abhängig gefühlt. Eine desolate Situation. »Quadt hat Sie mit seinem Wissen über Ihre Verfehlungen und mit seinen Drohungen unter Druck gesetzt.«

Norwin nickte.

»Was genau hat er von Ihnen verlangt?«

Norwin stützte die Ellenbogen auf die Tischplatte, ballte die Hände zusammen und lehnte die Stirn dagegen. »Ich sollte Scheinattentate auf ihn ausüben. Er wollte den Verdacht auf Alf Leefmann lenken. Er wollte Alf so in Verruf bringen, dass er keine Aufträge mehr für große Veranstaltungen bekommt.«

»Wieso haben Sie sich darauf eingelassen? Leefmann war doch bereit, Sie einzustellen, wenn Sie nicht bei Johnny Quadt hätten bleiben können?«

»Verstehen Sie denn nicht?«, brüllte Norwin plötzlich. »Wenn die Sache mit der Kasse bekannt geworden wäre, hätte auch Alf mich nicht mehr haben wollen. So aber hatte ich die Hoffnung, von Johnny fest angestellt zu werden. Und wenn ich ein paar Jahre bei ihm gewesen wäre, hätte ich auch woanders einen Job gekriegt.«

Kuno hob beschwichtigend die Hände. »Verstehe. Wie ging es dann weiter an diesem fatalen Abend in Quadts Büro?«

»Johnny hat mir die Waffe gegeben und mir gesagt, wann ich von wo aus schießen soll.«

Kuno staunte. Dass Quadt keine Angst gehabt hatte, getroffen zu werden! »Wie konnte er sicher sein, dass Sie wirklich an ihm vorbei schießen würden? Sie hätten die Situation auch dazu nutzen können, Ihren Erpresser zu beseitigen.«

Norwin lachte schrill. »An dem Morgen hat er bestimmt ein bisschen Schiss gehabt, aber er wusste, dass ich nicht auf ihn schießen würde. In Isas Tresor lag ein Brief, in dem er zugegeben hat, was er vorhatte. Da stand auch drin, dass ich der Schütze war. Alex wäre als Zeuge aufgetreten. Der hatte den Auftrag, mich bei der Aktion zu beobachten. Er hätte die Polizei gerufen, wenn ich Johnny getroffen hätte. Ich wäre wegen Mordes in den Knast gegangen. Johnny wusste genau, dass ich das auf keinen Fall wollte und dass ich deshalb mit Sicherheit an ihm vorbeischießen würde.«

Arne schob seinen Kaffeebecher abrupt von sich weg. »Alex Brinkmann war Zeuge des Scheinattentats? Und uns erzählt er, er hätte Alf Leefmann beobachtet, wie der einen Gegenstand – er vermutete, die Waffe – am Dünenrand bei Rantum verbuddelt hat.«

»Wundert Sie das etwa?« Norwin wirkte auf einmal erstaunlich souverän.

»Was haben Sie nach dem Schuss mit der Waffe gemacht?«, fragte Kuno.

»Ich habe sie Alex gegeben. Der hat sie an Isa weitergereicht, damit sie sämtliche Fingerabdrücke beseitigt und sie in ihrem Tresor versteckt.«

»Da war sie vermutlich spätestens seit dem vermeintlichen Einbruch in Quadts Haus untergebracht«, meinte Arne. »Und wie war das mit dem Drohnenattentat?«

Norwin streckte die Beine aus und lehnte sich zurück. Er entspannte sich von Aussage zu Aussage mehr. »Das war ebenfalls Johnnys Idee. Die Drohne hatte er sich privat zugelegt. Es ist eine, die genauso aussieht wie die Drohnen, die Alf Leefmann verwendet. Er hat mir gesagt, um wie viel Uhr die Sache starten sollte.«

»Das Messer«, sagte Arne, »sollten Sie das wirklich daran anbringen und ihn verletzen, oder war das ein Versuch von Ihnen, Ihren Chef doch noch irgendwie auszuschalten?«

»Er wollte das so. Ich fand das durchgeknallt und total gefährlich. Aber er hat gesagt, es muss echt aussehen. Er meinte, niemand würde es ernst nehmen, wenn einfach nur ein harmloses Fluggerät auf ihn zugeflogen käme. Ich hab das Messer so angebracht, dass nur ein kleines Stück von der Klinge unter dem Bauch der Drohne rausguckte. Es konnte nicht sonderlich tief gehen. Ich hatte die Sache per Kamera im Blick.«

Kuno fasste es nicht. »Trotzdem saugefährlich. Sie hätten die Halsschlagader durchtrennen können. Da hätte die Kamera dumm geguckt. Wie krank muss ein Mensch sein, um solch ein Risiko einzugehen?«

Norwin wollte etwas dazu sagen.

Doch Arne stoppte ihn. Er wollte wissen, wie die Geschichte weiterging. »Am Freitag hat Isa Ihnen den Revolver wieder ausgehändigt, damit Sie Eta Smid erschießen«, sagte er.

»Nein.« Norwin klang resolut, und seine ganze Körperhaltung zeigte, dass er sich mit allen Mitteln gegen diese Anschuldigung stemmen würde. »Ich gehe nicht für Johnny Quadt wegen einer Tat in den Knast, die ich nicht begangen habe.«

»Herr Rojahn«, sagte Kuno. »Wenige Stunden, bevor Eta Smid erschossen wurde, haben Sie sich mit Johnny Quadt in dessen Arbeitszimmer gestritten.«

»Woher wollen Sie das wissen? War jemand mit einer Tarnkappe im Raum? Hat uns jemand belauscht?«

Kuno hob die Hand, um ihn zum Einhalten zu bringen. »Streiten Sie das nicht ab. Wir haben einen Zeugen, der Sie beide beobachtet hat. Außerdem haben Sie sich am späten Freitagabend im Schutz des Erlebniszentrums Naturgewalten Franco Sturlese gegenüber offenbart. Sie haben ihn um Hilfe angefleht und gemeint, dass Johnny Quadt sie plattmachen würde.«

Norwin erwiderte nichts darauf. Er saß da wie ein Raubtier auf der Lauer.

»Wollten Sie Johnny Quadt erschießen und haben versehentlich Eta Smid getroffen?«, fragte Kuno.

Norwin sagte etwas. Doch seine Stimme war so leise, dass sie ihn nicht verstehen konnten.

Arne wies auf das Mikrofon des Aufzeichnungsgeräts und bat ihn, lauter zu sprechen.

Norwin hob die Stimme. »Johnny wollte, dass ich Eta erschieße. Er kam ganz plötzlich damit raus. Er hat mich am Freitag zu sich gerufen. Als ich in sein Arbeitszimmer kam, hat er auf einmal die Waffe aus einem Schrank geholt und auf den Schreibtisch gelegt. ›Einen Gefallen musst du mir noch tun‹, hat er gesagt. ›Dann hast du dir die Festanstellung verdient.‹ Ich hab das abgelehnt. Er meinte, das würde ich noch bereuen.«

Auf einmal hatte Norwin Tränen in den Augen. Er vergrub das Gesicht in den Händen und verharrte einige Augenblicke so. Dann hob er den Kopf wieder und stierte einen Punkt im Nirgendwo an. »Eta wollte ein neues Leben anfangen. Ohne Johnny. Mit Alf als Geschäftspartner. Und ich sollte mit dabei sein. Sie hatte so viele Pläne. Warum musste sie sterben?«

Kuno konnte ihm keine Antwort darauf geben. Er fragte ihn, ob er eine Pause brauche.

Norwin hob den Kaffeebecher an und schwenkte ihn hin und her. Dann trank er den Rest aus und stellte den Becher geräuschvoll ab. »Ich will einfach nur noch meine Ruhe haben.«

»Eine Sache noch«, sagte Kuno. »Die Lebensuhr.«

»Was ist damit?«

»Nach jedem Attentat und nach dem Mord stand sie auf null. Wer hat sie verstellt?«

Norwin drehte den Kopf zur Seite, als wollte er sagen, dass er mit allem Weiteren nichts zu tun hatte. »Ich war's nicht.«

Arne beugte sich zu ihm vor. »Außer Ihnen und Franco Sturlese kommt aber niemand infrage. Wollen Sie etwa Ihren Kollegen belasten?«

Abrupt wandte Norwin sich zu ihm um. »Nein, das will ich nicht. Fragen Sie doch mal Johnny Quadt, was der dazu zu sagen hat.«

»Hat er denn Zugriff auf die Software?«, fragte Kuno.

»Soweit wir wissen, können nur Franco Sturlese und Sie auf alle Server und Programme einschließlich der Software für die Lebensuhr zuzugreifen. Niemand außer Ihnen beiden dürfte die Zugangsdaten kennen.«

»Sie sind ja wirklich gut informiert«, meinte Norwin.

»Aber kennen Sie auch die Überwachungs-Software, die Johnny nutzt, um seine Leute klammheimlich bei der Arbeit am Computer zu kontrollieren«?

»Wir wissen, dass es die gibt«, sagte Arne.

»Aber Sie wissen nicht genau, wie sie funktioniert?«

Die Ermittler warteten auf eine nähere Erklärung.

Norwin kostete ihre Ungeduld sichtlich aus.

Kuno sah es ihm nach. »Die Zugangsdaten der Systemadministratoren sind Johnny Quadt doch gar nicht bekannt, oder irre ich mich?«

Norwin lächelte überlegen. »Wenn wir uns von den Computern an unseren Arbeitsplätzen aus beim System anmelden, kann er sie nicht sehen. Für jedes Zeichen, das wir eingeben, wird ein Sternchen angezeigt. Aber mit der Überwachungs-Software kann er auch auf den Monitor des Netzwerkrechners im Serverraum gucken, auf dem Franco die Zugangsdaten für alle Nutzer verwaltet. Und da werden der Benutzername und das Passwort im Klartext angezeigt.«

»Sie meinen, dabei hat Quadt zugesehen?«

»Er hat zugesehen und mitgeschrieben. Und zwar zuletzt am Donnerstagabend. Da sein Computer zu Hause Teil des Firmennetzwerks ist, kann er sich ganz unbehelligt von dort aus auf dem Server anmelden und seine Lebensuhr verstellen. So einfach ist das.«

22

Auf dem Weg zu den Kriminaltechnikern stieß Arne Kuno mit dem Ellenbogen an. »Gib's zu, es tut dir in der Seele weh, dass wir Norwin wegen der vorgetäuschten Attentate dem Haftrichter vorführen müssen.«

Das konnte und wollte Kuno nicht abstreiten. »Eine vorgetäuschte Straftat ist nun mal eine Straftat. Aber nach dem umfassenden Geständnis, das er abgelegt hat, hoffe ich für ihn, er wird einen milden Richter finden.«

Arne lachte. »Der tolle Schlauberger wird ihn schon rausreißen.«

»Du meinst den Anwalt? Hieß der nicht Blauberger?«

Die Sicherheit, mit der Arne sich in dem Bereich des Gebäudes bewegte, in dem die Kriminaltechnik untergebracht war, verriet Kuno, dass sein Kollege hier öfter herumstrolchte, als der Job es erforderte.

Arne öffnete eine der Türen. Eine Kollegin sprang auf, tänzelte auf ihn zu und drückte ihm einen mehr als kollegialen Kuss auf die Wange. Da verstand Kuno, dass es für Arnes Auftreten eine attraktive Erklärung gab.

»Ich bin Inka Hoop«, sagte die Kollegin und reichte Kuno die Hand. »Wir sind uns noch nicht begegnet. Ich habe in Westerland angefangen, nachdem Sie das letzte Mal auf Sylt waren.«

»Ähm«, sagte Arne, »Kuno ist genauso duzbar wie wir alle hier.«

»Okay, Kuno also. Freut mich, dass wir uns gleich bei einem so außergewöhnlichen Fall kennenlernen.« Sie wandte sich ihrem Schreibtisch zu und nahm Unterlagen zur Hand. »So was habe ich noch nie erlebt.« Mit einer Geste forderte sie die Ermittler auf, sich zu setzen.

»Ihr seid schon komplett durch mit der Untersuchung des Materials?«, fragte Kuno.

»Wir haben sämtliche Hebel in Bewegung gesetzt. Der Fall hat uns alle berührt, und jeder arbeitet heute auf Hochtouren. Ein Kollege, der an diesem Wochenende frei hätte, ist sogar freiwillig zum Dienst erschienen.«

Ein Hauch von Stolz durchlief Kuno. Was gab es Schöneres in seinem Beruf, als das ganze Team in einem komplizierten Fall voll hinter sich zu wissen? Gerührt strich er sich über den Kinnbart. »Das nenne ich Engagement. Und was habt ihr bisher rausgefunden?«

Inka legte ihm einen Bericht vor. »Das Material, das wir im Müllcontainer von Johann Quadt gefunden haben ...« Sie blickte auf. »Er heißt ja eigentlich Johann, auch wenn er sich Johnny nennt. Also, dieses Material war mal ein Neoprenanzug. Quadt hat das Teil in Stücke geschnitten, in einen Müllsack gesteckt und in den Container geworfen. Es waren auch Latexhandschuhe in dem Sack, und auch daran haften Schmauchpartikel. Der Surfanzug und die Handschuhe sind eindeutig getragen worden, als ein Schuss aus einer Handfeuerwaffe abgegeben wurde.«

Kuno rang die Hände. »Wie ich Johnny Quadt einschätze, wird er leugnen, bis er tot umfällt.«

»Wir haben aber die Aussagen von Norwin Rojahn«, sagte Arne. »Wir wissen, dass Johnny den Tod von Eta Smid geplant hat und ihn zum Mord anstiften wollte.«

»Das beweist doch nichts.« Kuno wurde unruhig.

Quadt war ein Teufel. Er hatte die Taten bis ins Detail durchdacht. Wahrscheinlich hatte er von Beginn an eingeplant, dass Norwin bei dem Mord nicht mitziehen würde und er folglich selbst in Aktion treten müsste.

Inka griff nach Kunos Hand, was Arne skeptisch be-äugte. »Wir werden ihm nachweisen können«, sagte sie, »dass er den Anzug und die Handschuhe getragen hat. Wir machen einfach eine DNA-Analyse.«

»Ja, leitet das bitte in die Wege. Parallel dazu reden Arne und ich noch mal mit ihm.« Kuno stand auf.

Mit einem denkbar unguten Bauchgefühl trottete er neben Arne her zum Verhörraum, in dem Quadt auf sie wartete.

Schon beim Betreten des Raumes spürte er den Wi-derstand und den unsäglichen Hochmut, den der Fest-genommene verströmte.

Kuno begann das Gespräch ohne große Vorreden. »Herr Quadt, an dem Neoprenanzug, den Sie zerschnit-ten und in den Müll geworfen haben, haften Schmauch-partikel. Dasselbe gilt für die Latexhandschuhe, die im Müllsack lagen. Sie haben diese Sachen getragen, als Sie auf Eta Smid geschossen haben. Anschließend haben Sie versucht, diese Beweisstücke zu vernichten. Pech für Sie, dass wir Ihnen schneller auf die Schliche gekommen sind, als die Müllabfuhr Sie von den Sachen befreien konnte.« Er hätte ihn gerne noch gefragt, wie dämlich man sein muss, um auf die Idee zu kommen, Beweisstü-cke für einen Mord im eigenen Müllcontainer zu ver-senken. Noch dazu vor den Augen der Polizei.

Quadt schien sich über die Erläuterungen zu amüsie-ren. »Pech für Sie, würde ich sagen, dass Sie die Sache nicht ganz zu Ende gedacht haben.«

»Dann erklären Sie uns das Ende doch mal aus Ihrer Sicht.«

Johnny Quadt wurde ernst. Er rieb sich ein Handge-lenk und leckte sich nervös über die Lippen. Dabei stierte er auf das Aufnahmegerät vor ihm auf dem Tisch. »Sie sehen mich in einer denkbar schwierigen Situation.«

Arne schlug sich auf die Schenkel. »Dass Sie das auch schon begriffen haben!«

Quadt warf ihm einen warnenden Blick zu. »Sie wissen nicht, wovon Sie reden.« Er lehnte sich zurück, verschränkte die Hände im Schoß und drehte die Daumen umeinander. Seine Lippen wurden schmal. »Dieser Neoprenanzug ... Er gehört nicht mir. Er gehört – meiner Tochter.«

Kuno schlug mit der Faust auf den Tisch. »Das ist ja mal ganz was Neues.«

»Fragen Sie sie«, sagte Johnny Quadt mit entwaffnender Überlegenheit. »Fragen Sie sie, wem der Anzug gehört.«

Kuno lehnte sich weit über den Tisch. »Wollen Sie allen Ernstes Ihre Tochter beschuldigen, Eta Smid erschossen zu haben?«

Quadt machte ein todernstes Gesicht. »Ich kann, will und werde dazu nichts sagen. Das werden Sie verstehen. Nach deutschem Recht muss man nicht aussagen, wenn man Angehörige damit belasten würde.«

Kuno schob seinen Stuhl polternd zurück. Er gab Arne einen Wink, und sie ließen Quadt unter Aufsicht eines anderen Kripobeamten zurück.

»Und jetzt?«, fragte Arne. »Wieder zu Isa Quadt?«

»Erst in Ruhe nachdenken.«

Kuno marschierte mit großen Schritten ins Büro zurück, ließ Arne eintreten und schloss lautstark die Tür. Erschöpft plumpste er auf seinen Stuhl und versuchte, ruhig zu atmen, um seine Wut zu zügeln und seinen Blutdruck auf normale Werte herunterzubringen.

Er suchte nach einem Gegenstand, den er mit seinen Händen zerdrücken konnte. Seine Wahl fiel, wie meist in solchen Situationen, auf einen Radiergummi. »Ich hätte mir denken können, dass es so laufen würde.«

Arne, der ihn treuherzig ansah, wiegelte ab. »Mach dir keine Vorwürfe. So, wie der Typ tickt, kann keiner von uns denken. Der versucht jetzt echt, die Sache auf seine Tochter abzuwälzen. Mann, Mann, Mann.« Er hob die Füße an und stieß sich mit einer Hand vom Schreibtisch ab, sodass sein Bürostuhl sich um die eigene Achse drehte.

»Stopp mal«, sagte Kuno plötzlich. »Weißt du, was?«

»Nee.«

»Wir schlagen ihn mit seinen eigenen Waffen.«

»Super Idee«, sagte Arne. »Weißt du schon, wie?«

Kuno griff zum Telefonhörer und rief Isa Quadt auf dem Handy an. »Frau Quadt, wo sind Sie gerade?«

»Da, wo ich immer bin. Bei Alex.«

»Im Haus seiner Eltern?«

»Hmhm.«

»Bleiben Sie bitte da. Wir sind in einer Viertelstunde bei Ihnen.« Er legte auf, obwohl er sicher war, dass Isa noch eine Frage durch die Leitung schicken würde.

Arne kam kaum so schnell hinterher, wie der Hauptkommissar zum Dienstwagen eilte.

Noch während Arne den Sicherheitsgurt anlegte, ließ Kuno den Motor aufheulen und fuhr los. Mit bewegter Stimme erzählte er seinem Kollegen, was er vorhatte.

»Hoffentlich ist das Mädchen mit der Situation nicht überfordert«, sagte Arne. Er klammerte sich mit beiden Händen am Beifahrersitz fest, als er merkte, mit welchem Temperament Kuno über die Straßen fegte.

»Da muss sie jetzt durch«, antwortete Kuno.

Auf dem Weg durch die Innenstadt von Westerland sah der pflichtbewusste Kripobeamte, der sich sonst stets als hyperkorrekter Autofahrer erwies, zwei dunkelgelbe Ampeln als knallgrün an. Dabei konnte er es nicht lassen, ein Loblied auf seine Heimatinsel Amrum zu singen, auf der es keine einzige Ampel gab. Als Arne es einmal wagte, ihn auf ein bereits ziemlich dunkles Orange hinzuweisen, das er gerade überfahren hatte, fuhr Kuno ihm ungehalten übers Maul.

Arne zog es daraufhin vor, den Rest der Fahrt über zu schweigen.

Isa ließ sich Zeit damit, ihnen zu öffnen.

Nur schwer konnte Arne seinen Chef davon abhalten, mit dem Fuß gegen die Tür zu poltern.

Endlich stand die junge Frau mit der kindlichen Unschuldsmiene vor ihnen.

Alex Brinkmann pflanzte sich wie ein Bodyguard hinter ihr auf. »Was gibt es denn jetzt schon wieder?«

Da riss Kuno der Geduldsfaden. Er löschte den Gedanken aus seinem Hirn, Isa Quadt im Haus der Brinkmanns, allerdings ohne Beisein von Alex, in aller Ruhe und Freundlichkeit seinen Plan zu erläutern. Stattdessen setzte er ihn sofort um. »Frau Quadt, wir müssen Sie vorläufig festnehmen. Sie stehen im Verdacht, Eta Smid ermordet zu haben.«

Das kam nun selbst für Arne überraschend. »Hä?«, machte er.

Eine minimale Geste von Kuno reichte, um ihm zu bedeuten, dass er seinem Chef vertrauen solle.

Kuno winkte Isa zu sich heran. »Folgen Sie uns.«

Isa stolperte stumm protestierend aus dem Haus.

Arne schob Alex rabiat zurück und zog die Tür zu.

Auf dem Rückweg zur Wache richtete Kuno sich hoch konzentriert nach den geltenden Verkehrsregeln. Schließlich hatte er gegenüber der jungen Dame im Fond des Wagens eine Vorbildfunktion wahrzunehmen.

Auf dem Parkplatz der Wache angekommen, ließ er Isa gegenüber keinen Zweifel am Ernst der Lage. Mit festem Griff schob er sie in den Eingang und dann die Treppe hinauf in Arnes und sein Büro.

Arne beschaffte eiligst eine Kopie der Unterlagen, die Inka Hoop von der Untersuchung des Neoprenanzugs und der Latexhandschuhe zusammengestellt hatte.

In der Zeit kauerte Isa auf einem Besucherstuhl im Büro der Ermittler und brach in Tränen aus.

Kuno rührte das nicht, auch wenn weibliche Tränen üblicherweise ihre Wirkung auf ihn nicht verfehlten.

Arne warf die Blätter mit den Fotos des zerschnittenen Surfanzugs auf den Tisch.

»Das hier«, sagte Kuno. Er blickte Isa scharf an und pochte mit dem Finger auf die Bilder. »Das hier war mal ein Neoprenanzug. Ihr Vater hat ihn zerschnitten und vorhin zusammen mit einem Paar Latexhandschuhe in den Müllcontainer geworfen, aus dem wir die Beweismittel gerettet haben.«

»Beweismittel?« Isa klimperte mit ihren tränennassen Wimpern, die offensichtlich mit wasserfester Mascara verziert waren.

»Die Sachen wurden getragen, als Eta Smid erschossen wurde. Es haften Schmauchspuren daran. Ihr Vater hat uns vorhin verraten, dass der Anzug Ihnen gehört.«

Kuno beobachtete Isas Gesicht, das von Schrecken in Ungläubigkeit und dann in Panik überging.

»Ich hab doch die Eta nicht umgebracht«, krächzte sie. Hektisch drehte sie sich nach allen Seiten um. »Wo ist mein Vater?«

»Verhaftet«, sagte Kuno emotionslos. »Aber er bestreitet die Tat. Lieber wälzt er die Angelegenheit auf sein Töchterchen ab.«

Isa stierte ihn mit offenem Mund an.

Kunos Miene drückte Bedauern aus. Dass es nur gespielt war, konnte Isa nicht ahnen. »Wenn sich erweist, dass dies Ihr Anzug ist, und das stellen wir per DNA-Analyse zweifelsfrei fest, dann sind wir leider gezwungen, Ihren Vater freizulassen und Sie zu verhaften.«

Isa schüttelte heftig den Kopf. »Das können Sie nicht machen.«

Arne, der sich an die Fensterbank gelehnt und sie von dort beobachtet hatte, trat an sie heran und ging neben ihr in die Hocke. »Wer sollte uns daran hindern?«

Isa zeigte auf die Bilder. »Ich weiß nicht, ob das der Surfanzug ist, der mir gehört hat. Ich habe meinen seit zwei Jahren nicht mehr getragen. Er passt mir nicht mehr. Ich hab ganz schön abgenommen.«

»Dann haben sie ihn Ihrem Vater überlassen.« Kuno nahm mit den Augen Maß. »Er hat die gleiche Körpergröße wie Sie, und wenn Sie mal fülliger waren, mag es auch vom Bauchumfang her hinkommen.«

»Er hat mich kürzlich gefragt, ob er das Ding haben kann. Er wollte es mal mit dem Surfen versuchen, hat er gesagt.«

»Und, hat er es versucht?«

Isa zuckte mit den Schultern. »Ich glaube nicht. Bisher jedenfalls hat er nichts davon erzählt. Aber er hatte sicher auch noch keine Zeit. Im Sommer ist immer viel zu tun.« Sie sah Kuno mit großen Augen an. »Moment mal. Wenn Schmauchspuren an dem Anzug sind, und wenn ich es nicht war, die ihn getragen hat, als Eta erschossen wurde ...«

Kunos Herz schlug schneller. So naiv, wie er geglaubt hatte, war Johnnys Tochter nicht. Sie brauchte ihre Zeit, um zu begreifen, welches Spiel ihr Vater spielte. Aber sie begann, zu verstehen.

Isa rückte näher an den Tisch heran. Sie schob ihre Haare aus dem Gesicht und beugte sich über die Blätter mit den Abbildungen des zerschnittenen Neoprenanzugs. »Wenn ich es nicht war, die Eta erschossen hat ...« Sie brauchte lange, bis sie weitersprach: »Dann muss mein Vater es gewesen sein.«

In ihren Augen mischte sich Ungläubigkeit mit Wut. Auf einmal warf sie entsetzt die Hände in die Luft. »Dieses Schwein! Jetzt schiebt er die Schuld auf mich.«

»Sag ich doch die ganze Zeit.« Der Zeitpunkt für den nächsten Schritt war gekommen. »Frau Quadt«, sagte Kuno. »Bleiben Sie ruhig. Wir finden einen Weg. Herr Zander und ich lassen Sie einen Augenblick allein, um etwas zu besprechen. In der Zeit bleibt eine Kollegin von uns bei Ihnen. Wir sind gleich wieder da.«

Arne rief eine Beamtin aus dem gegenüberliegenden Büro herbei. Kuno und er zogen sich in einen Besprechungsraum zurück.

»Was hast du vor?«, fragte Arne.

»Pass auf. Meine Theorie ist die: Johnny Quadt will nicht wirklich seine Tochter in den Knast bringen. Er zielt darauf ab, dass es am Ende zwei dringend der Tat Verdächtige gibt und dass die Beweislage nicht ausreicht, um den einen zu identifizieren, der es war.«

»Ah!« Arne hob den Kopf. »In dubio pro reo. Im Zweifel für den Angeklagten. Quadt will so große Zweifel schüren, dass weder er noch sein Töchterchen verurteilt werden können.«

»Das ist sein Ziel, davon bin ich zu hundert Prozent überzeugt. Sein Pech ist nur, dass er die Situation, in der er und seine Tochter sich jetzt befinden, so nicht vorhergesehen hat. Er hat keine Lösung dafür einstudiert.«

Kuno erkannte eine gewisse Befriedigung, um nicht zu sagen: Schadenfreude in Arnes Gesicht.

»Bei der Vorbereitung der fingierten Attentate«, erklärte er, »konnte Quadt noch mit Isas Hilfe für den Fall vorsorgen, dass Norwin ihn ernsthaft verletzen würde.«

»Klar«, sagte Arne. »Er hat ihr verklickert, dass er mit ein paar Tricks Alf Leefmann in Verruf bringen wollte. Davon hätte auch sie profitiert, weil sie die Firma mal übernehmen will.«

»Über den geplanten Mord an Eta Smid dagegen«, fuhr Kuno fort, »konnte er nicht mit ihr sprechen. Ursprünglich wollte er ihn nicht selbst verüben, und als er sah, dass er auf Eta würde schießen müssen, war es für Absprachen mit Isa zu spät. Abgesehen davon: Ich bin sicher, da hätte seine Tochter nicht mitgezogen.«

»Wie willst du jetzt vorgehen?«, fragte Arne interessiert.

Kuno legte einen Finger an seine Nasenspitze und schloss die Augen, um sich zu konzentrieren. Dann erzählte er Arne, was er vorhatte.

Arne klebte an seinen Lippen, während er ihm zuhörte. Am Ende nickte er. »So machen wir's.«

»Dann mal los«, sagte Kuno und schlug ihm auf die Schulter.

Sie kehrten zurück in ihr Büro und informierten Isa über ihren Plan.

In der Wut, die immer noch in ihr tobte, zögerte sie keine Sekunde, Kunos Vorschlag zuzustimmen.

Arne rief eine weitere Polizeibeamtin dazu. Dann veranlasste er, dass Johnny Quadt von zwei Kollegen in ihr Büro gebracht wurde.

Während Johnny in Begleitung der Beamten auf das Zimmer von Kuno und Arne zulief, wurde Isa von den beiden Polizistinnen in Handschellen abgeführt.

Isa ging an ihrem Vater vorbei, ohne ihn eines Blickes zu würdigen. Er blieb stehen und rief ihren Namen, doch sie reagierte nicht. Die Polizistinnen bogen mit ihr in den Gang ein, in dem der Verhörraum lag, den Johnny sicher so bald nicht vergessen würde.

»Was machen Sie mit meiner Tochter?«, fragte er, als er Kuno und Arne erblickte.

»Herr Quadt, wir müssen uns bei Ihnen entschuldigen. Sie sind ein freier Mann.«

Johnny hatte den Satz wohl nicht verstanden. »Was Sie mit meiner Tochter machen, hab ich gefragt.«

»Wir haben sie verhaftet«, sagte Arne.

Kuno führte Quadt zu einem Stuhl und drückte ihm eine Hand auf die Schulter. »Nun setzen Sie sich erst mal hin. Das ist sicher alles ein bisschen viel für Sie.«

Er drehte sich zu seinem Samowar um. »Darf ich Ihnen einen Tee anbieten?«

»Warum verhaften Sie meine Tochter?«

Kuno ließ von dem Samowar ab und setzte sich zu Quadt an den Tisch. »Danke, dass Sie uns auf die richtige Spur geführt haben. Es tut uns aufrichtig leid, dass wir Ihre Zeit gestohlen und Sie unter einem so ungeheuerlichen Verdacht hier festgehalten haben. Das muss ein Albtraum für Sie gewesen sein. Aber nun ist der Fall aufgeklärt, auch wenn Isa nicht explizit gestanden hat.«

Quadt sah ihn verständnislos an.

Kuno zog die Unterlagen der Kriminaltechniker zu sich heran. »Der Neoprenanzug ist tatsächlich der Ihrer Tochter. Sie hat es bestätigt, und uns liegen eindeutige DNA-Analysen vor.«

»Das geht doch gar nicht so schnell.«

»In diesem Fall schon. Es gibt ein Eilverfahren. Die endgültige Analyse dauert natürlich länger. Aber schon jetzt können wir Ihnen sagen: Wir haben in dem Surfanzug ausschließlich DNA-Spuren Ihrer Tochter gefunden. Keine einzige von Ihnen. Und die Tatwaffe lag in Isas Tresor. Wir wissen, dass sie eine gute Schützin ist. Sie war schließlich auch in Ihrem Sportschützenverein.«

Arne schaltete sich ein. »Übrigens ist auch der Waffendiebstahl aufgeklärt. Isa hat uns bestätigt: Sie kannte den Code Ihres Tresors.«

»Ihre Tochter«, setzte Kuno fort, »kann für die Zeit des Mordes an Eta Smid kein Alibi vorweisen. Sie sagt zwar, sie war mit Alex Brinkmann zusammen. Aber das ist natürlich eine haltlose Behauptung, der kein Richter Glauben schenken wird. Tja, Herr Quadt, damit ist die Sache bewiesen. Wenn Isa die Tat nicht doch noch gesteht, wird es einen Indizienprozess geben, aber die Sachlage ist eindeutig. Sie können sicher sein: Der Mord an Eta Smid wird gesühnt.«

Es war Kuno zuwider, diesen Mann zu berühren, doch zu dem Schmierentheater, das er zu spielen gezwungen war, gehörte es dazu. Er tätschelte Quadt väterlich die Hand. »Ich weiß, das ist ein Schock für Sie.

Sicher werden Sie Ihre Tochter oft im Gefängnis besuchen. Ich schätze, sie wird in Husum oder Flensburg einsitzen. Die Entfernung ist gut zu bewältigen.«

Quadt wurde blass. Er rang mit sich. »Aber das kann nicht sein«, rief er aus. »Die DNA-Spuren können nicht nur von meiner Tochter stammen.«

»Im Anzug haben wir keine anderen gefunden«, sagte Kuno und lächelte ihn unbeteiligt an. »Es ist eindeutig.«

Quadt ereiferte sich. »Aber die Latexhandschuhe, die müssen Sie untersuchen. Da ...« Seine Miene verzerrte sich. »Da kann nur meine DNA drin sein«, flüsterte er.

Der ganze Raum schien in der Hölle zu versinken.

»Sollen wir das als Geständnis werten?«, fragte Kuno.

Quadt nickte.

Kuno musterte ihn lange. »Sie haben an so ziemlich alles gedacht«, sagte er. »Sie haben die Taten bis ins Detail geplant. Sie haben mit Norwins Angst vor dem Gefängnis gespielt und darauf gebaut, dass Franco Sturlese nach dem Entdecken des Zugriffs auf die Lebensuhr-Software weder sich selbst noch Norwin in Verdacht bringen wird. Sie haben fast jede denkbare Szene einstudiert. Aber am Ende haben Sie kläglich versagt. Ich frage mich: Wie konnte es dazu kommen, dass Sie so dämlich waren, den Neoprenanzug und die Handschuhe in Ihre Mülltonne zu werfen?«

Johnny hing mit stierem Blick auf seinem Stuhl. »Ich wollte den Müllsack am Montag von der Insel schaffen. Eher ging es nicht, ich konnte vor der Veranstaltung nicht weg. Dann rief Isa an, nachdem Sie in ihrer Wohnung waren. Da wusste ich, das Zeug muss sofort aus dem Haus. Wenig später hab ich Ihren Wagen kommen gehört. Wo sollte ich denn so schnell hin damit?«

»Sie haben nicht gedacht, dass die Kripo schlauer sein könnte als Sie«, meinte Arne. »Sie haben mit unserer Blindheit gerechnet und sich böse verkalkuliert.«

Johnny zuckte wortlos mit den Schultern. Seiner Miene nach war ihm die Situation abgrundtief peinlich.

»Die Waffe«, sagte Kuno, »wie kam die nach der Tat in den Tresor Ihrer Tochter? Sind Sie etwa nach dem Schuss noch mal losgefahren?«

Johnny sah ihn entrüstet an. »Ja, was denn sonst? Hätte ich sie in meinem eigenen Tresor einschließen sollen?« Auf das Schweigen der Kommissare hin redete er weiter. »Die Lösung bot sich einfach an. Isa war bei Alex. Ich habe einen Schlüssel zu Isas Wohnung. Wir nutzen denselben Code für unsere Tresore. Am Freitagabend nach dem Steakessen bei Alex habe ich die Waffe aus Isas Tresor geholt und später wieder hingebracht.«

»Als Sie wieder nach Hause zurückgekehrt sind«, fragte Kuno angewidert, »sind Sie aber nicht über die Leiche von Eta Smid gestiegen?«

Johnny schnaubte verächtlich. »Um meine Schuhabdrücke im Blut zu hinterlassen?« Er senkte den Blick. »Die Terrassentür war nur zugezogen, nicht verriegelt. Ich bin hinten herum ins Haus zurück.«

Arnes Blicke durchbohrten ihn. »Für jede Lage die passende Lösung.«

Ein letztes Mal, bevor er für viele Jahre von der Bühne verschwinden sollte, brauchte Johnny Quadt wohl das Gefühl, das Geschehen bestimmen zu können. Er hob den Kopf. »Lassen Sie meine Tochter frei. Und ohne Anwalt sage ich kein Wort mehr.«

Kuno stand auf. »Das war ein miserabler Event, Herr Quadt, von der Planung bis zum letzten Akt.«

23

Bente war der Meinung, die Eröffnungsveranstaltung der ›Sylter Sommernachtsträume‹ sei eine gute Gelegenheit, auf die überraschende Wende in ihrer bisher rein freundschaftlichen Beziehung mit Kuno anzustoßen. Als Arne dann freudestrahlend berichtete, er würde mit seiner Kollegin Inka Hoop zu der Feier erscheinen, gab es für Kuno keine Ausrede mehr. Er musste mit.

Die beiden Paare waren für neunzehn Uhr bei Gosch in List verabredet. Kuno und Bente waren frühzeitig losgefahren, ergatterten aufgrund des Andrangs jedoch nur mit Mühe einen der letzten Plätze auf dem großen Parkplatz vor dem Erlebniszentrum Naturgewalten.

Kaum waren sie aus dem Wagen gestiegen, entdeckte Kuno auf der Strandpromenade, die hinter dem Parkplatz verlief, den allgegenwärtigen Friedrich Fliegenfischer. Er wies mit dem Kopf zu dem Reporter hinüber. »Der hat mir gerade noch gefehlt.«

Mit Okko im Schlepptau gockelte EffEff auf und ab und hielt Ausschau — wonach auch immer. Vermutlich nach Frauen, die ohne männliche Begleitung erschienen und sich somit als Flirt-Partnerinnen anboten.

»Lass uns in Deckung gehen«, sagte Kuno und zog Bente eilig mit sich in Richtung des Fischrestaurants.

»Kuuunooo«, hörten sie Okko plötzlich rufen.

Notgedrungen blieben sie stehen. »Musst du nicht arbeiten?«, fragte Kuno seinen Bruder.

»Erst ab zweiundzwanzig Uhr. Norwin und ich haben Spätdienst. Die Nacht wird lang. Ich stimme mich mit Friedrich drauf ein. Vor sechs Uhr früh werde ich mein Bett nicht sehen.«

»Mein Bett«, murrte Kuno. »Aber egal. Bente und ich sind jedenfalls mit Arne und einer Kollegin verabredet.« Er wandte sich zum Gehen in der Hoffnung, der Hinweis hätte gereicht, um die Gesellschaft von Friedrich und Okko abzublocken.

Doch Friedrich krallte sich an seiner Schulter fest. »Na fein. Okko und ich kommen einfach mit. Zu sechst macht es am meisten Spaß.«

Kuno atmete durch, legte den Arm um Bentes Taille und dirigierte sie zu Gosch. Mit langem Hals suchte er einen Tisch für sechs Personen.

Während Friedrich und Bente die freigehaltenen Plätze verteidigten, stellten die Knudsen-Brüder sich an der Theke an und organisierten eine große Platte mit Garnelen, dazu Brot, Bier und Prosecco.

Friedrich fischte sich ein Glas Bier und kuschelte sich an den Hauptkommissar heran. »Gratulation zur Aufklärung des Falles Johnny Quadt! Wo erlebt man das schon mal, dass das Opfer gleichzeitig der Täter ist? Darauf muss man erst mal kommen.«

»Woher bist du schon wieder so gut informiert?«, fragte Kuno. »Haben wir ein Leck in der Behörde?«

»Ja, in der Pressestelle.« Friedrich hob sein Glas.

Kuno stöhnte. »Ich schätze, das Leck hat lange Beine, blonde Haare und ist nicht älter als siebenundzwanzig.«

Friedrich wollte protestieren. Doch Kuno entdeckte Arne und Inka, die gerade den Gastraum betraten. Er winkte den beiden lebhaft zu.

Sie begrüßten Kuno und Bente mit Küsschen und reichten Friedrich und Okko die Hand.

»Wie schön, ihr habt schon fürs leibliche Wohl gesorgt.« Arne nahm zwei Glas Prosecco vom Tablett.

Kuno versuchte, sich seinen Verdruss über die heimlichen Informationsquellen des Reporters nicht anmerken zu lassen. »Wir trinken gerade auf Friedrichs Allwissenheit«, erklärte er Inka und Arne.

»Lasst uns lieber darauf anstoßen«, meinte Bente, »dass Johnny Quadts Leute es trotz all der Aufregung geschafft haben, die Veranstaltung nicht platzen zu lassen. Ich finde das wirklich bewundernswert, auch wenn Eta wenigstens eine Schweigeminute verdient hätte.«

»Wer hält denn eigentlich nachher die Eröffnungsrede?«, fragte Kuno.

»Soll ich euch was verraten?« Friedrich wartete die Antwort nicht ab. »Das übernimmt Alf Leefmann.«

»Alf Leefmann?«, sagte Arne. »Das glaubst du doch selbst nicht.«

»Natürlich«, erwiderte Friedrich schnippisch. »Ich kann euch auch verraten, wer ihn darum gebeten hat.«

»Na, wer denn?«, fragte Kuno.

»Isa Quadt. Mademoiselle höchstpersönlich.«

Arne zeigte ihm einen Vogel, doch Friedrich blieb bei seiner Version, und Kuno war klar, dass der Reporter sich direkt an der Quelle informiert haben musste. Vermutlich hatte er sich, nachdem die Festnahme und das Geständnis von Johnny Quadt zu ihm durchgesickert waren, an dessen Töchterchen herangebaggert.

»Ich weiß sogar, wie es dazu kam«, erklärte Friedrich.

Kuno verdrehte die Augen.

»Isa wollte Johnnys Rede ausdrucken. Aber die KTU hatte den Rechner konfisziert. Also hat sie sich winselnd an den erfahrenen Leefmann gewandt. Der hat ihr vorgeschlagen, dass sie in Zukunft zusammenarbeiten.«

»Das gibt doch Mord und Totschlag«, meinte Arne.

Okko leerte sein erstes Bier für heute. »Auf jeden Fall ist in der Branche immer was los. Und wisst ihr was?«

»Noch nicht«, sagte Kuno. »Aber du wirst das ändern.«

»Nächste Woche, wenn ich wieder auf Amrum bin, mach ich mich selbständig.«

»Aha, und womit, Bruderherz?«

Okko triumphierte. »Ich werde Event-Manager. Ich mache Rambazamba für Kids am Strand.«

»Das passt«, sagte Kuno. »Aber ohne Alkohol.«

Bente klatschte in die Hände. »Pschscht, Ruhe. Alf Leefmann geht auf die Bühne.«

Kuno gab Bente einen Kuss, hob sein Glas und stieß mit ihr an. »Wenn du mich fragst – wir haben jetzt wirklich allen Grund zum Feiern.«

Bücher der Autorin

Reihe ›Ein Fall für Molly Bleck‹
1. Der Herzmuschelmörder
2. Der Strandhexenmord

Reihe ›Ein Fall für die Kripo Wattenmeer‹
1. Der Pfauenfedernmord
2. Jaspers letzter Flirt

Reihe ›Kripo Wattenmeer ermittelt‹
1. Flaschenpost vom Mörder
2. Mord auf der Hallig
3. Countdown in Westerland
4. Die Tote im Dünenhaus
5. Der Stalker von List
6. Der Seenebelmord

Reihe ›Anders und Stern ermitteln‹
1. Mordsrevanche
2. Mordsverrat
3. Mordsherz
4. Mordsblues
5. Mordssand

Reihe ›Kripo Greetsiel ermittelt‹
1. Tod am Deich
2. Mordskuss
3. Mordsleben
4. Mordsschwestern
5. Mordsfinale

Weitere Bücher
- Himmelhochjauchzendhellblau
- Leichte Mädchen haben's schwer
- Der Blaue Stern
- Tod auf Juist

Nachwort der Autorin

Liebe Leserin, lieber Leser,

schön, dass Sie mir bis hierhin gefolgt sind! Wenn Sie über meine Neuerscheinungen informiert werden möchten, bestellen Sie doch meinen Newsletter. Die Anmeldung dazu finden Sie auf meiner Website:

https://ulrike-busch.de/

Sobald ein neuer Titel erschienen ist, erhalten Sie eine Mail mit Informationen dazu.

Auf meiner Website finden Sie zudem Informationen über mich und meine bisher erschienenen Titel.

Gerne lade ich Sie auch auf meine Seiten bei Facebook und Instagram ein:

https://www.facebook.com/Autorin.Busch

https://www.instagram.com/ulrikebuschautorin/

Und wer weiß: Vielleicht begegnen wir uns einmal an einem meiner Lieblingsorte an der Nord- oder Ostsee?

Bis dahin, Ihre
Ulrike Busch